Jason Starr

Ein wirklich netter Typ

Roman

Aus dem Amerikanischen von Hans M. Herzog

Diogenes

Titel der 2000 bei
No Exit Press, London,
erschienenen Originalausgabe: ›Fake I.D.‹

Umschlagfoto von
Ernst-Hermann Ruth

Für Sandy

www.diogenes.ch
60/02/52/1
ISBN 3 257 06315 6

I

Die Tore der Jai-Alai-Halle in Milford blieben noch eine Stunde geschlossen, doch ich fuhr nicht zu irgendeinem Imbiß, nur um die Zeit totzuschlagen, sondern blieb lieber in meinem Wagen sitzen und las die *Racing Form.*

Als ich gerade anfing, mich mit den Favoriten für die ersten beiden Rennen auf dem Aqueduct Race Track zu beschäftigen, klopfte jemand auf der Beifahrerseite ans Fenster. Ich schaute hoch und sah einen kleinen dicken Mann, der mich anlächelte. Zuerst hatte ich keine Ahnung, wer das war, dann kam er mir irgendwie bekannt vor. Er hatte dunkle Augenbrauen und einen riesigen Leberfleck auf dem Kinn. Die Augen waren blutunterlaufen, als wäre er betrunken, aber vielleicht lag es auch daran, daß er wegen des kalten Windes die Augen zusammenkniff. Er hatte eine dieser schwarzen Wollmützen auf, die so ziemlich jeden wie einen Geisteskranken aussehen lassen.

Ich ließ den Motor an und öffnete das Fenster einen Spaltbreit. Ein kalter Luftstoß wehte ins Wageninnere.

»Wie geht's denn so?« fragte der Typ.

Ich konnte ihn immer noch nicht einordnen. Er sah aus wie fünfundvierzig, vielleicht auch fünfzig – mindestens zehn Jahre älter als ich.

»Ganz gut soweit«, sagte ich.

»Du erinnerst dich nicht an mich, oder?«

»Das Gesicht kommt mir irgendwie bekannt vor, aber...«

»Du heißt Danny, stimmt's?«

»Tommy«, sagte ich.

»Ich wußte doch, daß es irgendwas mit Ypsilon am Ende war. Kennst du mich noch? Du weißt schon: Pete. Pete aus Yonkers.«

Jetzt fiel es mir wieder ein. Vor ein paar Jahren hatte ich mehrmals wöchentlich die Rennbahn in Yonkers aufgesucht und auf Traber gesetzt. Pete war dort Stammgast gewesen.

»Jetzt weiß ich's wieder«, sagte ich. »Ich hab nur ein Weilchen gebraucht, um dein Gesicht unterzubringen. Wie läuft's denn so?«

»Könnte besser sein«, sagte er. »Bin seit gestern abend frisch aus Vegas zurück. Hab ein bißchen was gewonnen, nicht die Welt. Hätte auf die Kaimaninseln fliegen sollen. Schon von den Wettbüchern gehört, die sie da unten haben?«

»Mit den acht Prozent Rückzahlung.«

»Verdammt, schier unglaublich. Die zahlen einem auf sämtliche Einsätze acht Prozent zurück. Wer mit hohem Einsatz spielt, kann sich gar nicht erlauben, nicht auf die Kaimans zu fliegen. Na gut, is vielleicht empfehlenswert, in einige dieser Schuppen 'ne Knarre mitzunehmen, verstehste? Aber was will man denn, wenn man auf Pferde wettet: sich nobel amüsieren oder acht Prozent Rückzahlung auf alle Einsätze?«

»Ich würde die acht Prozent nehmen«, sagte ich.

»Verdammt richtig«, sagte Pete. »Das würde jeder echte

Spieler machen.« Er wandte sich ab und spuckte. Weil das Fenster offenstand, wurde es kalt im Wagen.

»Schon mal in Vegas gewesen?« fragte Pete.

Ich schüttelte den Kopf.

»Machst du Witze? Man muß in Vegas gewesen sein, Alter. Aber Glücksspiel im Kasino steht auf 'm ganz anderen Blatt. Wenn man in einem Kasino spielt, dann muß es nobel zugehen. Hör auf mich, geh bloß nicht ins Bally's, falls du mal nach Vegas kommst. Wenn du unbedingt zu Bally's willst, fahr runter nach Atlantic City und spiel an diesen Mickymaus-Tischen, die sie da haben. Wenn du mal ein Wochenende in 'nem echten Luxusschuppen verbringen willst, mußt du ins Caesar's Palace. Verdammt, da behandeln sie dich echt wie einen König. Und damit meine ich den Service, nicht die Shows. Wenn du Shows sehen willst, schalt die Glotze ein. Fährst du nach A.C.?«

»Gelegentlich«, sagte ich.

»Ich bin fast jedes Wochenende in A.C.«, sagte Pete. »Wo hältste dich da auf?«

»Überall«, sagte ich.

»Ist 'ne echte Umstellung, nach A.C. zu fahren, wenn man mal in Vegas war«, sagte Pete. »Als würde man sich wieder in 'nen Chevy setzen, nachdem man einen Porsche gefahren hat.« Er hustete. »Ey, was dagegen, wenn ich mich zu dir in den Wagen setze? Hier draußen frier ich mir echt die Eier ab.«

Eigentlich wollte ich nein sagen, mir irgendeine Ausrede ausdenken, mir fiel aber keine gute ein. Außerdem mußte ich noch etwas Zeit totschlagen und hatte nichts Besseres vor. Ich beugte mich über den Sitz, hob den Türgriff an und sagte: »Du mußt ziehen.« Pete zog mit aller Kraft, trotzdem ging die Tür nicht auf. Es war ein richtiges Wunder, daß mich dieser Scheißwagen bis nach Connecticut gebracht hatte. Es war ein neunundachtziger Olds, aber dermaßen verbeult, daß man schon Mike Tyson sein mußte, um in die Gurke rein- und wieder rauszukommen.

»Fester«, sagte ich.

Pete probierte es noch ein paarmal, bis die Tür endlich aufging. Er setzte sich neben mich, und ich wurde fast ohnmächtig. Ich hatte selbst gelegentlich Körpergeruch, vor allem wenn ich mich in einem Tanktop im Fitneßstudio abgerackert hatte, aber Pete stank gen Himmel. Ich öffnete das Fenster etwas weiter, damit ein wenig frische kalte Luft hereinkam, aber das half nichts.

»Wo war ich gerade?« sagte Pete. »Genau... A.C. Meistens steig ich in der Nähe vom Sands ab. Ein Bekannter von mir organisiert Betriebsausflüge aus Brooklyn – durch ihn krieg ich die Zimmer billiger. Wenn wir mal am selben Wochenende runterfahren, kann ich dich vielleicht in meinem Zimmer unterbringen. In den Zimmern stehen zwei Betten, und das andere bleibt einfach unbenutzt. Mein Bett bleibt auch unbenutzt. Wer benutzt schon sein Bett, wenn er in Vegas oder A.C. ist? Außer man schiebt 'ne Nummer, klar, aber keiner schläft in seinem Bett. Im Zimmer stellt man bloß zwei Nächte lang sein Gepäck ab.«

»Ich will ja nicht unhöflich sein«, sagte ich, »aber ich wollte mir gerade das Programm von Aqueduct durchsehen...«

»Ach ja?« sagte Pete, der den Wink nicht verstand. »Irgendwas dabei?«

»Eigentlich nicht«, sagte ich, »aber ich hatte halt gehofft, mich ein bißchen konzentrieren zu können.«

»No problema«, sagte Pete. »Ich werd dich nicht mehr stören.«

Er lehnte sich zurück und nahm ein Taschentuch aus seiner Jeans. Nachdem er ein wenig hineingehustet hatte, steckte er es weg. Der Gestank im Wagen wurde immer schlimmer.

Ein Weilchen schaute Pete noch aus dem Beifahrerfenster und atmete tief durch, dann wandte er sich wieder mir zu. »Also, womit verdienst du so dein Geld?«

»Ich bin Schauspieler«, sagte ich.

»Tatsächlich?« Er klang überrascht oder beeindruckt, was von beiden, war mir nicht klar. »In etwas mitgespielt, was ich kenne?«

»Wohl kaum«, sagte ich.

»Na los. Nenn mir was.«

»Nur hier und da in ein paar Kleinigkeiten«, sagte ich.

»Die Schauspielerei ist bestimmt ein hartes Geschäft«, sagte Pete, »jedenfalls wenn man damit seinen Lebensunterhalt verdienen will. Was machst du sonst noch so?«

»Was soll das heißen?«

»Daß ich annehme, daß du deinen Lebensunterhalt nicht mit Schauspielerei bestreitest.«

»Wieso nimmst du das an?«

»Nichts für ungut… ist nicht bös gemeint. Bestimmt bist du ein prima Schauspieler. Dein Äußeres stimmt jedenfalls, das steht fest. Bist ein großer, gutaussehender Bursche. Aber hast du einen… wie sagt man noch gleich – einen ›Brotberuf‹?«

»Ich arbeite in einer Bar«, sagte ich.

»Ach ja? Kenne ich die zufällig?«

»O'Reilley's.« Und ich fuhr fort: »An der First Avenue.«

»In der City«, sagte er, als klänge ihm das zu angeberisch. »Und was genau machst du da?«

»Ich bin Rausschmeißer«, sagte ich.

»Echt?« Er musterte mich kurz. »Du wohnst also in der City?«

»Ich hab eine kleine Wohnung in der Nähe der Bar.«

»Ach ja? Dann verdienst du also bei dem Job ein paar Dollar?«

Allmählich wurde ich echt sauer. Was erlaubte sich dieser Typ eigentlich, mich nach meinem Lohn auszufragen?

»Ich kann nicht klagen«, sagte ich.

»Wie oft arbeitest du, so fünf, sechs Abende die Woche?«

Ich rackerte mich an sechs Abenden in der Woche ab wie ein Bekloppter.

»Warum willst du das alles wissen?«

»Die reine Neugier«, sagte er. »Glaub mir, ich will dir damit nicht zu nahe treten.«

»Mein Lohn geht nur mich etwas an.«

»Glaub mir, das weiß ich auch. Was du verdienst, ist mir wirklich egal. Ich frage nur, weil ich Geschäftsmann bin, und meine Freunde sind auch Geschäftsleute, und ich dachte, falls du bei dir zu Hause ein wenig Bargeld herumliegen hast…«

»Ich verleihe kein Geld«, sagte ich.

Er lachte laut. Aus dem Lachen wurde ein heftiges Husten.

»Entschuldige mal«, sagte er, als er wieder durchatmen konnte. »Sehe ich etwa so aus, als bräuchte ich dein Geld?«

Ja, dachte ich.

»Ich wollte nur etwas über deine finanziellen Verhältnisse erfahren, weil sich für mich kürzlich eine Anlagemöglichkeit aufgetan hat, für die sich jemand wie du durchaus interessieren könnte.«

»Wie ich schon sagte, ich verleihe kein Geld.«

»Hier geht's nicht ums Verleihen, sondern ums Investieren. Ich erklär das mal eben.« Er wischte sich mit dem Handrücken über den Mund und fuhr dann fort: »Also, ich kenne da jemanden... Alan Schwartz. Ein Jude. Jedenfalls arbeitet Schwartz an der Wall Street und gründet gerade eine Besitzergemeinschaft. Nicht eins dieser großen Syndikate, denen Derbypferde gehören, sondern nur ein paar Typen, die etwas Geld zusammenkratzen, um ein Pferd, vielleicht zwei Pferde zu kaufen. Geplant war, fünf Typen zu finden – die ein Faible für Pferderennen haben –, und die gehen auf die Rennbahn und kaufen einen Youngster. Zuerst hab ich dem Mann nicht getraut... schließlich bin ich nicht blöd. Aber dann hab ich das Ganze überprüft, und alles ist reell. Sie haben einen Trainer gefunden und so weiter. Schon mal von Bill Tucker gehört?«

Ich nickte.

»Ich habe Bill vor ein paar Wochen kennengelernt«, sagte Pete. »Angenehmer, bodenständiger Südstaatler, grundsolide. Jedenfalls berät er uns, welches Pferd wir kaufen sollen, und dann sehen wir weiter. Wer weiß? Vielleicht haben wir bald einen zweiten John Henry.«

Ich wußte zwar über John Henry Bescheid – das Pferd

war für zwanzig Riesen gekauft worden und hatte später Millionen erlaufen –, doch ich saß einfach nur da und blickte ins Leere.

»Jedenfalls«, fuhr Pete fort, »hab ich dich nur deshalb gefragt, wieviel Geld zu verdienst. Nicht weil ich neugierig wäre, sondern weil wir zur Zeit vier Interessenten sind und noch einen fünften suchen. Jeder von uns steuert zehn Riesen bei. Ich weiß ja weder, ob du den Betrag aufbringen kannst, noch, ob du überhaupt Mitbesitzer eines Pferdes sein willst, dachte mir aber, man kann ja mal fragen.«

Für mich hörte sich das nach einem großen Betrugsmanöver an. Einen Fremden auf einem Parkplatz fragen, ob er sich einer Besitzergemeinschaft für Rennpferde anschließen will? Pete war zweifellos ein Gauner, der mich um mein Geld erleichtern wollte, und ich war nicht der Mann, der sich übers Ohr hauen ließ.

»Tut mir leid«, sagte ich. »Kein Interesse.«

»Ich hab ja nur gefragt«, sagte Pete. »Dachte mir ein Pferderennfreund wie du würde sich so was bestimmt nicht entgehen lassen, aber wir finden garantiert einen anderen. – He, wenn du mal nach Brooklyn kommst, mach unbedingt in einem meiner Läden halt. Bei mir kriegst du Schauspielerrabatt.«

»In einem deiner Läden?«

»Hab ich dir das nicht erzählt? Mir gehören ein paar Schuhgeschäfte in Brooklyn. Kennst du den Kings Highway?«

»Ich bin in Brooklyn aufgewachsen.«

»Kein Witz? Ich hab zwar einen leichten Dialekt rausgehört, der klang für mich aber eher nach Staten Island oder Jersey. Wo kommst du her?«

»Canarsie.«

»Willst du mich veralbern? Ich stamme aus Coney Island, bin in der Nähe der Neptune Avenue aufgewachsen. Jetzt wohne ich in Manhattan Beach. Hab ein großes Haus, direkt am Meer. Also, ich besitze zwei Läden in Brooklyn. Das Hauptgeschäft ist am Kings Highway. Es heißt Logan's, benannt nach mir – Pete Logan.«

Als Schüler hatte ich mal ein Paar Schuhe bei Logan's gekauft, und jetzt erinnerte ich mich auch an Pete. Ich sah ihn vor mir, wie er vor zwanzig Jahren hinter der Ladenkasse stand, vielleicht hatte er mich auch beim Kauf beraten.

»Jedenfalls«, sagte er, »wenn du das nächstemal in der Gegend bist, schau einfach mal in einem meiner Läden vorbei. Wenn ich nicht da bin, brauchst du dich nur auf mich zu berufen, und schon kriegst du den Rabatt. War nett, dich mal wieder zu treffen.«

Ich sah Pete nach, als er über den Parkplatz ging und in einen glänzenden schwarzen Mercedes stieg. Dem Typ gehörten also ein paar Schuhgeschäfte, und er fuhr einen Benz, was aber noch lange nicht hieß, daß er kein Betrüger war.

Ich versuchte, meine *Racing Form* zu lesen, konnte mich aber nicht konzentrieren. Es lag an dem Gestank. Mein verdammter Wagen roch, als wäre jemand drin gestorben.

2

Natürlich konnte ich beim Jai-Alai keinen Blumentopf gewinnen. Dieser Sport war dermaßen manipuliert, daß ich mir jedesmal wie ein Volltrottel vorkam, sobald der Kassierer meine Wettscheine ausdruckte. Als ich zwei Spiele hintereinander verloren hatte, zerriß ich mein Programm und verzog mich in den Bereich hinter der Schlagmauer, um mir die Liveübertragungen von Pferde- und Hunderennen anzusehen und zu wetten.

Wenn ich nicht gerade ein Vorsprechen hatte – also mittlerweile fast immer – und nicht in der Bar arbeitete, hielt ich mich gewöhnlich in einem OTB-Wettbüro oder im großen Inside-Track-Wettladen an der Fifty-third Street auf. Heute fand ich es ganz angenehm, zur Abwechslung mal woanders zu wetten, aber so wie es lief, würde ich in etwa einer Stunde wieder auf der Autobahn sein und in die Stadt zurückfahren.

Ich hatte keinen Hunger, mußte aber in irgendwas meine Zähne reinhauen, um meinen aufgestauten Frust rauszulassen, deshalb stellte ich mich an, um einen Hamburger zu kaufen. Als ich mich einen Moment später umdrehte, stand Pete am Tresen und quetschte gerade Ketchup auf seinen Hot dog. Ich machte auf dem Absatz kehrt und ging zu der Stelle, wo die Hunderennen übertragen wurden. Ich wußte, daß ich ihm nicht ewig aus dem Weg gehen konnte. Die Halle war nicht sehr groß, und großzügig gerechnet waren heute vielleicht dreihundert Leute da.

Ich hab noch nie bei Hunderennen gewonnen, schlug aber trotzdem das Programm der Hunderennbahn Plainfield auf. Ich setzte fünfzig auf Sieg der Nummer fünf, um anschließend mit anzusehen, wie die Fünf in der ersten Kurve von einem anderen Hund distanziert wurde. Fluchend zerriß ich den Wettschein, ging wieder zurück zum Imbiß und sah, daß Pete verschwunden war. Gott sei's gelobt und gepfiffen. Nachdem ich zwei Hamburger verdrückt hatte, zählte ich mein Geld. Ich hatte zweihundertsechzehn Dollar im Portemonnaie, brauchte aber mindestens zwanzig für Benzin und Mautgebühren. Ich beschloß, hundert auf das Pferd zu setzen, das mir beim zweiten Rennen in Aqueduct gefiel, das restliche Geld mußte für den ganzen Tag reichen.

Ich ging zum Pinkeln aufs Klo. Gerade stand ich am Waschbecken, spritzte mir kaltes Wasser ins Gesicht und sah geradeaus in den Spiegel, als ich hinter mir Pete hereinkommen sah. In dem gleißend hellen Neonlicht sah der Leberfleck auf seinem Kinn größer aus, und die daraus wachsenden Haare wirkten dunkler. Die Wollmütze hatte er abgesetzt. Seine graumelierten dunklen Haare waren kraus und ungepflegt.

»Wie läuft's denn so?« fragte er.

»Ganz gut«, sagte ich.

»Ich hab dich vorher schon gesucht«, sagte er. »Weil ich dich nirgends gefunden habe, dachte ich, du wärst abgehauen.«

Ich nahm ein Papiertaschentuch und wischte mir damit über das Gesicht.

»Ich bin noch da«, sagte ich.

»Das sehe ich«, sagte er. »Was geht ab? Schon ein paar Sieger getippt?«

Ich wollte ihm nicht auf die Nase binden, daß ich kurz vor der Pleite stand.

»Hab ein paar Treffer gelandet«, sagte ich.

»Wünschte, ich könnte dasselbe behaupten«, sagte Pete.

»Irgendwann erwischst du bestimmt eine Glückssträhne.«

»Wo sitzt du denn?« fragte Pete. »Vielleicht komme ich mal vorbei und sag hallo.«

»Ich schlendere einfach viel herum«, sagte ich. »Hab keinen festen Sitzplatz.«

Ich merkte, daß er diesen Wink verstanden hatte.

»Egal«, sagte er. »Vielleicht laufen wir uns später noch mal über den Weg.«

Im Spiegel sah ich Pete nach, als er die Toilette verließ.

Ich wettete in dem Aqueduct-Rennen, setzte hundert für Sieg auf Pferd Nummer zehn, und dann noch mal fünfzig auf die Zweierwette, mit dem Zehner als Sieger. Die Nummer zehn kam gut aus der Startmaschine, fiel dann zurück, kam zwar spät noch einmal, verlor aber mit einem Kopf. Ich brüllte den Bildschirm an und trat so fest gegen einen Mülleimer, daß ein Typ von der Security zu mir sagte, wenn ich das noch mal machte, müsse er mich rausschmeißen.

Jetzt hatte ich nur noch sechsundsechzig Dollar, das Geld für Benzin und Maut mit eingerechnet. Das reichte hinten und vorne nicht, deshalb reihte ich mich in die Schlange vor dem Geldautomaten ein, um von meiner Visakarte Geld abzuheben. Vor mir standen vier Typen. Sie sahen abartig aus in ihren speckigen Jeans, Turnschuhen und alten Winterjacken. Dann dachte ich: War ich vielleicht was Besseres? Stand ich nicht in derselben Schlange und wartete darauf, von meiner Kreditkarte Geld abzuheben? Noch vor ein paar Minuten hatte ich wahrscheinlich sogar noch mehr nach Verlierer ausgesehen, als ich gegen den Mülleimer getreten und wie ein Wahnsinniger herumgebrüllt hatte.

Ich hatte nur noch vierundsechzig Dollar auf der Karte, hob also glatte sechzig ab, weil ich dachte, das würde noch ein paar Rennen reichen. Kein Zweifel möglich – heute würde ich keinen Blumentopf gewinnen. In ein paar Stunden saß ich wieder zu Hause in meinem Wohnzimmer und sah fern. Später, um sechs Uhr, wurde ich auf der Arbeit erwartet… noch so ein spannender Abend auf dem Barhocker, Ausweise kontrollieren.

Als ich das dritte Aqueduct-Rennen verloren hatte, warf ich einen Blick auf das Restprogramm. Jetzt hieß die Frage nicht mehr, ob, sondern, wie ich verlieren würde… und dann schaute ich von meiner *Racing Form* hoch auf den Bildschirm. Der Sieger des Aqueduct-Rennens befand sich im Zielauslauf. Der Jockey war vom Pferd abgestiegen und stand zwischen zwei Typen mit Anzug, wahrscheinlich dem Trainer und dem Besitzer. Rechts neben dem Typ stand eine gutaussehende Blondine in einem weißen Kleid und mit Stöckelschuhen.

Jeder Rennfan träumt davon, irgendwann mal ein Pferd

zu besitzen, so wie jeder Amateur-Baseballspieler davon träumt, Profi zu werden. Ich stellte mir immer vor, daß mir in Hollywood Park, Kalifornien, ein ganzer Reitstall gehören würde, sobald ich als Schauspieler groß herausgekommen war. Viele berühmte Schauspieler hatten Rennpferde, und ich träumte immer davon, wie ich mit meiner Freundin – entweder ein Model oder eine Schauspielerin, mit der ich gerade zusammen war – die Rennbahn aufsuchte, in einer Besitzerloge saß und meinen Pferden beim Gewinnen zusah.

Aber so, wie es zur Zeit lief, hatte ich schlechtere Chancen, als Schauspieler erfolgreich zu sein, als im Lotto zu gewinnen. Mein Manager schickte mich kaum noch zum Vorsprechen, was ich ihm nicht verdenken konnte. Er mußte schließlich auch essen, und ich war in den letzten neun Jahren mindestens fünfhundertmal vorsprechen gewesen, hatte aber nur zwei Rollen bekommen: als zweite Besetzung in irgendeinem Off-Broadway-Theaterstück, das nach sechs Vorstellungen abgesetzt wurde, und eine kleine Nebenrolle in einem Kung-Fu-Streifen, der direkt in die Videotheken wanderte. Manchmal war ich als Statist beschäftigt, und früher hatte ich ein wenig als Model für Modekataloge gearbeitet, aber in letzter Zeit überhaupt keine Arbeit mehr bekommen. Es war immer das gleiche – wenn ich mal zum Vorsprechen für »große dunkelhaarige Männer mit blauen Augen« ging, warteten da schon hundert Schauspieler, die genauso aussahen wie ich. Man kam sich vor wie in einem Spiegelsaal … ich schaute mich um und sah mich überall selbst.

Vor sechs Jahren hätte ich beinahe meine große Chance

bekommen. Ich machte Probeaufnahmen für eine Liebeskomödie mit Melanie Griffith. Der Regisseur, ein gewisser Simon Devaux, war von mir begeistert. Ich besuchte Devaux in seinem Penthouse an der West Side, wo er mir sagte, daß ich ihn an den jungen Brando erinnere. Er fuhr fort, wenn dieser Film in die Kinos käme, würde ich einer der begehrtesten Stars in Hollywood sein und könnte dann meine Honorare selbst festsetzen.

Am Tag bevor ich an die Westküste fliegen sollte, um die Produzenten und Melanie kennenzulernen, rief mich mein Manager an und sagte, er habe eine schlechte Nachricht für mich. Ich dachte, mein Flug sei ausgefallen, aber er sagte nein, viel schlimmer – Simon Devaux sei tot. Er war auf der Fahrt von L. A. nach San Francisco bei Big Sur von einem Steilfelsen in die Tiefe gerast. Mir kam das Ganze vor wie ein schlechter Scherz. Da war ich so kurz vor dem Durchbruch, und plötzlich platzte dieser Traum wie eine Seifenblase. Mein Manager sagte, ich solle mir keine Sorgen machen, ich bekäme mit Sicherheit andere Angebote, aber das war bisher nicht passiert, und es fiel mir zusehends schwerer, nicht die Hoffnung zu verlieren.

Ich hatte keine Ahnung, was ich mit meinem restlichen Leben anfangen sollte, falls mir nicht der Durchbruch als Schauspieler gelang. Ich war zwar zwei Jahre auf dem Brooklyn College gewesen, sah mich aber nicht noch einmal ein neues Studium beginnen, nicht mit zweiunddreißig. Eins stand jedenfalls fest, ewig würde ich nicht als Rausschmeißer arbeiten. Falls ich mit vierzig immer noch jeden Abend auf einem Barhocker saß, würde ich mir eine Knarre in den Mund stecken und abdrücken. Ich brauchte einen Ausweichplan... etwas, was ich machen konnte, sollte meine Laufbahn als Schauspieler endgültig zu Bruch gehen.

Ich begab mich zum Vorderende der Halle, ging zur Haupttribüne. Ein paarmal schlenderte ich durch den Gang und suchte auf den Sitzen nach Pete, fand ihn aber nicht. Ich beschleunigte meine Schritte, schaute in jede Richtung. Ich durchsuchte das ganze Gebäude – die Toiletten, den Monitorraum, den Eß- und Trinkbereich. Als ich gerade nach draußen gehen und auf dem Parkplatz seinen Wagen suchen wollte, sah ich, wie er sich von einem der Wettfenster entfernte. Ich trabte hinter ihm her und erwischte ihn, als er gerade die Tribüne betreten wollte.

Ich rief seinen Namen, und er drehte sich um. Er schien nicht sehr begeistert, mich zu sehen.

»Ich hab dich überall gesucht«, sagte ich. »Ich dachte schon, du wärst abgehauen.«

»Warum hast du mich denn gesucht?« fragte er.

»Wollte bloß hallo sagen«, erklärte ich. »Und mich für vorhin entschuldigen. Ich war ein echtes Arschloch.«

Man dämpfte die Beleuchtung auf der Haupttribüne, und die übliche laute Trompetenmusik ertönte, als die Jai-Alai-Spieler zum nächsten Match auf das Spielfeld marschierten.

»Ich will das Spiel nicht verpassen«, sagte Pete.

»Ich seh's mir mit dir an«, sagte ich. »Wo sitzt du denn?«

»Mein Platz ist reserviert – ganz vorne.«

»Der Platzanweiser wird mir schon nicht den Kopf abreißen, wenn ich mich für ein Spiel zu dir setze«, sagte ich. »Wie viele Zuschauer sind heute da, vielleicht fünfzig?«

Ich merkte, daß Pete immer noch sauer war, dennoch bedeutete er mir mit einer Kopfbewegung, ich solle mich zu ihm setzen.

Wir nahmen in der Mitte Platz, in der vierten Reihe. Die angehobene Spielfläche lag in Augenhöhe, und durch das Netz, das die Spieler vom Tribünenbereich trennte, hatten wir eine ausgezeichnete Sicht. Pete stank zwar immer noch, doch aus irgendeinem Grund störte mich das nicht mehr.

»Auf wen setzt du?« fragte ich.

»Auf den mit den bunten Klamotten«, sagte Pete.

»Ich feure ihn an«, sagte ich.

Die Eins schlug auf. Die Zwei retournierte mit einem schwachen Schlag, so daß die Nummer eins zu einem leichten Chula kam.

»Einen hast du«, sagte ich, doch Pete sah mich nicht an.

Die Eins nahm der Drei einen Punkt ab, verlor aber gegen die Vier, als er einen leichten Schlag glatt ins Netz schlug. Wie üblich kam einem das Spiel komplett manipuliert vor, und schon fingen die ersten Zuschauer an zu buhen.

»In der nächsten Runde bist du dran«, sagte ich.

Während wir zusahen, wie Nummer vier gegen fünf spielte, fuhr ich fort: »Ich hab inzwischen über das nachgedacht, was du mir vorhin – draußen im Wagen – erzählt hast, was meine Beteiligung an einem Rennpferd angeht. Vielleicht könntest du mir etwas mehr darüber erzählen.«

»Ich dachte, du wärst nicht interessiert«, sagte Pete. Er klang wieder sauer, was aber diesmal wohl nichts mit mir zu tun hatte. Wahrscheinlich ärgerte er sich immer noch, weil Nummer eins den leichten Wurf verhauen hatte.

»Tja, ich hab ein wenig gründlicher überlegt«, sagte ich, »und mir gedacht, vielleicht wäre es ganz lustig, wenn mir der Teil eines Rennpferds gehörte.«

Die Fünf versiebte einen leichten Wurf, so daß Nummer vier seinen zweiten Punkt bekam. Sämtliche Zuschauer buhten.

»Es muß einfach besser sein als das hier«, fuhr ich fort, »wo man sein Geld diesen Gangstern in den Rachen wirft.«

Pete grinste. Ich merkte, daß er mir mein Benehmen auf der Toilette voll und ganz verziehen hatte.

»Das Problem liegt darin«, sagte Pete, »daß die Sache hoch riskant ist. Natürlich hofft man darauf, ein bißchen Geld zu verdienen, aber wahrscheinlich schmeißen wir nur zehn Riesen pro Nase zum Fenster raus. Ich hab dich überhaupt nur gefragt, ob du mit an Bord kommen wolltest, weil ich nicht wußte, was du beruflich machst. Hätte ja sein können, daß du ein wenig Geld übrig oder – wie nennen es die Börsenmakler? – Risikokapital hast. Aber wenn dich das finanziell überfordert...«

»Geld ist kein Problem«, log ich. »Ich wollte nur noch ein paar Details erfahren. Was im Vertrag steht und dergleichen.«

»Ich hab selbst nicht alle Einzelheiten parat«, sagte Pete. »Aber wenn du dich dafür interessierst, kann dir Alan Schwartz, unser jüdischer Freund, sämtliche Informationen geben. Er hat ein Infoheft erstellt, eine Art Broschüre. Da steht drin, wie alles funktioniert. Aber ich muß hundertprozentig wissen, daß du mitmachst, Alan ist nämlich eine große Nummer an der Wall Street, und ich will ihm nicht die Zeit stehlen.«

»Ich muß noch mal drüber nachdenken«, sagte ich. »Wie wär's, wenn ich dir in ein, zwei Tagen endgültig Bescheid gebe?«

»Je früher, desto besser«, sagte Pete. »Bis Ende dieser Woche wollen wir komplett sein. Keine Ahnung, vielleicht hat Alan schon jemanden gefunden.«

Die Nummer vier machte einen tollen Spielzug, er lief die Seitenwand hoch, um den Ball zu erwischen, dann erzielte er mit einem Rückhandwurf einen Chula. Ein paar Leute jubelten ihm zu.

»Klug von dir, daß du bei diesem Quatsch nicht mitmachst«, sagte Pete zu mir. »Ich muß bescheuert sein, daß ich mein Geld diesen verfluchten Banditos in den Rachen schmeiße.«

»Nur eins läßt mir keine Ruhe«, sagte ich, ohne auf das Spiel zu achten. »Krieg das aber jetzt nicht in den falschen Hals.«

»Schieß los«, sagte Pete.

»Dir gehören Logan's Schuhgeschäfte, du mußt also einen ganzen Batzen Geld haben. Warum kaufst du dir nicht allein ein Pferd? Oder, wenn du kein ganzes Pferd haben willst, warum kaufst du nicht einfach für noch mal zehn Riesen das zweite Fünftel? Warum müßt ihr unbedingt noch einen Mitbesitzer finden?«

Pete lächelte, als dächte er an irgendeinen alten Witz, und sagte dann: »Soll das ein Scherz sein? Wie gern würde ich ein eigenes Pferd haben, wenn's nach mir geht, gehört mir irgendwann mal ein ganzer Rennstall. Aber man kann sich nicht einfach Hals über Kopf ins Pferdegeschäft stürzen. Man muß wissen, wie das funktioniert, man braucht

Kontakte. Darum hab ich mir überlegt, daß ich mich an dieser Besitzergemeinschaft beteilige. Alan Schwartz kennt die Trainer, er hat Ahnung. Ich dachte mir, er zeigt mir, was Sache ist, dann ziehe ich los und kaufe mir meine eigenen Pferde. Aber ich kann die restlichen zehn Riesen nicht übernehmen – was ich wirklich gern tun würde –, weil Alan möchte, daß wir gleichberechtigte Besitzer sind, daß jedem zwanzig Prozent gehören. Er befürchtet, wenn einem einzigen vierzig Prozent des Pferds gehören, trifft er sämtliche Entscheidungen, und recht hat er. Aber bei fünf Leuten stimmen wir über alles ab, und die Mehrheit entscheidet.«

Pete sah seine Wettscheine durch und zerriß einen nach dem anderen.

»Mir reicht's«, sagte er. »Für einen Nachmittag hab ich diesen Ärschen genug von meinem Geld gegeben.«

»Du haust ab?«

»Vielleicht mach ich auf der Rückfahrt nach Brooklyn in Yonkers halt«, sagte er. »Mal sehen, wie's läuft.«

Fast hätte ich Pete gefragt, ob er bei den Trabern Gesellschaft brauche, doch dann fiel mir ein, daß ich praktisch pleite war und nicht mal mehr auf meinen Kreditkarten Geld hatte. Darum fragte ich statt dessen: »Wie nehme ich Kontakt zu dir auf, wenn ich mich entschieden habe?«

Pete kramte in seiner Hosentasche herum und holte eine dicke Brieftasche heraus. Aus einem der Fächer zog er eine Visitenkarte und reichte sie mir. »Das ist meine Karte, aber du mußt nicht mit mir reden, sondern mit Alan. Ich gebe dir seine Dienstnummer. Wenn er nicht da ist, hinterlaß eine Nachricht auf seiner Mailbox und sag ihm, du hättest seine Telefonnummer von mir. Aber ruf ihn nur an, wenn es dir wirklich Ernst ist. Alan ist ein vielbeschäftigter Mensch… er mag keine Sperenzchen.«

Ich warf einen Blick auf die Vorderseite der Visitenkarte und sah einen kleinen Schuh – das Logo von Logan's Schuhläden –, darunter standen zwei Adressen in Brooklyn. PETE LOGAN, BESITZER, stand in Großbuchstaben am oberen Kartenrand. Auf der Rückseite der Karte hatte er eine Telefonnummer und ›Alan Schwartz‹ geschrieben, den Namen doppelt unterstrichen.

Ich schüttelte Petes verschwitzte Hand und sah ihm nach, als er den Gang hinauf Richtung Ausgang marschierte. Ich verjubelte mein restliches Geld bei ein paar Hunderennen und war nur wenige Minuten später wieder auf der Autobahn.

Ich fuhr auf der rechten Spur, etwa fünfundsechzig Stundenkilometer schnell. Ich nahm Petes Karte und steckte sie aufs Armaturenbrett. Sie sah wie eine echte Visitenkarte aus, aber konnte nicht jeder ein paar Visitenkarten drucken lassen, auf denen stand, daß einem Logan's Schuhläden in Brooklyn gehörten? Das Ganze klang verdammt nach der alten »Mach ihn heiß, versetz ihm dann einen Dämpfer«-Nummer. Erzähl einem, er könne etwas bekommen, beispielsweise den Besitzanteil an einem Pferd, und wenn er es haben will, sag ihm, vielleicht könne er es doch nicht kriegen, woraufhin er es nur noch dringender haben will. Warum hätte Pete sonst sagen sollen, daß sie vielleicht »schon jemanden gefunden« haben? Auf dem Parkplatz hatte es noch so geklungen, als liege die Entscheidung allein bei mir, und auf einmal war das nicht mehr so.

Ich stellte das Autoradio auf WFAN und hörte zu, wie sich Mike und der Mad Dog über die Chancen der Jets in den Playoffs unterhielten. Vor mir fuhr ein Auto mit Wohnwagen auf meine Spur, schnitt mich brutal.

»Wichser!« brüllte ich und trat das Bremspedal voll durch. Die Visitenkarte auf dem Armaturenbrett verrutschte, fiel beinahe in den Heizungsschlitz.

Ich nahm die Karte vom Armaturenbrett und steckte sie in mein Portemonnaie, sicher war sicher.

3

Ich bewohnte ein Einzimmerapartment in einem Haus ohne Lift an der Sixty-fourth Street zwischen First und York. Frank, mein Boss bei der Arbeit, hatte mich bei einem seiner Freunde untergebracht, einem Griechen namens Costas, dem ein paar Häuser in der Gegend gehörten. Weil es in dem Gebäude keinen Hausmeister gab, hatten Costas und ich eine Abmachung getroffen: Ich bekam einen Mietnachlaß und kümmerte mich dafür um das Mietshaus. Nichts Ausgefallenes … ich mußte den Müll raustragen, tropfende Abflüsse reparieren, Klebefallen und Schabenköder auslegen. Manchmal ging es mir mächtig auf die Eier, aber die Miete war so billig – vierhundertachtzig im Monat in einer Gegend, wo für Studios leicht zwölfhundert bezahlt wurden –, daß ich das in Kauf nahm.

Das einzige Problem bestand darin, daß man das Apartment für einen Zwerg gebaut hatte: knapp dreiundzwanzig Quadratmeter, und zwar die ganze Bude. Man kam sich vor wie in einer Gefängniszelle, mit einer kleinen Küchenecke, einer Tür zu einem winzigen Bad in der anderen Ecke sowie einer Klappcouch in der Ecke links von der Eingangstür. Immer herrschte das totale Chaos – überall lagen dreckige Wäsche, Zeitungen, Werbung und sonstiger Müll herum. In der Spüle stapelte sich schmutziges Geschirr, und ich konnte mich nicht erinnern, wann ich das letztemal ein Stück Besteck abgewaschen hatte. Ich bemühte mich zwar, für Sauberkeit zu sorgen, aber in einem so kleinen Apartment war das ein Ding der Unmöglichkeit. Da ich überhaupt kein Händchen für Inneneinrichtung hatte, probierte ich es erst gar nicht. Weil ich nicht wußte, was ich mit der einen Wand anfangen sollte, schlug ich Nägel rein und hängte ein paar alte Basecaps dran. An einer anderen Wand hing ein großes Plakat von Robert DeNiro in *Wie ein wilder Stier.* Neben dem Poster hing mein neuestes, zwanzig mal fünfundzwanzig Zentimeter großes Porträtfoto – ich lächelte und hatte den Kragen meiner Lederjacke hochgeschlagen wie Travolta in *Schmiere*. Im Kühlschrank lag nie etwas Eßbares, und kochen konnte ich sowieso nicht. Entweder aß ich in der Kneipe, oder ich ließ mir was bringen.

Das Apartment mochte zwar klein sein, aber es war ein Palast, verglichen mit einigen der Unterkünfte, in denen ich vorher gewohnt hatte. Als ich nach dem Studium nach New York zog, arbeitete ich in der Küche eines chinesischen Restaurants an der Lower East Side. Mit vier Chinesen teilte ich mir ein kleines, heruntergekommenes Apartment über dem Restaurant. Ich schlief auf einer Matte auf dem Fußboden, und als ich eines Nachts aufwachte, lief gerade eine Rattenfamilie über mich hinweg. Meine anderen Wohnungen waren nicht viel besser… kakerlakenverseuchte Dreckslöcher ohne Heizung oder fließend Wasser, die das Gesundheitsamt bestimmt als unbewohnbar hätte sperren müssen. Als ich noch jünger war, hatte mich nie groß gestört, wo ich wohnte, weil ich wußte, daß es nur eine

Übergangslösung war, daß ich irgendwann den Durchbruch als Schauspieler schaffen und im nachhinein die Phase, als es mir noch nicht so gut ging, als ›die gute alte Zeit‹ verklären würde. Ich würde mich von Fernsehmagazinen interviewen lassen, dabei die Geschichte mit den Ratten einflechten, und alle würden lachen, als wäre das urkomisch. Doch in letzter Zeit war ich es leid, mich abzustrampeln. Ich wollte in einem hübschen Apartment wohnen und Geld auf der Bank haben, und zwar möglichst bald.

Ich zog mich aus, ließe alle meine Klamotten auf den Boden fallen. Ich war halb verhungert, aber auch fast pleite, wie mir plötzlich einfiel. Von meinem Benzin- und Mautgeld hatte ich noch drei Dollar und ein paar Münzen übrig. In meinen Jacken- und Hosentaschen fand ich noch ein bißchen Kleingeld, darunter einen zerknüllten Dollarschein, und unter den Couchkissen entdeckte ich achtundsechzig Cent. Da mir keine Stelle mehr einfiel, wo ich hätte suchen können, zählte ich das gesamte gefundene Geld – fünf Dollar und sechzehn Cent. Damit konnte man bei Pizza Park an der First Avenue nicht mal ein belegtes Baguette bestellen, außer man wollte dem Boten sein Trinkgeld vorenthalten.

Ich überlegte, ob ich mal eben um die Ecke gehen, ein paar Pizzastücke und 'ne Coke kaufen und das Ganze Abendessen nennen sollte, entschied aber, daß es sich nicht lohnte, wenn ich mir den Hintern abfror. Da hielt ich lieber noch ein paar Stunden durch, bis ich zur Arbeit ging.

Während ich vor der Glotze saß und mich durch die Sender zappte, ohne darauf zu achten, was gerade lief, kam ich zu dem Schluß, ich müsse verrückt sein, Petes Visitenkarte auch nur anzunehmen. Wie sollte ich zehn Riesen aufbringen, wenn ich nicht mal genug Geld zusammenkratzen konnte, um eine Pizza zu bestellen? Außerdem war ich Schauspieler. Von Kindesbeinen an war die Schauspielerei mein Traum gewesen. Da Vater und Mutter häufig grob mit mir umgesprungen waren, verbrachte ich viel Zeit allein in meinem Zimmer, verschloß die Tür, sah mich im Spiegel an und wiederholte immer und immer wieder die Dialoge, die ich im Fernsehen und im Kino gehört hatte. Wenn ich groß war, wollte ich genauso werden wie DeNiro in *Taxi Driver* oder Pacino in *Scarface*. Auf der High-School hatte ich in sämtlichen Aufführungen Hauptrollen, und Mrs. Warren, meine Theaterlehrerin, sagte zu mir, bei meinem Talent könne ›gar nichts schiefgehen‹. Ich konnte jetzt nicht das Handtuch werfen, nur weil nicht alles nach Wunsch lief. Morgen nachmittag würde ich für eine Rolle in einem Hundefutter-Werbespot vorsprechen. Wenn ich die gepackt hatte, bekam ich bestimmt einen Part in einer Soap, und anschließend riefen garantiert die Leute vom Film an. Vielleicht dauerte der Weg nach Hollywood ein wenig länger als geplant, aber irgendwann kam ich hin. Ich wußte, daß ich zu begabt war, um ewig unbeachtet zu bleiben.

Ich zog meine gewohnten Arbeitsklamotten an – verblichene Jeans, ein enges schwarzes T-Shirt mit rundem Halsausschnitt, meine Kette mit dem goldenen Glöckchen, die ich seit der High-School trug, und schwarze Motorradstiefel. Die Knöpfe meines langen schwarzen Ledermantels ließ ich offen und verließ das Apartment.

O'Reilley's lag nur wenige Blocks entfernt an der First Avenue, zwischen der Sixty-fifth und der Sixty-sixth Street. Als ich eintraf, saßen ein paar Stammgäste allein an der Theke. Wie viele Kneipen in Manhattan hatte das O'Reilley's Tagesgäste und Abendgäste. Die Tagesgäste waren alte Männer, Bauarbeiter, Elektriker, Tischler und die üblichen Alkis. Sie kamen her, um Schnäpse zu trinken und von ihren Frauen oder Chefs wegzukommen. Spätnachmittags, so gegen fünf, wurden die Tagesgäste weniger, und die jüngere Happy-Hour-Kundschaft traf ein. O'Reilley's war keine typische Happy-Hour-Bar – an einem normalen Abend kamen etwa zwanzig Gäste –, deshalb kontrollierte ich kaum Ausweise an der Tür, bevor die Abendgäste eintrafen, gewöhnlich gegen acht oder neun Uhr. Vorher half ich manchmal an der Bar, oder ich hing einfach rum und tat gar nichts. Rausschmeißer mochte zwar nicht der aufregendste Job auf der Welt sein, aber wenigstens mußte man sich nicht überanstrengen. Es war um Klassen besser als Geschirrwaschen, Kellnern, Taxifahren und die ganzen anderen Drecksjobs, die ich hinter mir hatte. Im Grunde mußte ich bloß auf einem Barhocker sitzen und robust aussehen. Gelegentlich, an einem Freitag- oder Samstagabend, trank irgendein Typ ein paar Bier und machte einen auf Macho. Meistens waren es zwei, die sich prügelten, und dann ging ich dazwischen und trennte die beiden. Ein paarmal versuchten Besoffene, mir eine zu langen, und ich mußte ein wenig grob werden, aber das war mir zuwider. Ich gehörte nicht zu den brutalen Rausschmeißern, die sich darauf freuten, Leute zusammenzuschlagen. Wenn sich zwei unbedingt prügeln wollten, griff ich nie ein, außer es geschah in der Bar.

Als Rausschmeißer an der Upper East Side zu arbeiten hatte den Vorzug, daß man jede Menge gutaussehender Frauen kennenlernte. Ständig kamen welche zu mir an die Tür und fingen ein Gespräch an. Die nicht Volljährigen schmissen sich nur an mich ran, damit ich sie in die Bar ließ, andere wollten einfach Gratisdrinks abstauben. Aber viele mochten mich wirklich gern und gaben mir ihre Telefonnummer, ohne daß ich sie gefragt hätte. Ich ging mit vielen Frauen aus, die ich bei der Arbeit kennenlernte, und hatte mit einigen Sex, aber keine Beziehung, die länger als einen Monat dauerte.

Ich hoffte, daß Frank, mein Chef, in der Kneipe war, damit ich ihn um einen Vorschuß anhauen konnte. Manchmal mimte Frank tagsüber den Barkeeper, aber heute stand sein Sohn Gary hinter der Theke.

Ich war gerade unterwegs nach hinten, um meinen Mantel aufzuhängen, als mich eine Hand an der Schulter berührte. Ich drehte mich um, und da stand Kathy und lächelte, in der Hand einen Teller mit einem Hamburger und Pommes.

»Tommy, ich freu mich so, daß du hier bist… ich muß dir eine tolle Neuigkeit erzählen.«

»Daß du mir mein Essen bringst?«

»Nein, ernsthaft. Ich bin gleich wieder da.«

Ich sah ihr nach, als sie einem Typ am Tresen das Essen brachte. Kathy war fünfundzwanzig und eine aufstrebende Schauspielerin. Letztes Jahr, als sie im O'Reilley's zu jobben begann, hatten wir mal miteinander geschlafen. Sie war groß, dünn und hatte lange glatte braune Haare. Die meisten Männer würden sie vermutlich schön finden, aber eigentlich war sie nicht mein Typ. Ich hab nie begriffen, warum manche Frauen hungern bis zum Gehtnichtmehr, nur um wie die Models in Zeitschriften auszusehen. Für mich war nichts attraktiver als eine Frau mit einem Bäuchlein und strammen Oberschenkeln.

Kathy kam lächelnd zurück, umarmte mich und küßte mich auf die Wange. Dann sagte sie: »Du wirst es nicht glauben. Erinnerst du dich noch an mein Vorsprechen letzte Woche, von dem ich dir erzählt habe? Für das neue Stück von Terrence McNally im Manhattan Theatre Club?«

»Ja«, sagte ich.

»Tja, sie haben mich zurückgerufen. Ist das nicht unglaublich? Und mein Agent sagt, der Manhattan Theatre Club ist seriös. Wenn sie einen zurückrufen, hat man ihnen wirklich gut gefallen.«

»Das ist toll«, sagte ich. Ich freute mich für sie, war aber wirklich nicht in Stimmung, mir anzuhören, wie die Karriere eines anderen Menschen in Schwung kam.

»Ich will mir zwar keine zu großen Hoffnungen machen... das bringt mir sonst vielleicht Unglück. Aber ich bin von der Rolle begeistert und weiß, daß ich sie schaffen kann. Ich möchte mit dir über etwas anderes reden. Eigentlich hat es mein Agent vorgeschlagen. Er hält es für eine gute Idee, wenn ich etwas mit einem anderen Schauspieler einübe – eine Szene vielleicht oder einen Einakter –, und dann würde mein Agent ein paar Regisseure und Produzenten einladen, vorbeizukommen und es sich anzusehen. Na ja, ich weiß nicht, was du davon hältst, aber ich könnte mir vorstellen, daß es nett wäre, wenn wir beide vielleicht eine Szene oder so gemeinsam machten.«

»Ich finde, das hört sich gut an«, sagte ich.

»Prima!« rief sie. »Ich dachte da an ein Stück, *Police Story* heißt es. Ein altes Stück aus den Fünfzigern. Jedenfalls ist es ein richtig gutes Polizeidrama mit ein paar richtig guten Szenen zwischen Ehemann und -frau. Wenn es dir auch gefällt, könnten wir es ja damit probieren. Ich werd morgen mal die Theaterbibliothek im Lincoln Center aufsuchen und nachsehen, ob es noch andere vielversprechende Sachen gibt. Ich bin so was von nervös!«

Kathy ging und notierte eine neue Bestellung, und ich ging nach hinten und hängte meinen Mantel auf. Ich war am Verhungern, und wenn ich nicht bald was zu essen bekam, würde ich ohnmächtig. Ich ging in die Küche, wo mir Rodrigo einen gut durchgebratenen Hamburger machte, mit einer Ladung Relish, dazu eine Portion Zwiebelringe. Ich stand in der Küche und plauderte mit ihm, bis das Essen fertig war. Rodrigo war ein kleiner Mexikaner mit einem buschigen schwarzen Schnurrbart. Er versuchte, Englisch zu lernen, und ich half ihm dabei, wenn ich Zeit hatte. Heute wollte er lernen, wie er seinen Vermieter bitten sollte, die Heizung mehr aufzudrehen. Ich nahm einen Zettel und schrieb ihm genau auf, was er dem Mann sagen sollte.

»Vielen Dank, Tommy«, sagte Rodrigo. »Meine Frau und ich ... wir jetzt nicht mehr frieren.«

Ich nahm den Burger mit an die Theke. Pat Benatar sang gerade *Hit Me with Your Best Shot,* und ich sang mit, war auf einmal besser gelaunt. Ich machte den Arm lang, goß mir ein großes Glas Sam-Adams-Bier ein, und dann schlang ich mein Essen runter. Der Burger war in Ordnung – noch etwas besser durch wäre mir lieber gewesen –, aber ich hätte ihn auch gegessen, wenn er aus rohem Fleisch gewesen wäre.

Am anderen Ende der Theke unterhielt sich Gary mit einem der älteren Gäste. Gary war der einzige Mensch bei O'Reilley's, mit dem ich nicht gut auskam. Ich hatte zwar nichts gegen ihn, aber er konnte mich nicht leiden, weil sein Vater mich bevorzugt behandelte. Frank sagte Gary ständig, er werfe sein Leben weg, weil er ein Rockstar sein wolle und kiffe, und Frank hätte es lieber gesehen, daß sein Sohn wieder studierte. Was Gary anging, war ich so ziemlich Franks Meinung. Klar, eigentlich sollte ich mich zurückhalten, weil meine Karriere auch nicht gerade wie eine Rakete abhob, aber wenigstens war ich ein recht guter Schauspieler und lebte nicht nur in den Tag hinein. Manchmal spielte Gary das Demotape seiner Band, und ich fand es unfaßbar, wie mies sie waren. Die Gruppe klang wie eine High-School-Combo, die in irgendeiner Garage probte. Außerdem hat man mit über dreißig immer noch eine Chance, den Durchbruch als Schauspieler zu schaffen, aber jeder, der mal MTV einschaltet, weiß, daß alle angesagten neuen Rockstars Anfang oder Mitte Zwanzig sind. Gary war vierunddreißig, zwei Jahre älter als ich, und seine Band trat immer noch in Kneipen – nicht mal in Bars, in Cafés – im East Village auf.

Gary war lang, schmal und sehr blaß. Er kleidete sich wie der typische Möchtegern-Rockstar in knallenge Lederhosen und zerrissene T-Shirts. Er trug riesige silberne Ohrringe und hatte sich blonde Strähnchen in seine glatten braunen Haare färben lassen. Ich hatte ihn noch nie mit einer Frau zusammen gesehen und war mir ziemlich sicher, daß er schwul war.

Ich aß meinen Hamburger auf. Zwar war ich immer noch hungrig, aber die Mahlzeit würde mich eine Weile über Wasser halten.

»Hey, Gary«, rief ich die Theke hinunter. »Kommt dein Vater heute her?«

Gary schüttelte den Kopf.

»Warum nicht?« fragte ich.

»Er fühlt sich nicht wohl, hat er gesagt. Wieso?«

»Vergiß es«, sagte ich. »Ist unwichtig.«

Ich hatte keine Ahnung, was ich tun würde. Heute abend kam ich ohne Geld über die Runden, dennoch brauchte ich Geld zum Leben, und bestimmt wäre es nicht schlecht, wenn ich gelegentlich mal meine Miete und ein paar Rechnungen bezahlte. Falls Frank morgen nicht auftauchte, steckte ich wirklich in Schwierigkeiten.

Eine junge Frau betrat die Bar. Ich beobachtete, wie sie ihren Mantel auszog, ihn über einen Hocker zwei Hocker neben mir legte und dann Platz nahm. Sie sah zu mir rüber, lächelte, und ich lächelte zurück. In ihrem kurzen schwarzen Rock und der schwarzen Bluse sah sie aus, als käme sie geradewegs von der Arbeit. Gary nahm ihre Bestellung entgegen – »Einen frozen Margarita bitte« –, dann schlug sie die Beine übereinander. Ich sah sie mir noch einmal an – lockige dunkle Haare, dunkle Haut, wahrscheinlich Inderin –, rutschte dann einen Hocker weiter, streckte die Hand aus und sagte: »Angenehm, ich bin Tommy.« Wir gaben uns die Hand und fingen ein Gespräch an. Sie nannte mir ihren Namen, aber der klang irgendwie indisch, und ich verstand ihn nicht. Es klang wie »Tree Lips«, aber da hatte ich mich wohl verhört. Keine Ahnung, worüber wir uns unterhielten, aber da sie lachte, konnte sie mich offenbar ganz gut leiden.

Nach einer Weile fragte ich, ob sie auf jemanden warte. »Allerdings«, sagte sie mit einem Blick zur Tür. »Ich warte auf eine Freundin.« Als ich sie um ihre Telefonnummer bat, kam sie mir mit der alten »Ich habe einen festen Freund«-Leier. Ich wußte, es konnte nichts besonders Ernstes sein... schließlich hatte sie an jedem Finger ihrer linken Hand Ringe, nur am Ringfinger nicht. Ich hätte nachbohren und rausfinden können, ob sie sich nur ein wenig zierte, war aber nicht in Stimmung. Als ihre Freundin auftauchte, sagte ich zu Tree Lips, es habe mich sehr gefreut und hoffentlich könnten wir uns irgendwann mal wieder treffen. Dann setzten sich die beiden an einen Tisch, und ich griff über den Tresen und zapfte mir noch ein großes Glas Sam Adams.

»Warum hast du ihr erzählt, du wärst Schauspieler?«

Ich schaute auf, und mir gegenüber stand Gary.

»Wer hat dich denn gefragt?« sagte ich.

»Zufällig habe ich mitgehört, was du erzählt hast«, sagte er. »Ließ sich auch wirklich nicht überhören.«

Ich nahm einen Schluck Bier, beachtete ihn nicht weiter.

»Schließlich erzähl ich den Leuten nicht, ich sei Musiker«, fuhr er fort. »Wenn mich jemand fragt, was ich beruflich mache, sage ich, ich bin Barkeeper.«

»Du bist ja auch Barkeeper.«

»Und du bist Rausschmeißer.«

»Nein, ich bin Schauspieler.«

»Nein, du bist das, womit du dein Geld verdienst. Wenn

du nicht hauptberuflich als Schauspieler arbeitest, bist du Rausschmeißer, und die Schauspielerei ist bloß ein Stekkenpferd, nichts weiter. Du solltest nicht die Augen vor dem verschließen, was du bist.«

»Danke für den Rat«, sagte ich.

Ich nahm das Bier mit ans andere Ende der Theke und trank es ex. Dann ging ich raus, um die Ausweise zu kontrollieren.

Es war ein normaler Mittwochabend, bis gegen halb elf, als Janene mit ein paar Freunden eintraf. Ich hatte Janene vor etwa einem Monat an der Tür kennengelernt. An einem meiner freien Abende lud ich sie bei Carmine's zum Essen ein, anschließend gingen wir zu mir, und sie blieb über Nacht. Seitdem hatte ich sie nicht mehr angerufen, und jetzt kam ich mir deswegen echt mies vor. Wie beide hatten uns prima amüsiert – sie war nett, sah gut aus, man konnte sich prima mit ihr unterhalten –, verdammt, stimmte irgendwas mit mir nicht? Klar, daß sie mich an diesem Abend mit Nichtachtung strafte. Sie begrüßte mich zwar an der Tür, lächelte aber nicht, und dann stand sie mit ihren Freunden an der Theke und tat, als bemerkte sie mich nicht.

Ich sah immer wieder zu ihr rüber. Kein Zweifel – sie sah umwerfend aus. Ihre aschblonden Haare trug sie als Pagenkopf, außerdem hatte sie enge Jeans und einen blauen Wollpulli an. Sie war einunddreißig, ging aber problemlos als fünfundzwanzig durch. Sie war groß und stabil – knapp eins achtzig, achtzig Kilo –, also genau mein Typ.

Als der Betrieb an der Tür nachließ, ging ich zur Theke

und unterhielt mich mit ihr. Ich hatte vergessen, was für schöne Augen sie hatte. Hellblau waren sie und schienen immer zu funkeln. Auch ihre negative Körpersprache entging mir nicht, wie sie die Schulter nicht in meine Richtung drehte, aber ich quatschte trotzdem auf sie ein.

Plötzlich, aus heiterem Himmel, sagte sie: »Warum hast du mich nicht angerufen?«

Mit dieser Frage hatte ich gerechnet und mir eine Antwort zurechtgelegt.

»Ich wollte ja«, behauptete ich, »aber in letzter Zeit hatte ich immer wahnsinnig viel um die Ohren.«

»Egal«, sagte sie und tat, als kümmerte sie das nicht, doch das war offensichtlich nur gespielt. »Ich begreif's bloß nicht. Ich dachte nämlich, wir beide hätten uns gut amüsiert.«

»Das kannst du laut sagen. Jedenfalls gilt das für mich.«

»Warum hast du mich dann nie angerufen? Und erzähl mir nicht, du hättest wahnsinnig viel zu tun gehabt. Wie lange dauert denn ein Telefonat?«

Ich schaute zu Boden. »Ich hab wohl geglaubt, du könntest mich nicht besonders gut leiden.«

»Nun mach mal 'n Punkt«, sagte sie. »Das soll wohl ein Witz sein?«

»Ich hab viele Frauen sagen hören, wenn sie bei der ersten Verabredung mit einem Typ schlafen, bedeute es, daß er ihnen nicht besonders wichtig ist... welche Meinung er von ihnen hat und so was.«

»Das ist doch Schwachsinn«, sagte sie. »Was denkst du eigentlich von mir? Daß ich mit jedem schlafe, mit dem ich ausgehe?«

Ein Typ stand hinter Janene, trank eine Flasche Bier und sah zu uns rüber.

»Ich weiß, es war falsch von mir«, sagte ich, »ich hätte dich anrufen sollen. Aber ich wollte dir nur ehrlich sagen, was mir durch den Kopf ging, mehr nicht.«

»Und was hab ich deiner Ansicht nach gedacht, als ich nichts mehr von dir hörte?«

»Dann war es also ein Mißverständnis ... Was willst du von mir hören? Es tut mir aber ehrlich leid. Glaub mir, ich hab mich mit dir sehr wohl gefühlt – es war wohl eins der besten Dates, das ich je hatte. Ich würde wirklich gern mal wieder was mit dir unternehmen.«

»Ich weiß nicht«, sagte sie. »Ich brauch wohl erst ein wenig Bedenkzeit.«

»Na gut«, sagte ich, »aber glaub mir, ich werd dich nicht wieder enttäuschen, darauf kannst du dich verlassen.« Ich machte Anstalten zu gehen, drehte mich noch mal zu ihr um und sagte: »Ach ja, übrigens, was ich dir noch sagen wollte: Du siehst heute abend toll aus.«

»Wirklich?« Sie errötete.

»Nun mach mal 'n Punkt, das weißt du doch.«

Sie sah zu Boden.

»Hör mal«, sagte ich, »ich hab heute nacht um halb eins Schluß. Vielleicht willst du ja so lange bleiben, wenn du in Stimmung bist. Wir könnten noch irgendwo einen Drink nehmen ... oder auch nur 'ne Tasse Kaffee. Wir könnten einfach reden, mal sehen, wie's läuft.«

»Vielleicht«, sagte sie.

Nach noch ein wenig Augenkontakt sagte ich: »Du weißt, wo du mich findest.«

Ich ging wieder auf meinen Hocker neben der Tür. Während der Arbeit schaute ich immer mal wieder in Richtung Janene, und wenn sie mich sah, lächelten wir beide. Ich hatte das Gefühl, daß ich sie zurückgewann, war mir aber nicht sicher. So gegen eins kam sie zu mir und sagte: »Meine Freunde gehen nach Hause.«

»Und du?«

»Ich habe ihnen gesagt, daß ich noch mit dem Rausschmeißer verabredet bin.«

Ich lag im Dunkeln neben Janene und sagte: »Ich würde dir gern etwas zu trinken anbieten, habe aber nur Leitungswasser.«

»Das macht doch nichts.«

»Bestimmt? Ich könnte nämlich kurz runterlaufen und dir was holen ... kein Problem.«

»Nein. Wirklich.«

Ich fuhr ihr mit den Fingern sanft über die Stirn, dann seitlich am Gesicht herunter.

»Hat dir schon mal jemand gesagt, daß du eine wunderschöne Haut hast?«

»Dauernd machst du mir Komplimente.«

»Was dagegen?«

»Eigentlich nicht.«

»Sie ist so weich und glatt ... wie eine Nektarine.«

»Danke sehr«, sagte sie lachend.

Ich küßte sie, streckte dann die Hand aus, um die Lampe einzuschalten.

»Was hast du vor?«

»Ich will dein Gesicht sehen.«

»Laß das.«

»Warum?«

»Weil… weil ich wohl ein wenig unsicher bin, darum.«

»Weswegen solltest du unsicher sein?«

»Meine Beine.«

»Herrje, Frauen glauben immer, daß mit ihren Beinen was nicht stimmt, dabei sind es ihre attraktivsten Körperteile. Na schön, verrat's mir. Was ist mit deinen Beinen?«

»Sie sind zu dick.«

»Dick? Sie sind nicht dick genug. Leg auf jedes noch neun, zehn Pfund drauf, dann sind sie perfekt.«

»Danke, aber laß das Licht bitte aus.«

Sie packte meine Arme, und wir rangen miteinander, rollten auf dem Bett herum. Als ich auf ihr lag und sie küßte, sagte sie: »Tommy, ich möchte dich etwas fragen.«

»Nur zu«, sagte ich, meine Lippen auf den ihren.

»Hättest du mich je angerufen, wenn ich nicht heute abend in die Bar gekommen wäre?«

»Wahrscheinlich«, sagte ich. Dabei küßte ich sie auf den Hals. Zwischen Küssen fuhr ich fort: »Jedenfalls mußte ich viel an dich denken.«

»Was hast du gedacht?«

»Du gingst mir einfach nicht aus dem Kopf, und ich habe gehofft, daß du keinen anderen hast, daß du auch an mich gedacht hast.«

»Das hab ich… an dich gedacht, meine ich. Viel sogar. Darum war ich so enttäuscht, als du nicht anriefst.«

»Das wirst du mir ewig nachtragen, stimmt's?«

»Nein, ich bin jetzt nur so glücklich. Ich kann es halt kaum glauben, daß ich einen so netten Typ wie dich kennengelernt habe. Du hast ja keine Ahnung, wie viele Verlierer und Ärsche sich da draußen rumtreiben. Aber noch etwas anderes macht mir Kummer.«

»Nämlich?«

»Daß wir... na ja... schon sind wir wieder im Bett. Vielleicht sollten wir nichts überstürzen.«

»Das ist doch verrückt«, sagte ich. »Ich mag dich, und du magst mich, stimmt's? Warum sollten wir da nicht unseren Spaß haben?«

»Du weißt schon, was ich meine. Ich hab Angst, daß ich dir langweilig werde.«

»Unmöglich.« Ich drehte mich um, zog sie auf mich. Verrückt, daß sie sich wegen ihrer Beine Sorgen machte. Ihre Beine waren perfekt.

»Tommy, darf ich dich noch was fragen?«

»Frag mich, was du willst.«

Sie zwirbelte an meinen Brusthaaren herum.

»Was hast du irgendwann beruflich noch vor?« fragte sie. »Das heißt, falls du kein Schauspieler wirst.«

»Aber ich bin Schauspieler.«

»Du weißt, was ich meine... falls es mit deiner Schauspielerlaufbahn nicht klappen sollte. Was würdest du sonst noch gern machen?«

Für so was war ich nicht in Stimmung, schließlich hatte mich Gary schon nachmittags damit genervt. Schlimm genug, wenn man immer und immer wieder von Produzenten und Regisseuren abgelehnt wurde, da konnte ich drauf verzichten, daß mich auch noch andere fertigmachten. Andererseits wollte ich auch nicht böse auf Janene werden. Es lief heute abend zu gut, und so sollte es auch bleiben.

»Das hört sich an, als hättest du Probleme damit, mit einem Rausschmeißer befreundet zu sein«, sagte ich.

»Nein, überhaupt nicht. Ich bin nur neugierig. Ich will dich auch nicht unter Druck setzen, keineswegs. Tut mir leid, ich hätte wohl besser den Mund gehalten.«

»Ist schon in Ordnung«, sagte ich. »Ich denke halt nicht gern daran, daß ich es nicht schaffen könnte. Positives Denken, du verstehst? Aber von mir aus, ›was wäre wenn‹? Ich konnte schon immer ziemlich gut mit Zahlen umgehen. Sollte es mit meiner Schauspielerkarriere nicht klappen, könnte ich mir immer einen Job an der Wall Street suchen, an einem dieser Ausbildungsprogramme für Börsenmakler teilnehmen, für die ständig in der Zeitung geworben wird.«

»Du würdest bestimmt einen tollen Börsenmakler abgeben.«

»Oder ich mache etwas ganz anderes... da gibt's eine Menge Möglichkeiten. Keine Bange, ich werde nicht ewig Rausschmeißer bleiben.«

Janene fuhr mir mit den Fingern durch die Haare.

»Was ist das?« fragte sie und musterte meine Kopfhaut.

»Nur meine Narbe«, sagte ich.

»Wo hast du die her?«

»Bin als Kind vom Rad gefallen.«

»Das war bestimmt ein schlimmer Sturz.«

»Nö, mußte bloß mit ein paar Stichen genäht werden. Nicht der Rede wert.«

Wenn eine Frau oder ein Friseur nach der Narbe fragte, erzählte ich immer die Geschichte vom Fahrradunfall. Das war besser als die wahre Geschichte, wie ich zu der Verletzung gekommen war und man mir im Alter von sieben Jahren ein Stück Schädeldecke entfernen und eine Metallplatte einsetzen mußte.

Aber ich mochte Janene sehr und hatte vor, ihr irgendwann einmal die Wahrheit über die Narbe und alles andere über mich zu erzählen.

Wir liebten uns noch einmal, langsam, redeten und lachten dabei die ganze Zeit. Ich fand es unglaublich, wie geborgen ich mich in Janenes Gegenwart fühlte, als kennte ich sie schon seit Jahren.

Als wir dann wieder nebeneinanderlagen, legte sie ihren Kopf auf meinen verschwitzten Brustkorb und sagte: »Ich muß dir etwas Wichtiges erzählen.«

»Was denn?«

Sie schwieg.

»Na?«

»Vergiß es«, sagte sie schließlich. »Ich erzähl's dir ein anderes Mal.«

»Du sagtest doch, es sei wichtig.«

»Stimmt, aber es kann warten.«

»Sollte ich mir deswegen Sorgen machen?«

»Nein, so was ist es nicht. Vergiß es … echt.«

»Warum erzählst du es mir nicht?«

»Es ist nicht wichtig – jedenfalls noch nicht. Ich verrate es dir, Ehrenwort … bald.«

»Warum nicht jetzt?«

»Tommy, bitte.«

»Egal«, sagte ich und dachte, wenn ich meine Geheimnisse hatte, konnte sie auch ihre haben.

Ich küßte sie sanft auf die Lippen und ging pinkeln.

4

Wenn ich morgens aufwachte und das Gesicht einer Frau in meinem Bett sah, bekam ich manchmal Zustände und wünschte mir, ich hätte sie nachts überredet, nach Hause zu gehen, doch als ich die neben mir schlafende Janene sah, kam ich mir vor wie der glücklichste Mann in New York. Selbst ganz ohne Make-up sah sie umwerfend aus, und ich war einfach nur froh, in ihrer Nähe zu sein. Vielleicht brauchte ich ja genau das in meinem Leben – Stabilität, eine solide feste Beziehung.

Ich beschloß, sie mit einer Überraschung zu wecken. Zuerst war sie verdutzt und strampelte ein wenig, doch dann entspannte sie sich und genoß es. Anschließend sah ich zu ihr hoch und fragte: »Gut geschlafen?«

»Das war herrlich«, sagte sie mit hochrotem Gesicht und schwer atmend.

Als sie sich auf den Rücken legen wollte, zog ich sie wieder auf mich und sagte: »Nö, laß mal sein … das war eine kleine Aufmerksamkeit für dich. Eigentlich wollte ich dich fragen, ob du nicht im Bett frühstücken möchtest. Soll ich ein paar *Bagel* und Kaffee holen?«

»Wieviel Uhr ist es?«

Ich sah auf den Wecker.

»Fünf vor sieben.«

»Mist... um Viertel vor neun muß ich auf der Arbeit sein.«

»Ruf an und melde dich krank.«

»Das würd ich gern, aber meine Firma steckt gerade mitten in einer wichtigen Buchprüfung – mein Chef würde mich umbringen. Hast du ein T-Shirt oder so was, das ich anziehen könnte?«

»Klar«, sagte ich. Ich ging zur Kommode und holte ein ›Fruit of the Loom‹-T-Shirt mit V-Ausschnitt heraus. Sie zog es an, zog dabei die Bettdecke hoch, um ihren Körper zu bedecken, doch dann stieg sie aus dem Bett. Sie war zwar ein stämmiges Mädchen, aber an ihr sah mein T-Shirt wie ein Nachthemd aus.

Sie ging ins Bad und nahm ihre Klamotten mit. Als ich hörte, wie sie die Klobrille runterklappte, stand ich rasch auf, zog mein Portemonnaie aus der Tasche der Jeans, die ich am Vortag getragen hatte, und versteckte es in einer Schublade meiner Kommode unter den Socken. Ein paar Minuten später kam Janene aus dem Bad, voll bekleidet, von den Schuhen abgesehen. Ich lag wieder in Unterwäsche im Bett.

»Ich fand die letzte Nacht großartig«, sagte sie.

»Ich auch.«

»Am liebsten würde ich den ganzen Tag mit dir verbringen.«

»Dafür bleibt uns noch genug Zeit.« Ich stand auf und küßte sie. »Soll ich dich nach Hause begleiten?«

»Das brauchst du nicht.«

»Ich möchte aber.« Ich ließ nicht locker. »Je mehr ich mit dir zusammensein kann, desto besser.«

Ich zog mich an.

»Was hast du heute noch vor?« fragte sie.

»Zuerst muß ich mich um irgendwelchen Kram hier im Haus kümmern, dann hab ich ein Vorsprechen.«

»Ein Vorsprechen? Das hast du mir gar nicht gesagt.«

»Nichts Aufregendes. Es geht um einen Werbespot für Hundefutter.«

»Klingt doch gut.«

»Die Konkurrenz ist groß, aber meine Chancen stehen wohl nicht schlecht.«

»Na, dann viel Glück.«

»Kannst du mir etwas Geld leihen?«

Ich konnte selbst nicht glauben, wie ich das gesagt hatte – aus heiterem Himmel, übergangslos.

Sie sah mich ein, zwei Sekunden lang an – mir kam es länger vor – und sagte dann: »Klar... warum nicht.«

»Ach, hab ich es dir nicht erzählt?« sagte ich. »Ich habe wohl gestern mein Portemonnaie verloren.«

»Nein, das hast du mir nicht erzählt.«

»Ja, gestern nachmittag. Ich war Wäsche waschen, und als ich aus dem Waschsalon zurückkam, war mein Portemonnaie verschwunden. Ich hab es überall im Apartment gesucht, aber nicht gefunden.«

»Das ist ja schrecklich!«

»Entweder habe ich es auf der Straße verloren, oder jemand hat es mir aus der Tasche geklaut. Allerdings war es nicht so schlimm – ich hatte nur ein paar Dollar drin, und mein Führerschein lag glücklicherweise zu Hause. Die Bank und die Kreditkartenfirmen hab ich schon angerufen, sie schicken mir neue Karten. Die Bank läßt mir heute nachmittag per Eilzustellung eine Karte zukommen.«

»Wieviel brauchst du denn?«

»Weiß auch nicht. Fünfzig Piepen dürften erst mal reichen. Es ist ja nur für heute. Wäre mein Chef heute nachmittag da, würde ich…«

»Überhaupt kein Problem«, sagte sie. »Es ist nur so, ich habe grade mal zwanzig Dollar in der Tasche. Aber wenn du mich begleitest, gehen wir an einem Geldautomaten vorbei, und ich kann…«

»Das wäre wirklich lieb von dir«, sagte ich. »Ich geb's dir morgen wieder. Wenn du willst, komme ich in deiner Wohnung vorbei und…«

»Ist schon in Ordnung«, sagte sie. »Du kannst mir das Geld zurückgeben, wann du möchtest.«

Wir verließen mein Apartment und gingen händchenhaltend runter auf die Straße. Es war wieder bitterkalt, aber weniger windig als am Vortag. Wir unterhielten uns über das Wetter und darüber, daß sie gern Ski fuhr. Ich erzählte ihr, ich hätte einmal für einen Wintersportkatalog als Model gearbeitet, sei aber erst einmal in meinem Leben Ski gefahren, vor etwa fünf Jahren, und könne es nicht besonders gut. Aber ich würde es irgendwann mal wirklich gern mit ihr probieren.

Wir gingen die First Avenue hinauf bis zu einem Geldautomaten. Sie tippte ihre Geheimzahl ein, während ich hinter ihr stand und mir die Kombination merkte: 4-7-6-6-3-4.

Als sie gerade den gewünschten Geldbetrag eintippen wollte, sagte ich: »Könntest du aus den fünfzig vielleicht hundert machen? Falls es wirklich nicht geht, vergiß es, aber ich muß ein paar Putzmittel für das Haus kaufen. Wenn ich heute nicht putze, wird der Hauswirt sauer. Er ist Grieche, kann echt jähzornig werden, und darauf hab ich heute echt keinen Bock.«

»Klar«, sagte sie. »Hundert ist kein Problem.«

»Danke«, sagte ich. »Das ist total nett von dir.«

Ich begleitete sie zu ihrem Wohnhaus an der York Avenue in der Nähe der Seventy-first Street. Es war ein wirklich ansehnliches Gebäude mit Fahrstuhl. Ich kam mir richtig schäbig vor, weil ich sie zweimal hintereinander in mein Drecksloch mitgenommen hatte.

Vor dem Haus umarmten und küßten wir uns.

»Ich fand die letzte Nacht einfach umwerfend«, sagte sie.

»Ich auch.«

»Meldest du dich denn diesmal bei mir?«

Sie lachte, es sollte wie ein Scherz klingen, doch ich wußte, daß sie es ernst meinte.

»Machst du Witze?« sagte ich. »Ich kann's kaum erwarten, wieder mit dir auszugehen. Wie hört sich heute abend an?«

»Heute abend?«

»Klar. Wie wär's, wenn du mich gegen Mitternacht an der Bar abholst? Dann können wir eine Weile abhängen, wenn dir danach ist, essen wir ein Häppchen. Vielleicht schaffen wir's ja diesmal in ein Restaurant.«

Wir mußten beide lachen.

»Außer es ist dir zu früh«, sagte ich.

»Nein, zu früh ist es nicht.«

»Halt, fast hätte ich's vergessen – du mußt ja morgen arbeiten, darum sollten wir bis Freitag oder Samstag warten.«

»Das klappt schon«, sagte sie. »Ich schaffe es heute abend.«

»Bist du sicher?«

»Hundertprozentig. Wir sehen uns um Mitternacht.«

Wir küßten und umarmten uns noch ein Weilchen, dann ging ich, sah mich aber alle paar Schritte um und winkte. An der Ecke drehte ich mich um und winkte noch mal.

Ich erledigte ein paar Kleinigkeiten im Haus – bei dem Typ im Apartment Nr. 2 tropfte der Heizkörper –, dann putzte ich Flure und Treppen, das heißt, ich kippte halb mit Wasser, halb mit Clorox gefüllte Eimer aus und wischte anschließend alles mit dem Mop wieder auf. Meine Nachbarn waren hauptsächlich Assistenzärzte im New York Hospital und junge Studenten. Sie waren ganz nett, aber ich suchte keinen Kontakt und sprach nur mit ihnen, wenn ich in ihren Wohnungen zu tun hatte.

Gegen zehn Uhr war ich mit dem Putzen fertig und ging zu einem Imbiß an der First Avenue, wo ich mir ein paar Sandwiches mit Schinken und Ei holte. Schon auf dem Heimweg machte ich mich über die Sandwiches her und aß sie in meinem Apartment fertig auf. Dann machte ich mich für das Vorsprechen fertig.

Nach dem Duschen zog ich das von meinem Manager empfohlene Outfit an: Jeans und ein weißes T-Shirt mit V-Ausschnitt. In dem Werbespot sollte ich einen Durchschnittstyp spielen, einen alleinstehenden Arbeiter, der nur mit seinem Hund zusammenlebte. Weil mein Manager der Ansicht war, ich sollte am besten ein wenig ungepflegt und müde aussehen, rasierte ich mich nicht.

Als ich angezogen und abmarschbereit war, übte ich meinen einzigen Satz vor dem Spiegel. Ich mußte neben einem Hund knien und sagen: »Er frißt nur das Beste und sieht auch toll aus.« Ich sagte den Satz in so vielen verschiedenen Varianten, bis ich glaubte, ihn perfekt zu beherrschen. Wenn sie mich nicht nahmen, mußten sie verrückt sein.

Ich war um halb eins da, eine halbe Stunde vor dem vereinbarten Termin.

Wie üblich hielten sich bereits Dutzende Typen im Wartebereich auf, die wie meine Zwillingsbrüder aussahen. Alle hatten weiße T-Shirts mit V-Ausschnitt an und waren unrasiert.

Ich übte den Satz im stillen, war mir immer noch sicher, die Rolle zu kriegen. Dann war ich an der Reihe. Ich betrat das Zimmer, wo Regisseur, Produzent und ein paar andere – vermutlich die Texter und Werbefritzen – hinter einem langen Schreibtisch saßen. Eine Frau mit braunen gelockten Haaren hielt einen Golden Retriever an der Leine.

»Tommy Russo«, sagte der Regisseur. Er war dünn, hatte kurze blonde Haare, eine Brille und trug einen schwarzen Rollkragenpulli.

»Das bin ich«, sagte ich.

»Danke, daß Sie gekommen sind«, sagte er.

»Gern geschehen«, sagte ich.

»Wenn Sie sich hier drüben hinstellen würden«, sagte er und zeigte mir ein Stück Klebeband auf dem Boden, knapp zehn Meter vor dem Schreibtisch.

Als ich an der Stelle stand, kam die Frau mit dem Hund auf mich zu. Aber kaum wollte sie die Leine abmachen, fing der Hund an zu bellen, flippte schier aus. Sie versuchte, ihn zu beruhigen, sagte ›Aus‹ und ›Ist ja gut‹, aber nichts half.

»Verzeihen Sie«, sagte die Frau zu mir. »So kenne ich sie gar nicht.«

Zuerst lachten die Männer am Tisch nur, als hielten sie das für einen lustigen Scherz. Doch als einige Minuten vergangen waren, der Hund immer noch bellte und versuchte, mich anzugreifen, sahen sie auf ihre Armbanduhren und flüsterten miteinander.

»Am besten gehen Sie erst mal mit ihr raus!« überschrie der Regisseur schließlich den wütenden Hund.

Die Frau versuchte wegzugehen, doch der Hund zerrte sie immer wieder zurück, krallte sich in den Fußboden, weil er hinter mir herwollte. Schließlich verließen Frau und Hund den Raum, doch irgendwo hörte ich den Hund immer noch bellen.

»Anscheinend habe ich heute morgen das Hundekuchenparfüm genommen«, sagte ich. Niemand lachte.

»Es tut mir wirklich sehr leid«, sagte der Regisseur.

»Es ist ja nicht Ihre Schuld«, sagte ich. »Dafür kann schließlich nur der Hund etwas, stimmt's?«

»Wir setzen uns mit Ihrem Manager oder Agenten in Verbindung, falls Sie für andere Rollen in Betracht kommen.«

Ich stand ein Weilchen da, ehe die Bedeutung seiner Worte durchsickerte, aber dann glaubte ich, mich verhört zu haben.

»Das begreife ich nicht«, sagte ich. »Wollen Sie nicht hören, wie ich den Satz vortrage?«

»Das ist wohl nicht nötig«, sagte der Regisseur.

Wieder starrte ich ihn an. »Warum nicht?«

»Weil Sie nicht mit Molly zurechtkommen.«

»Wer ist Molly?«

»Die Hündin.«

»Dann holen Sie Molly halt wieder rein. Vielleicht beruhigt sie sich ja.«

»Es tut mir leid, Mr. Russo, aber wir müssen jetzt den nächsten Schauspieler drannehmen.«

»Mir tut es auch leid«, sagte ich, »ich halte das nämlich nicht für korrekt. Ich komme den weiten Weg hierher, ich habe für die Rolle geübt. Das Mindeste, was Sie tun können, ist...«

»Bitte gehen Sie, Mr. Russo.«

»Ich will nur meinen Satz aufsagen«, sagte ich. »Wenn Sie sich einfach nur ein Momentchen zurücklehnen, werden Sie merken...«

»Ich habe Sie freundlich gebeten zu gehen, Mr. Russo. Sie kommen für diese Rolle nicht in Frage, daher ist es für uns alle Zeitverschwendung, wenn Sie bleiben. Ich fordere Sie also ein letztes Mal freundlich auf: Bitte gehen Sie.«

Ich wußte, das Klügste wäre, zu gehen und den Mund zu halten.

»Wieso bilden Sie sich ein, daß Sie mit anderen Leuten so umspringen dürfen?« sagte ich. »Nur weil Sie eine große Nummer sind, weil Sie da hinter Ihrem Schreibtisch sitzen?«

Der Regisseur flüsterte etwas zu dem Typ neben ihm, der ein Handy herausholte und telefonierte.

»Wenn Sie eine wirklich unangenehme Szene vermeiden wollen«, sagte der Regisseur, »machen Sie jetzt sofort kehrt und gehen.«

»Ich gehe nirgendwohin«, sagte ich.

Daraufhin standen der Regisseur und die anderen Typen auf und redeten miteinander. Als ich hörte, wie mich der Regisseur ein »Arschloch« nannte, rastete ich aus. Ich sprang über den Schreibtisch und ging auf den Mann los. Er wich zurück, und die anderen versuchten, mich zurückzuhalten. Ich riß mich los, dann tauchten zwei Securityleute hinter mir auf und schleiften mich aus dem Zimmer. Sie brachten mich aus dem Gebäude und sagten, falls ich dort je wieder auftauchte, würde ich verhaftet.

Ich ging die Fifty-seventh Street entlang und konnte nicht glauben, was soeben passiert war. Ich wußte, wenn ich noch länger darüber nachdachte, würde ich so richtig ausrasten, deshalb tat ich, was ich immer machte, wenn ich auf andere Gedanken kommen wollte: Ich machte an einem Zeitungskiosk halt und kaufte die *Racing Form,* dann begab ich mich zum OTB-Wettbüro.

Ich setzte mich in den ersten Stock, an einem Tisch weiter hinten unter der Sonnenterrasse. Dort trieben sich die üblichen Versager herum... Typen, die ich andauernd sah, aber höchstens mit Vornamen kannte. Ein paar dieser Leute waren in meinem Alter, aber fast alle anderen hatten die Sechzig hinter sich. Manchmal bekam ich Depressionen, wenn ich an diese Burschen dachte, die aus dem Arbeitsleben ausgeschieden waren, um mehr Zeit mit Frau und Kindern zu verbringen, aber dann die ganze Zeit mit Wetten zubrachten. Ich wußte zwar, daß ich nicht so schlimm war wie sie, aber mir war auch klar, daß ich irgendwann wie sie enden konnte, wenn ich nicht aufpaßte.

Das dritte Rennen begann. Ich setzte auf die Eins, und das Pferd gewann – unversehens war ich um über dreihundert Mäuse reicher. Als ich den Gewinn abholte, gab ich Lucy, der Kassiererin, fünf Dollar Trinkgeld. Im vierten Rennen sagte mir kein Tier zu, also machte ich eine Pause. Doch im fünften gefiel mir ein Pferd. Zuerst wollte ich hundert Dollar setzen, doch dann dachte ich: Was soll's, und versuchte es mit den kompletten dreihundert. Das Pferd verausgabte sich frühzeitig und wurde Letzter. Um vierzehn Uhr war ich wieder zu Hause, völlig pleite, und sah fern.

Jetzt ging mir das Vorsprechen nicht mehr aus dem Kopf. Wenn sich das, was heute passiert war, vor ein paar Jahren oder auch nur vor ein paar Monaten zugetragen hätte, wäre es vielleicht anders gelaufen. Ich hätte dem Regisseur für seine Mühe gedankt und in aller Ruhe das Gebäude verlassen. Aber vermutlich erträgt der Mensch nur ein gewisses Maß an Erniedrigung, dann läuft das Faß über. Wenn man über dreizehn Jahre lang versucht hat, den Durchbruch als Schauspieler zu schaffen, aber keine Fortschritte macht, fällt es einem manchmal schwer, ruhig zu bleiben.

Ich beschloß, wieder aufs Pferd zu steigen; Selbstmitleid brachte mich nicht weiter.

Ich rief meinen Manager an, um zu hören, ob er noch andere Vorsprechtermine für mich hatte. Seine Sekretärin Danielle bat mich dranzubleiben, dann meldete sie sich wieder und sagte, Martin sei nicht im Büro.

»Du hast doch eben gesagt, er sei im Büro«, sagte ich.

»Ich dachte, er wäre im Büro«, sagte Danielle, »aber er saß nicht an seinem Schreibtisch.«

Ich kannte Danielle schon lange und merkte, daß sie log.

»Ich weiß, daß er da ist«, sagte ich. »Würdest du ihn einfach nur bitten, meinen Anruf entgegenzunehmen? Es dauert höchstens eine Minute.«

»Einen Moment«, sagte sie.

Nach einer Weile meldete sich Martin.

»Was soll das«, sagte ich, »warum nimmst du meine Anrufe nicht entgegen?«

»Ich wollte dich nachher sowieso noch anrufen«, sagte Martin.

»Was steht an?« sagte ich. »Hast du ein tolles Vorsprechen für mich? Ich wäre nämlich einsatzbereit. Ich zieh sogar heute noch mal los.«

»Ich finde, wir sollten unsere Zusammenarbeit beenden, Tommy.«

»Was?« sagte ich, obwohl ich ihn laut und deutlich gehört hatte.

»Ich habe mit Kevin Parker gesprochen, der mir erzählt hat, was heute nachmittag bei deinem Vorsprechen passiert ist.«

»Ach das«, sagte ich. »Hör zu, ich kann das erklären...«

»Ich brauche keine Erklärung. Im Grunde wissen wir beide, daß es nicht funktioniert. Bestimmt wäre es für uns beide besser, wenn du jemand anderen suchst, der dich vertritt.«

»Ich hab doch nichts Schlimmes getan«, wandte ich ein. »Ich wollte nur meinen Satz loswerden, und er ließ mich nicht. Klar, ich hätte besser den Mund gehalten, aber ich konnte nicht anders. Wenn du willst, rufe ich ihn an und entschuldige mich...«

»Das wird wohl nicht nötig sein, Tommy. Hör zu, ich

weiß, wie sehr du es als Schauspieler schaffen willst, und ich sage auch nicht, du solltest es bleiben lassen, aber eventuell solltest du dein Vorhaben weniger verbissen angehen. Jedenfalls kann dir ein neuer Manager nur von Vorteil sein.«

»Willst du nicht wenigstens meine Seite der Geschichte hören?«

»Das hat nichts mit dem zu tun, was heute vorgefallen ist...«

»Blödsinn. Hätte dich dieses Arschloch Kevin Parker nicht angerufen, würdest du mir jetzt nicht den Stiefel geben.«

»Tut mir leid, Tommy, ich muß weg...«

»Bitte, Martin. Ich wollte doch nicht... der Typ hat's drauf angelegt. Ich sollte aus der Haut fahren.«

»Ich muß los. Adieu, Tommy.«

»Warte, leg nicht...«

Er legte auf. Ich knallte den Hörer hin. Ein paar Sekunden lang blieb ich ruhig sitzen, dann riß ich die Telefonschnur aus der Wand und schleuderte das Telefon quer durchs Zimmer. Brüllend trat ich einen Stuhl aus dem Weg, rupfte dann das *Wie ein wilder Stier*-Plakat von der Wand und machte Konfetti daraus. Ich zerfetzte mein Porträtfoto, hob das Telefon auf und warf es noch mal durchs Zimmer. Schließlich setzte ich mich auf die Couch und schlug beide Hände vors Gesicht.

Eine Zeitlang war ich wütend auf Martin. Nur weil es der Scheißtyp selbst nie zum Filmstar gebracht hatte, ließ er seinen Frust jetzt an jedem Möchtegernschauspieler in der Stadt aus. Er war genau wie die Regisseure und Produzenten – er sagte einfach, was er wollte, weil er wußte, daß er es sich erlauben konnte. Doch als ich mich allmählich beruhigte, kam ich zu dem Schluß, daß Martin eigentlich nicht schuld war. All die Jahre hatte er mich gut behandelt und mir vermutlich länger die Treue gehalten, als es jeder andere Manager gemacht hätte. Außerdem ging schließlich nicht er immer wieder zum Vorsprechen, nicht er wurde bei einer Rolle nach der anderen abgelehnt. Das konnte ich nur einem ankreiden – nämlich mir.

Martin hatte recht; es wurde allmählich Zeit, daß ich die Schauspielerei weniger verbissen sah. Mit Talent hatte das Ganze nichts zu tun, denn wenn man mich unter gleichen Voraussetzungen mit anderen Schauspielern zum Vorsprechen schicken würde, bekäme jedesmal ich die Rollen. Aber genau das war der Haken – die Voraussetzungen waren nicht gleich. Um es als Schauspieler zu schaffen, mußte man dazugehören. Man mußte eine der großen Schauspielschulen besuchen, einen Abschluß von Yale oder N.Y.U. haben, oder man brauchte irgendeinen berühmten Ausbilder oder Schauspiellehrer – Meisner oder diesen Scheiß-Stanislawski. Solche Leute waren ›im Geschäft‹. Aber jemand wie ich, der keine Beziehungen hatte, war verraten und verkauft und erreichte nie etwas.

Ich nahm mein Portemonnaie aus der Hosentasche und zog Pete Logans Visitenkarte heraus, auf deren Rückseite Alan Schwartz' Telefonnummer stand. Ich stöpselte das Telefon wieder ein – erstaunlicherweise funktionierte es noch – und wählte. Beim zweiten Klingeln meldete sich eine blasiert klingende Frauenstimme: »Alan Schwartz' Büro.«

»Ja, kann ich Alan Schwartz sprechen?« sagte ich.

»Darf ich fragen, wer Sie sind?« sagte sie in einem Tonfall, als wäre ich ein Stück Dreck.

»Tommy Russo.«

»Erwartet er Ihren Anruf, Mr. Russo?«

»Ja... eigentlich nicht... irgendwie schon. Richten Sie ihm aus, Pete Logan habe mir seine Telefonnummer gegeben.«

Dann war die Leitung tot, als hätte die Frau aufgelegt, bis sie sagte: »Bleiben Sie dran«, als sei es eine üble Zumutung, daß sie einen zu ihrem Chef durchstellen sollte. Musik erklang – Stevie Wonder mit *Part-time Lover.* Dann meldete sich die Sekretärin mit den Worten zurück: »Mr. Schwartz ist gerade in einer Besprechung... er muß Sie wohl zurückrufen.«

»Mist«, sagte ich.

»Wie bitte?«

»Wann ist die Besprechung beendet?«

»Er hat den ganzen Nachmittag lang Besprechungen. Möchten Sie eine Nachricht hinterlassen, oder soll ich Sie zu seiner Mailbox durchstellen?«

»Was glauben Sie, ist die Besprechung bald vorbei?«

Ich hörte sie tief durchatmen. »Ich werde Sie mit seiner Mailbox verbinden.«

Ehe ich noch etwas sagen konnte, ertönte ein Klicken, gefolgt von Alan Schwartz' Stimme.

Ich hinterließ folgende Nachricht:

»Hey, Alan, ich heiße Tommy, Tommy Russo. Sie kennen mich zwar nicht, aber ein gemeinsamer Bekannter namens Pete Logan, ein guter Freund von Ihnen, wie er sagt, hat mir vorgeschlagen, ich sollte mich mal telefonisch bei

Ihnen melden, wenn ich an dieser Pferdegeschichte interessiert sei. Tja, ich möchte gern mitmachen, könnten Sie mich also anrufen, sobald Sie Zeit haben? Meine Privatnummer lautet 879-4355. Alles klar? Und vielen Dank, Mr. Schwartz, oder vielmehr: Alan. Bis bald.«

Sobald ich aufgelegt hatte, wurde mir klar, wie dämlich ich gewesen war. Zunächst einmal war ich heute abend gar nicht zu Hause. Was passierte, wenn er mich zurückrief und ich den Anruf verpaßte? Oder wenn er eine Nachricht hinterließ, aber mein Anrufbeantworter kaputt war?

Ich rief Pete in seinem Schuhgeschäft am Kings Highway an. Ich dachte nicht, daß er da wäre, wollte ihm aber wenigstens etwas ausrichten lassen. Eine junge Frau nahm ab, und ich fragte nach Pete. »Einen Moment«, sagte sie, dann meldete sich eine Männerstimme: »Hier spricht Pete.«

Seine Stimme klang nicht wie beim Jai-Alai. Am Telefon sprach er unüberhörbar mit Brooklyner Akzent.

»Ist da Pete Logan?«

»Wer spricht?«

»Tommy Russo hier. Du weißt schon, vom Jai-Alai.«

Ein Weilchen sagte er gar nichts, dann sagte er: »Hey, wie geht's? Ich hätte nicht gedacht, noch mal von dir zu hören.«

»Warum nicht?«

»Weiß auch nicht, es kommt halt überraschend. Was gibt's Neues?«

»Nicht viel«, sagte ich. »Braucht ihr immer noch einen fünften Mann für die Besitzergemeinschaft?«

»Klar, soviel ich weiß.«

»Dann hört auf zu suchen, denn ihr habt ihn gefunden.«

»Kein Witz?« sagte er. »Das ist ja großartig! Dann hast du … das Geld ist also kein Problem?«

»Absolut nicht.«

»Toll. Hast du Alan schon angerufen?«

»Deshalb melde ich mich bei dir. Ich habe bei ihm eine Nachricht hinterlassen, möchte aber vermeiden, daß er loszieht und jemand anderen sucht.«

»Deswegen mußt du dir keine Sorgen machen. Alan müßte sich jeden Neuen von den übrigen bestätigen lassen; sobald ich von ihm höre, werde ich ihm also sagen, daß wir fündig geworden sind. Das stimmt doch, oder? Du bist hundertprozentig dabei, oder?«

»Ja«, sagte ich. »Natürlich will ich zuerst die anderen kennenlernen und mich genauer informieren. Aber wenn die Sache hieb- und stichfest ist …«

»Alles klar, alles klar«, rief Pete. »Das ist prima, wie ich es mir erhofft hatte, als wir das Projekt begonnen haben … daß sich ein paar echte Rennfans beteiligen. Viele könnten das Geld aufbringen, aber wo bliebe da der Spaß? Wer bei uns mitmacht, soll an diesem Sport hängen, es sollen Leute sein, die schon immer davon geträumt haben, ein Pferd zu besitzen, aber nie dachten, daß sie es sich mal leisten könnten.«

»So einer bin ich«, sagte ich und fragte mich, wie ich die zehn Riesen aufbringen sollte.

5

Als ich abends um halb sechs im O'Reilley's ankam, saß Gil, der tagsüber als Barkeeper arbeitete, hinter der Bar und las ein Taschenbuch. Als ich nach Frank fragte, schüttelte er nur den Kopf.

»Aber er kommt doch heute, oder?«

»Ja, er hat vorhin angerufen. Er wird bald da sein.«

Gil widmete sich wieder seinem Buch – *Die Auferstehung* von Leo Tolstoi. Gil war etwa fünfundzwanzig, hatte schwarze lockige Haare und eine Nickelbrille auf der Nase. Wenn er gerade mal keine Gäste bediente, schien er immer ein Buch zu lesen oder etwas in ein Notizheft zu schreiben. Er behauptete, er schreibe Kurzgeschichten und Gedichte, doch niemand in der Kneipe hatte je etwas von ihm Verfaßtes gelesen. Früher dachte ich immer, der Typ mache es genau richtig – in einer Kneipe arbeiten, um sich seinen Traum zu finanzieren –, aber jetzt merkte ich, daß er ein echter Versager war.

Um sechs beendete Gil seine Schicht, und da Gary noch nicht da war, übernahm ich den Tresen. Normalerweise lief die Happy Hour an Donnerstagabenden gut, aber vielleicht blieben die Leute wegen der Kälte zu Hause, denn um sieben Uhr hielten sich nur fünf Gäste in der Kneipe auf: zwei an ihren Screwdrivers nippende junge Frauen am

Tresen und drei biertrinkende Anzugträger, die hinter den Frauen standen und all ihren Mut zusammennahmen, um näherzutreten und die beiden anzusprechen.

Ich schob eine CD – *Die besten Party-Songs aller Zeiten* – in den Player, lehnte mich dann an den Tresen und blätterte die *Daily News* durch, während Meat Loaf *Paradise by The Dashboard Light* sang.

Das war so ungefähr die Ausgangslage, als Debbie O'Reilley die Bar betrat.

Wie üblich war sie hickehackevoll. Sie konnte kaum auf ihren Stöckelabsätzen stehen und hatte ein breites Säuferlächeln aufgesetzt. Das Gesicht war dick zugeschminkt, und sie trug hohe weiße Lackstiefel, einen roten Minirock und einen kurzen Pelzmantel. Ihre künstlich vergrößerten Brüste ließen die Bluse spannen. Sie sah aus wie eine dieser billigen Nutten am West Side Highway oder wie eine, deren beste Zeit zehn Jahre zurücklag.

Eigentlich hatte ich nie begriffen, warum Frank Debbie geheiratet hatte, dachte mir aber, es könnte daran liegen, daß sie jung und sexy war – na ja, jung verglichen mit Frank –, und irgendwie sexy war sie wohl wirklich. Früher hatte sie mal als Stripperin gearbeitet, in einem dieser Clubs an der Seventh Avenue, die der Bürgermeister hatte schließen lassen, und für eine Frau, die auf die Fünfzig zuging, war sie tatsächlich gut gebaut. Aber ein ansprechender Körper war kein Grund, eine Frau zu heiraten, und viel mehr Liebenswertes fand sich bei ihr nicht. Zu Frank war sie immer eklig, besonders wenn sie betrunken war, rieb ihm unter die Nase, mit welchen anderen Typen sie gerade vögelte, dabei hatte Frank Geld wie Heu. Ihm gehörte eine Bar und eine große Dreizimmerwohnung an der East Seventy-second Street. Eine Menge gutaussehender Frauen würden sich vermutlich darum reißen, einen reichen, erfolgreichen Mann wie ihn kennenzulernen, doch statt dessen heiratete er eine abgetakelte Schnapsdrossel, die ihn augenscheinlich nicht liebte und ihn wie ein Stück Dreck behandelte. Als mögliche Erklärung fiel mir nur ein, daß Frank einsam war. Seine erste Frau war schon vor langer Zeit gestorben, und vielleicht wollte er nur jemanden haben, der da war, wenn er nachts nach Hause kam. Oder er fand es einfach bloß aufregend und reizvoll, sein Leben mit einer gestörten Alkoholikerin wie Debbie zu verbringen.

Debbie blieb mitten im Raum stehen und stierte nach Säuferart Leute an. Ihre Haut war braungebrannt und ledrig. Irgendwann, immer noch wacklig auf den Beinen, sagte sie: »Wo zum Teufel steckt mein Mann?«

Normalerweise sprach ich möglichst wenig mit Debbie, besonders wenn sie voll war. Mir war klar, daß sie Streit suchte und sich jemand anderen vornehmen würde, wenn ich sie einfach ignorierte. Doch da ihr niemand in der Bar antwortete, sagte ich: »Er ist nicht da.«

»Tatsächlich?« Sie lächelte, als hätte ich einen Witz gerissen. »Ja, wo steckt er denn?«

»Gil hat gesagt, er käme bald«, sagte ich.

»Dann ist mein genialer Stiefsohn wohl auch nicht da.«

»Nö«, sagte ich.

»Wie war das?«

»Er ist nicht da«, sagte ich lauter. Dabei sah ich nach unten in die Zeitung.

»Bestimmt ist er irgendwo auf Jobsuche«, sagte sie. Nach

einer kurzen Pause fuhr sie fort: »Das war ein Witz … du darfst lachen, verstehst du. Gib mir wenigstens ein kleines Lebenszeichen.«

Ich schwieg.

»Du bist ja heute glänzend gelaunt«, sagte sie. Ich hoffte, sie würde wieder gehen oder jemand anderen nerven. Doch sie kam zum Tresen und nahm gegenüber von mir Platz. Dem Geruch nach hatte sie eine ganze Flasche Parfüm aufgetragen. Sie legte ihre Hand auf meine und sagte: »Gib mir was Hartes.«

Wenn Debbie betrunken war, schmiß sie sich immer an mich ran, genau wie an so ziemlich jeden anderen Typ, der noch atmete.

Doch aus irgendeinem Grund zog ich meine Hand nicht weg. Ich sagte: »Glaubst du wirklich, du solltest noch was trinken?«

»Was quatschst du da?« sagte sie. »Ich hab den ganzen Tag noch nichts getrunken.«

»Na klar. Wenn du nicht so viel Parfum benutzt hättest, könnte ich den Schnaps in deinem Atem riechen.«

»Übrigens«, sagte sie mit leiserer, lasziverer Stimme, »wenn du mal aus der Nähe schnuppern willst, läßt sich das einrichten.«

Jetzt zog ich meine Hand zurück.

»Wenn du was trinken willst, mach's dir selbst«, sagte ich. Ich ging mit meiner Zeitung zum anderen Ende des Tresens.

»So behandelt man doch nicht die Frau seines Chefs«, sagte sie. »Ist dir eigentlich klar, daß du für dieses Benehmen deinen Job verlieren kannst?«

Ich fragte die beiden jungen Frauen, ob sie mit den Drinks zufrieden seien. Die eine ließ sich ihren Screwdriver nachfüllen. Ich mixte den Drink, kassierte, bedankte mich für den Dollar Trinkgeld und widmete mich wieder meiner Zeitung. Debbie stand eine Zeitlang da und glotzte mich an, dann setzte sie sich auf den Hocker neben der Blonden. Meat Loafs Song ging zu Ende, und die Romantics sangen *What I Like About You*.

»Ich warte immer noch auf meinen Drink«, sagte Debbie.

»Die Bar gehört dir«, sagte ich. »Wenn du einen Drink willst, bedien dich selbst.«

»Na schön«, sagte Debbie. »Das werd ich dann wohl tun.«

Sie kam hinter den Tresen und machte sich einen Drink. Ohne hinzusehen wußte ich, daß sie sich einen Scotch mit Soda nahm. Ich unterhielt mich mit den beiden jungen Frauen. Auf einmal kam Debbie und drückte sich an mich. Sie hakte sich bei mir unter und sagte zu den beiden: »Tut mir leid, aber er kommt heute mit mir nach Hause.«

»Ignoriert sie am besten«, sagte ich.

»Was?« sagte Debbie. »Du hast unser Date heute abend vergessen? Du solltest dich was schämen.«

Nomalerweise war mir egal, was Debbie an mich ranquasselte, schließlich war sie nur eine Betrunkene, die es nicht besser wußte, aber wegen der beiden Frauen hatte ich das Gefühl, etwas sagen zu müssen.

»Warum verschwindest du nicht einfach von hier?«

»Aber gerne«, sagte sie, »wenn du mitkommst.« Sie kniff mich in den Arsch.

»Ich mein's ernst«, sagte ich und hätte sie am liebsten geschlagen. »Mach endlich, daß du Land gewinnst.«

»Ich mag Männer, wenn sie wütend sind.«

Wieder versuchte sie, mich zu kneifen. Diesmal packte ich ihr Handgelenk, bevor sie zudrücken konnte.

»Laß mich los.«

»Ich hab dir gesagt, du sollst mich in Ruhe lassen.«

»Laß los!«

»Läßt du mich dann in Ruhe?«

»Laß endlich los!«

Ihr Gesicht lief rot an. Ich ließ los.

Sie rieb sich den Arm. »Weißt du, was passiert, wenn Frank davon erfährt? Du fliegst raus. Dann stehst du auf der Straße.«

Ich bemühte mich, sie nicht anzusehen. Das Ganze war dermaßen albern ... sie war sturzbesoffen, und selbst wenn sie mich bei Frank verpetzen würde, wäre das Frank völlig egal. Bestimmt hatte er sich ihr gegenüber hundertmal so verhalten, oder wenigstens hätte er es gern getan.

Debbie stand ein Weilchen da und sah mich an, verdrehte die mit dunkelblauem Eyeliner umrahmten Augen, dann stürmte sie davon, nahm natürlich ihren Drink mit. Sie setzte sich ans andere Ende der Theke, wo sie hergekommen war. Ich entschuldigte mich bei den zwei jungen Frauen für die ›Störung‹, aber offenbar hatte der Zwischenfall sie ziemlich mitgenommen.

Die beiden standen auf und zogen ihre Mäntel an. Als sie gingen, kam Frank herein. In seinem langen beigefarbenen Trenchcoat und mit zwei Einkaufstaschen in den Händen sah er aus wie ein müder alter Mann. Er war ja auch alt, schätze ich, aber nicht sehr alt. Letztes Jahr hatte er seinen fünfundsechzigsten Geburtstag gefeiert, sah aber eher wie siebzig aus. Er war klein, untersetzt und kämmte von hinten und den Seiten lange graue Haare so über seinen Kopf, daß sie den kahlen Fleck in der Mitte bedeckten.

»Da ist er ja«, sagte Debbie, »mein gutaussehender, schwerarbeitender, verführerischer unwiderstehlicher Versager von einem Mann.«

Debbie beleidigte Frank noch eine Zeitlang, ehe sie schließlich Geld von ihm verlangte – hundert Dollar. Frank sagte: »Du kriegst von mir nicht noch mehr Geld, du besäufst dich ja doch nur«, woraufhin Debbie ihn anschrie und auf das unflätigste beschimpfte. Wie üblich hörte sich Frank die Beleidigungen an wie ein Schlappschwanz. Von anderen Leuten ließ sich Frank nichts gefallen, aber gegen seine Frau wehrte er sich nicht. Man könnte meinen, Debbie habe eine Art unheimliche Macht über ihn: Er war Superman, und sie bestand aus Kryptonit. Wenn sie sich mal wieder irgendeinen Typ krallte oder sich im Suff zum Narren machte, ignorierte er sie einfach, als ginge ihn das alles gar nichts an. Wenn ich versuchte, mit ihm darüber zu reden – der Mann hatte mir schon so oft geholfen, daß ich ihm meine Hilfe wenigstens anbieten mußte –, sagte er immer nur: ›Vergiß es‹, oder ›Wen juckt das?‹. Ich drängte ihn nie, weil ich mir dachte, manche Leute wollten einfach nur ihre Ruhe haben.

»Du bist ein beschissenes Arschloch!« kreischte Debbie. »Ein jämmerlicher Penner! Guck dir bloß die Klamotten an, die du anhast, als wäre es 1972! Wann warst du das letztemal einkaufen? Mach dir nichts vor, du bist eine Antiquität, ein Dinosaurier, ein jämmerliches Relikt von einem Mann. Ich schäme mich, deine Frau zu sein!«

Noch ein paar Gäste – eine Gruppe Typen in Eishokkeytrikots, die sich wohl später das Spiel der Devils ansehen wollten – betraten die Bar. Ich fragte, was sie gern hätten, doch als sie sahen, daß Debbie wie eine Geisteskranke Frank anbrüllte, zogen sie ihre Mäntel wieder an und gingen.

In den letzten Jahren hatte Frank wegen Debbie jede Menge Umsatz verloren.

Endlich zog auch Debbie ihren Mantel an und machte Anstalten zu gehen.

»Vielleicht möchtest du den Namen des Kerls erfahren, den ich heute abend ficke«, schrie sie hinter Frank her, der sich in Richtung Küche bewegte. »Jean-Claude heißt er. Er ist Franzose oder Kanadier oder Frankokanadier oder so. Soviel ich weiß, hat er einen sehr großen Schwanz. Jedenfalls viel größer als deiner, aber ein Fünfjähriger hat ja einen größeren Schwanz als du!«

Ein paar neben Debbie stehenden Typen fingen an zu lachen. Ich hätte auch gern gelacht, weil es irgendwie komisch war, aber aus Respekt vor Frank ließ ich es bleiben. Frank schüttelte nur den Kopf und ging nach hinten.

Debbie kam zu mir und sagte: »Tut mir leid. Ich hätte dich nicht so begrapschen sollen.«

»Vergiß es«, sagte ich.

»Ich hab dich beobachtet«, lallte sie dann, »als du mit den beiden Mädels geredet hast. Mein Angebot gilt immer noch.«

Ich wußte, was ihr Angebot war. Sie lud mich dauernd ein, irgendwann mal nachmittags, wenn Frank gerade nicht da war, in ihrer Wohnung vorbeizukommen, damit wir uns amüsierten. Sie lächelte, fuhr sich mit der Zunge über die Unterlippe. Ich sah, daß etwas Lippenstift an ihren überkronten Zähnen klebte. Außerdem fiel mir auf, daß ziemlich viel von ihren Silikonbrüsten aus der schwarz-goldenen Bluse quoll. Für eine alte Dame war sie wirklich ziemlich sexy, das mußte ich zugeben. Wäre sie nicht Franks Frau gewesen, hätte ich vielleicht sogar erwogen, auf ihr Angebot zurückzukommen.

»Mach dich besser auf den Weg«, sagte ich. »Du willst doch deinen Franzosen nicht warten lassen.«

Um halb acht tauchte endlich Gary auf und löste mich an der Bar ab. Ich aß in der Küche einen Hamburger und ein paar Pommes, dann klopfte ich an die Tür von Franks Büro.

»Herein«, sagte er.

Er saß an seinem Schreibtisch und musterte mich über den Rand seiner Lesebrille hinweg.

»Ach, du bist es«, sagte er. »Ich dachte, es wäre eventuell meine entzückende Gattin.«

»Hast du eine Minute für mich?«

»Klar. Setz dich.«

Ich setzte mich auf einen Stuhl ihm gegenüber. Das Büro war ein einziges Chaos, überall stapelten sich Aktenordner, Zeitungen und Zeitschriften. Frank legte die Zeitungen beiseite, die er gerade las. »Was mach ich nur mit ihr, Tommy?«

»Das liegt ganz bei dir«, sagte ich. »Meine Meinung kennst du ja.«

»So schlimm wie jetzt war es noch nie«, sagte er. »Jeden

Abend führt sie sich so auf. Ich versuche sie dazu zu bringen, daß sie zu den Anonymen Alkoholikern geht oder einen Seelenklempner aufsucht, aber sie glaubt einfach nicht, daß sie ein Problem hat.«

»Was daran liegt, daß sie das Problem *ist*.«

»Du hast recht... ich weiß ja, daß du recht hast, glaub mir. Weißt du schon, daß sie inzwischen Anzeigen in Zeitungen aufgibt? Neulich hab ich mit angehört, wie sie irgendein Anzeigenblatt angerufen hat. Sie las ihnen die Anzeige am Telefon vor: ›Einsame verheiratete Frau sucht Abwechslung und mehr.‹ Und als ich letzte Woche früher von der Arbeit nach Hause komme, ist sie mit einem Typ in unserer Wohnung zugange... in unserer gemeinsamen Wohnung. Ich bin im Wohnzimmer und höre sie rummachen, also poche ich gegen die Schlafzimmertür und nehme mir vor, den Typ umzubringen, mit dem sie da drin ist. Auf einmal geht die Schlafzimmertür auf, und heraus kommt ein riesiger Schwarzer – zwei Meter fünfzehn groß, wie ein Basketballspieler.«

»Vielleicht war es ja ein Basketballspieler«, sagte ich. »Wie man hört, sind das keine Kostverächter.«

Frank warf mir einen finsteren Blick zu.

»So hab ich das nicht gemeint«, sagte ich. »Ich wollte bloß...«

»Ich weiß«, sagte Frank. »Wenn ich du wäre, würde ich mich auch für eine jämmerliche Witzfigur halten.«

»Das tu ich doch gar nicht.«

»Klar, für dich ist das schwer zu begreifen«, sagte er, »weil du sie erst vor ein paar Jahren kennengelernt hast, aber sie war mal völlig anders. Sie war eine herzliche, freundliche, aufgeschlossene, großzügige Frau. Dann fing sie an zu saufen, und... Tja, du hast sie ja erlebt. Ich rede mir immer ein, es kann unmöglich noch schlimmer werden, diesmal ist sie endgültig am Tiefpunkt angelangt, doch dann gibt sie Zeitungsanzeigen auf und schläft direkt vor meiner Nase mit anderen Männern.«

»Offenbar gefällt dir das«, sagte ich.

»Wie kommst du darauf? Ich finde es grauenhaft!«

»Das behauptest du, aber wenn du es wirklich grauenhaft fändest, hättest du sie rausgeschmissen, als sie dich zum erstenmal betrogen hat, so wie jeder normale Mann. Aber da du bei ihr bleibst und hoffst, daß sie sich ändert, gefällt dir diese Quälerei anscheinend.«

»Vergiß es.«

»Siehst du... das sagst du jedesmal, wenn du weißt, daß ich recht habe, ›Vergiß es‹. Denn wenn du mal an dich rankommen lassen würdest, daß ich recht hab, würdest du nicht bloß hier rumsitzen, sondern etwas unternehmen.«

»Und was ist mit dir?« Frank wollte das Thema wechseln.

»Was soll mit mir sein?«

»Wie läuft's denn so in deinem Leben?«

»Nicht schlecht«, sagte ich.

»Echt? Was macht die Schauspielerei?«

»Ganz gut.«

»Wirklich? Hab dich lange nicht mehr darüber reden hören. Hoffentlich ist es dir damit noch Ernst.«

»Aber ja.«

»Gut. Das freut mich. Du weißt, wieviel Vertrauen ich in dich setze, Tommy. Ich warte immer noch darauf, daß du eines Tages hier hereinmarschierst und mir erzählst, du kündigst deinen Job, weil du nach Hollywood gehst. Vergiß nicht... ich will auf jeden Fall einen Sitz ganz vorne, wenn dein erster Film Premiere hat.«

»Man kann nie wissen«, sagte ich und dachte daran, wie man mich an diesem Nachmittag aus dem Casting geworfen hatte.

»Möchtest du jetzt noch über etwas anderes reden?« fragte Frank. »Ich muß diese Rechnungen durchsehen und dann gleich weg, ein paar andere Dinge erledigen.«

»Ehrlich gesagt habe ich ein kleines Problem und dachte, du könntest mir behilflich sein.«

»Womit behilflich sein?« sagte Frank, als wisse er schon, was jetzt kam.

»Ich weiß ja, daß ich meinen Lohn schon ein paar Wochen im voraus bekommen habe, aber, na ja... Ich habe gehofft, du könntest mir ein bißchen was vorschießen.«

Frank sah mich finster an.

»Wettest du wieder?«

Ich war drauf und dran, nein zu sagen, mir irgendeine Geschichte auszudenken, aber ich konnte Frank nicht anlügen. Dieser Mann war wie ein Vater zu mir gewesen... wie der Vater, den ich mir immer gewünscht hatte.

»Na ja, ein bißchen«, sagte ich.

»Und wieviel ist das, ein bißchen?«

»Ich brauche bloß ein paar hundert Dollar«, sagte ich, »für die Miete und Rechnungen und...«

»Was willst du eigentlich?« sagte Frank. »Dein Leben ruinieren? Wieso vergeudest du deine Zeit mit Glücksspiel? Wie alt bist du jetzt, zwei-, dreiunddreißig? In dem Alter müßtest du eigentlich alles dransetzen, um den Durchbruch als Schauspieler zu schaffen.«

»Hör zu, ich kann auf deine Moralpredigt verzichten...«

»Wie soll ich denn sonst zu dir durchdringen? Ständig erzählst du mir, du hättest mit der Wetterei abgeschlossen, du hörst damit auf...«

»Ich hab's unter Kontrolle.«

»Unter Kontrolle? Du verschleuderst dein Geld auf der Rennbahn, willst von mir Vorschüsse haben, und dann glaubst du, du hättest es unter Kontrolle? Wieviel Geld schuldest du mir mittlerweile? Ein-, zweitausend? Du leidest an Spielsucht, Tommy. Du bist krank – das ist genau wie das Trinken, wie jede andere Sucht.«

Ich stand auf. »Hör auf, wenn du mir das Geld nicht geben willst, dann laß es einfach.«

»Irgendwann mußt du deine Lektion lernen. Vielleicht rüttelt dich das mal wach. Vielleicht gehst du nun endlich zu den Anonymen Spielern, was du schon vor Monaten hättest tun sollen. Tut mir leid, aber diesmal helfe ich dir nicht aus der Patsche.«

»Auch gut«, sagte ich.

»Es ist nur zu deinem Besten, Tommy. Du weißt, wie viel du mir bedeutest. Vielleicht hörst du jetzt endlich auf, dein Leben wegzuwerfen.«

Ich verließ Franks Büro, ging zur Theke und zapfte mir ein großes Sam-Adams-Bier. Ich war sauer auf Frank, weil er mir gegenüber so hart blieb, während er bei seiner Frau weich wie Butter war, wußte aber, daß er mit einem recht hatte: Glücksspiel war keine Lösung. Wenn ich auf der Rennbahn oder in einem Wettbüro war, umgeben von all dem Abschaum, fühlte ich mich immer wie der größte Versager der Welt.

Doch man kam nur schnell an Geld ran, wenn man es gewann, und ich wußte, daß ich zehn Riesen gewinnen konnte. Ich brauchte nur einen Wetteinsatz und anschließend eine kleine Glückssträhne. Mein einziges Problem bestand darin, an den Einsatz zu kommen.

An der Tür war nicht viel los, so daß ich jede Menge Zeit zum Nachdenken hatte.

Um Mitternacht tauchte Janene auf. Bis ich sie in die Kneipe kommen sah, hatte ich unsere Verabredung völlig vergessen gehabt.

»Du siehst phantastisch aus«, sagte ich, und das stimmte auch. Sie hatte enge Jeans an und ein knappes violettes Top aus Samt.

»Danke«, sagte sie. »Du auch.«

Wir blieben in der Nähe der Tür und quatschten. Als sie wissen wollte, wie mein Vorsprechen gelaufen sei, antwortete ich: »Ging so.« Sie sagte, hoffentlich bekäme ich die Rolle, und ich sagte, darauf würde ich nicht wetten. Ich machte früh Schluß, so gegen halb zwei, und Janene und ich verließen die Bar gemeinsam.

»Möchtest du vielleicht in ein Restaurant gehen oder so?« fragte ich.

»Bist du hungrig?«

»Eigentlich nicht, aber ich kann immer was essen.«

»Wenn du willst, könnten wir einfach zu mir gehen... ein bißchen quatschen und so.«

Janene hatte in der Bar ein paar Drinks genommen und wirkte nicht mehr ganz nüchtern.

»Willst du das denn wirklich?« fragte ich. »Ich weiß noch, wie du gestern nacht gesagt hast, wir sollten nichts überstürzen.«

»Das war nur meine Unsicherheit«, sagte sie, nahm meine Hand und drückte sie. »Hör am besten nicht auf mich.«

Händchenhaltend gingen wir zu ihr nach Hause und blieben unterwegs immer wieder stehen, um zu knutschen.

Ihre Wohnung lag im fünften Stock, am Ende eines langen Flurs. Es war eine große Zweizimmerwohnung mit offener Küche, mindestens doppelt so groß wie mein Loch von einem Apartment. Sie hatte sogar ein Wohnzimmer mit einem Teppich, einem weißen Sofa, einem Couchtisch und anderen teuer aussehenden Möbeln.

Sobald wir in der Wohnung waren und Janene das Licht eingeschaltet hatte, trat ich hinter sie, legte die Hände um ihre Taille und küßte sie am Nacken und unter dem Kinn. Sie blieb eine Zeitlang stehen und ließ mich gewähren, dann entfernte sie sich.

»Ist irgendwas?« fragte ich.

»Nein«, sagte sie. »Nur... soll ich dir nicht erst mal die Wohnung zeigen?«

»Ich dachte, die könntest du mir auch morgen früh zeigen.«

Ich versuchte, die Arme wieder um sie zu legen, aber Janene stieß mich zurück und sagte: »Ich meine es ernst.«

Sie verschwand im Wohnzimmer.

»Was ist denn los?« fragte ich. »Hab ich irgendwas falsch gemacht?«

»Nein«, sagte sie. »Es ist nur... ich weiß auch nicht... Vergiß es.«

»He, wenn du dich in meiner Gegenwart nicht wohl fühlst, läßt sich das leicht ändern. Ich kann gern wieder…«

»Nein, das ist es nicht«, sagte sie. »Ich hatte nur gehofft, wir könnten uns erst mal hinsetzen, reden und… außerdem muß ich dringend aufs Klo.«

»Steckt auch wirklich nichts anderes dahinter?«

»Nein. Bitte. Tut mir leid.«

Ich wartete auf dem Sofa, während sie die Toilette aufsuchte. Sie ließ sich reichlich Zeit. Ich überlegte, womit ich sie wohl verärgert haben könnte. Auf dem Couchtisch lag ein Wohnmagazin, das ich durchblätterte. Endlich kam sie wieder und sagte: »Möchtest du einen Tee?«

»Ich trinke keinen Tee«, sagte ich.

»Willst du etwas anderes trinken? Cola, 7Up, Wasser…?«

»Ich brauche nichts.«

Sie drehte sich zum Herd um und setzte Teewasser auf, dann kam sie wieder in den Wohnzimmerbereich und setzte sich neben mich auf das Sofa.

»Ich möchte mich für mein Benehmen entschuldigen«, sagte sie. »Du hast wirklich nichts falsch gemacht. Es liegt nicht an dir, sondern an mir. Es ist bloß…«

»Was denn? Na los, verrat's mir.«

Meine Hand lag auf ihrem Oberschenkel.

»Also, was du jetzt gerade machst… daß du meine Hand hältst, mich berührst. Warum hast du das vorhin in der Bar nicht gemacht?«

»Wie meinst du das?«

»Ich wollte ein paarmal deine Hand nehmen, aber du hast sie immer weggezogen. Da hab ich mich halt gefragt… schämst du dich wegen mir oder was?«

Ich lachte.

»Was gibt's da zu lachen?«

»Ein Spitzenwitz«, sagte ich. »Ich und mich schämen, weil ich mit einer schönen Frau wie dir zusammen bin.«

»Tja, so kam's mir jedenfalls vor.«

»Ich war stolz darauf, mit dir zusammenzusein«, sagte ich. »Am liebsten wäre ich in der Bar über dich hergefallen, wußte aber nicht recht, ob dir das recht gewesen wäre. Schließlich hatte ich noch im Ohr, daß du letzte Nacht gesagt hast, wir sollten nichts überstürzen, und...«

»Bist du mir gegenüber ehrlich?«

»Natürlich bin ich das. Worauf willst du hinaus?«

»Egal«, sagte sie. »Ich hab dir doch erzählt, daß es mein Problem ist, nicht deins.«

Wir fingen an zu fummeln. Sie hatte gerade die Hand auf meinem Bein, als sie sagte: »Du hast also ein neues Portemonnaie, stimmt's?«

Zuerst hatte ich keine Ahnung, was sie meinte. Zum Glück fiel es mir schnell wieder ein.

»Nein, das ist das alte. Ich hab's in meinem Apartment gefunden, hatte es also doch nicht verloren.«

»Na, da fiel dir bestimmt ein Stein vom Herzen.«

»Mist«, sagte ich. »Ich bin nicht dazu gekommen, vor der Arbeit bei der Bank vorbeizugehen, um dein Geld abzuheben. Aber wenn du möchtest, könnte ich das jetzt sofort nachholen.«

»Nein, ist nicht nötig«, sagte sie.

»Ganz sicher?« fragte ich, wohl wissend, daß sie mich nie und nimmer in die Kälte hinausschicken würde. »Ein paar Straßen weiter steht doch ein Geldautomat, stimmt's?«

»Sei nicht albern, draußen ist es bitterkalt«, sagte sie. »Gib es mir halt wieder, wenn wir uns das nächste Mal sehen oder so. Ist nicht so wichtig.«

»Tut mir wirklich leid«, sagte ich.

Wir knutschten weiter, dann lag sie auf dem Sofa auf dem Rücken, und ich lag auf ihr. Ich richtete mich halb auf, lächelte und sah ihr in die Augen. Plötzlich fiel mir auf, daß irgendwas an ihr anders war, ich kam aber nicht drauf, was es war.

»Ist irgendwas?« fragte sie.

Ich starrte sie noch ein paar Sekunden lang an, dann kam mir die Erleuchtung.

»Was ist mit deinen Augen passiert?«

»Mit meinen Augen?« sagte sie, als hätte sie nicht die leiseste Ahnung, was ich meinte. »Was soll damit sein?«

»Die waren mal blau.«

»Ach, hab ich dir das nicht erzählt?« sagte sie. »Ich trage farbige Kontaktlinsen. Die haben gejuckt, darum hab ich sie rausgenommen.«

»Heißt das, deine Augen sind nicht blau?«

»Na und? Gefallen dir meine Augen nicht?«

»Doch, ich mag deine Augen sehr«, sagte ich. »Ich dachte nur, sie wären blau, mehr nicht.«

Der Wasserkessel pfiff. Janene ging in die Küche und kam mit einem Becher Tee wieder. Sie trank einen Schluck und stellte dann den Becher auf den Couchtisch.

»Ich muß etwas mit dir besprechen, Tommy.«

»Schieß los«, sagte ich.

»Du weißt doch noch, daß ich dir letzte Nacht gesagt habe, ich müsse dir etwas Wichtiges erzählen.«

»Ja.«

»Also, ich habe beschlossen, daß ich es dir erzählen will... und zwar heute... jetzt sofort.«

»Dann erzähl es mir.«

»Zuerst mußt du mir versprechen, daß du nicht sauer auf mich bist. Es ist zwar nichts Schlimmes, aber du könntest böse sein, weil ich es dir nicht gleich gesagt habe.«

»Ich könnte nie böse auf dich sein.«

»Na schön, also...« Sie sah zu Boden. »Paß auf, es gibt da etwas über mich, was du nicht weißt. Es ist so... weißt du... o Gott, es fällt mir wirklich sehr schwer. Ich kann's dir genausogut einfach sagen: Ich bin verheiratet. Nicht richtig verheiratet – wir leben getrennt. Wir haben uns vor über einem Jahr getrennt, aber juristisch gesehen bin ich noch verheiratet. Das wollte ich dir schon an dem Abend sagen, als wir uns kennengelernt haben, und dann wieder, als wir zum ersten Mal ausgegangen sind, aber ich wußte nicht, wie ich es ansprechen sollte.«

»Wow«, sagte ich. »Das ist ziemlich starker Tobak.«

»Tut mir leid, daß ich es dir nicht gleich gestanden habe«, sagte sie. »Ich hätte es dir ja erzählt, aber...«

»Ist schon in Ordnung«, sagte ich. »Du kannst ja nichts dafür.«

»Du bist jetzt bestimmt echt sauer auf mich.«

»Warum sollte ich sauer auf dich sein? Du bist also verheiratet. Das ist doch nicht schlimm. Wer ist denn der Glückliche?«

»Er heißt Joe. Ich habe mit ihm in Stony Brook studiert. Wir waren nur zwei Jahre verheiratet und eigentlich nie füreinander bestimmt.«

»Das macht mir nichts aus«, sagte ich.

Ihre Miene hellte sich auf.

»Ehrlich?«

»Klar«, sagte ich. »Du lebst ja schließlich nicht mehr mit ihm zusammen oder so. Außerdem ist es vorbei, oder?«

»Natürlich ist es vorbei. Die Scheidung müßte in ein, zwei Monaten durch sein... wir haben beide neue Beziehungen. Du bist also nicht böse?«

»Warum sollte ich böse sein?«

»Du glaubst ja gar nicht, was das für eine Erleichterung ist. Das hat mir den ganzen Tag keine Ruhe gelassen. Ich hatte Angst, du würdest ausflippen, du würdest... keine Ahnung... ein Riesending draus machen.«

»Ich freue mich einfach, daß ich heute nacht mit dir zusammen bin, mehr nicht«, sagte ich.

Wir blieben noch eine Weile auf dem Sofa und fummelten, dann gingen wir ins Schlafzimmer.

Sie rückte näher an mich heran. Ihr Kopf war zwischen meinem Arm und meinem Brustkorb eingekeilt. Wir waren nackt und schweißnaß.

»Ich bin so gern mit dir zusammen«, sagte sie.

Ein paar Minuten später schlief sie fest.

Da bemerkte ich das Schmuckkästchen auf ihrer Kommode. Ich stieg aus dem Bett und zog mich leise an. Die Nachttischlampe brannte noch. In dem schwachen gelben Licht sah ich, daß Janene immer noch in die andere Richtung blickte. Neben dem Schmuckkästchen lagen eine Halskette und ein Armband, doch deren Fehlen würde Janene wahrscheinlich bemerken. Also griff ich in das Kästchen und nahm eine goldene Halskette, zwei Diamantohrringe und einen goldenen Armreif heraus. Ich steckte den Schmuck in meine Tasche. Im Spiegel über der Kommode sah ich, daß Janene immer noch tief schlief. Auf Zehenspitzen schlich ich aus dem Zimmer und verließ die Wohnung.

6

Am nächsten Morgen fuhr ich nach Chinatown. Hier unten eine Pfandleihe zu finden war nicht schwer; viel schwerer war es, einen Chinesen zu finden, der Englisch sprach. Nachdem ich ein paar Pfandleihen betreten und wieder verlassen hatte, fand ich endlich an der Hester Street, Nähe Bowery, einen alten Mann, der offenbar verstand, was ich sagte. Wir trafen eine Vereinbarung: Er gab mir dreihundert Dollar für den Schmuck, den ich für dreihundertfünfzig zurückkaufen konnte. Ursprünglich wollte er mir vierhundert geben, aber wir einigten uns auf drei, dafür sollte er die Sachen nicht vor morgen zum Verkauf anbieten. Da der Laden um acht Uhr abends schloß, blieb mir noch jede Menge Zeit, den Schmuck zurückzukaufen, bevor ich arbeiten ging. Dann würde ich Janene anrufen, mir irgendeine Ausrede einfallen lassen, weshalb ich mich letzte Nacht aus dem Staub gemacht hatte, und eine Gelegenheit finden, um den Schmuck wieder in das Kästchen zu legen.

Von der Bowery fuhr ich auf die Manhattan Bridge, dann weiter auf den Brooklyn-Queens-Expressway, und etwa eine Dreiviertelstunde später befand ich mich auf dem Parkplatz des Aqueduct Race Track in Queens, saß in meinem Wagen und wartete darauf, daß sich die Tore öffneten.

Als ich morgens aus meinem Apartment gekommen war, hatte ich mir eine *Racing Form* gekauft, und heute kam niemand ans Fenster und störte mich. Ich ließ den Motor laufen, damit es im Wagen warm blieb, und ging die Chancen sämtlicher Pferde durch.

Als ich die Rennbahn betrat, hatte ich ein gutes Gefühl.

Ich nahm den Fahrstuhl in den zweiten Stock. Dort hatte ich mal bei einer Zweierwette drei Riesen gewonnen und wußte daher, daß ich da oben bessere Gewinnchancen hatte als im Erdgeschoß oder im ersten Stock.

Beim ersten Rennen gewann ich über vierhundert Dollar. Ich gewann im zweiten Rennen und das Daily Double. Plötzlich war ich über tausend Dollar im Plus. Ich verlor im dritten Rennen, gewann im vierten und fünften, verlor im sechsten, gewann aber im siebten. Da mir in den späteren Rennen kein Pferd gefiel, verließ ich die Bahn mit etwas mehr als drei Riesen im Portemonnaie.

Die Rückfahrt in die City war klasse – aus den Lautsprechern dröhnten die Stones und die Who, und ich schlug auf dem Armaturenbrett den Takt dazu.

Jetzt brauchte ich nur noch siebentausend, um mich in die Besitzergemeinschaft einzukaufen. Sieben Riesen. Die konnte ich in ein, zwei weiteren Wetten kriegen. Ich mußte nur Geduld haben, auf meine Chance warten. Es kam darauf an, daß ich nicht nur hektisch herumwettete, sondern mit Köpfchen spielte. Im Lauf der kommenden Woche würde ich ein paar solide Wetten finden, bei denen nichts schiefgehen konnte. Wenn ich mein Geld zweimal verdoppelte, hatte ich genug, um Pferdebesitzer zu werden.

Kurz nach vier Uhr nachmittags überquerte ich die Manhattan Bridge und traf in Chinatown ein. In der Gegend wimmelte es noch von Kauflustigen, aber ich fand sofort einen Parkplatz gegenüber der Pfandleihe, was bewies, daß ich wirklich eine Glückssträhne hatte.

Der Alte kümmerte sich gerade um einen anderen Kunden, und so wartete ich einfach, betrachtete ein paar Schweizer Offiziersmesser in einer Vitrine. Als der Kunde ging, sagte ich dem Alten, ich wolle jetzt meinen Schmuck zurückkaufen.

Als er vorgab, kein Englisch zu können, wußte ich, daß etwas faul war.

»Hören Sie«, sagte ich so langsam wie möglich. »Ich will meinen Schmuck. *Schmuck*. Ver-ste-hen Sie, was ich sa-ge?«

»Tut leid, kein Smuck«, sagte er. »Smuck verkauft. Tut leid, Sie gehen.«

»Verkauft?« wiederholte ich. »Da muß ein Irrtum vorliegen. Ich war der Mann, der Sie heute morgen aufgesucht hat...«

»Kein Irrtum«, sagte er. »Smuck verkauft. Sie gehen.«

»Das begreife ich nicht«, sagte ich. »Erkennen Sie mich nicht wieder?«

Der Alte schrie etwas auf chinesisch.

»Was haben Sie denn?« sagte ich. »Warum schreien Sie so? Ich will bloß wissen, wo mein Schmuck ist.«

»Was geht hier vor?«

Als ich über meine Schulter blickte, sah ich einen jungen Chinesen eine Pistole auf mich richten. Ich kannte mich mit Schußwaffen nicht gut aus, aber die hier war groß und silbrig und sah aus, als könnte sie mir ein sehr großes Loch in den Kopf schießen.

»Offenbar liegt hier ein kleines Mißverständnis vor«, sagte ich. »Sehen Sie, ich habe heute morgen hier etwas Schmuck abgegeben...«

»Wir haben Ihren Schmuck einer Dame verkauft«, sagte der junge Bursche.

»Warum haben Sie das gemacht?« sagte ich. »Ihr Chef hat mir versprochen, er würde ihn nicht verkaufen.«

»Er hat's aber getan. Also, warum verschwinden Sie nicht sofort aus unserem Laden, bevor ich die Bullen hole oder Sie erschieße. Sie haben die Wahl.«

Ich blieb noch ein Weilchen stehen und überlegte, dann ging ich raus. So fest ich konnte, trat ich gegen die Seite meines Wagens, was eine neue Beule gab. Ich dachte daran, in der Gegend zu bleiben, bis der junge Typ nach Hause ging, und dann wieder in den Laden zu gehen, um noch mal mit dem alten Mann zu reden, aber was würde das nützen? Janenes Schmuck brachte mir das auch nicht wieder.

Mir blieb noch über eine Stunde, bis ich arbeiten mußte, und so fuhr ich zum großen OTB-Wettbüro an der Water Street.

Weil der Renntag im Aqueduct beendet war, zeigte man Rennen aus Hollywood Park. Das mußte einfach ein gutes Omen sein: Die Bahn, wo ich eines Tages Pferdebesitzer sein würde, war auf dem Monitor. Ich kaufte mir ein Programm. Ein Pferd lief bei einer Quote von drei zu eins, und es sah unschlagbar aus. Das war sie, die Chance, auf die ich gewartet hatte. Ich setzte alle drei Riesen, denn wenn es gewann, bekäme ich zwölf zurück.

Das Rennen wurde gestartet, und ich dachte, ich hätte auf das falsche Pferd gesetzt. Wenn ich auf ein Pferd setzte, ging es immer in Führung, aber diese lahme Ente war Letzter. Dann sagte der Sprecher, der Jockey habe mein Pferd auf der Gegengeraden angehalten.

Unfaßbar – ich war wieder pleite. Das Geld hatte nicht mal Gelegenheit gehabt, in meinem Portemonnaie warm zu werden.

Als ich an meinem Arbeitsplatz eintraf, war ich immer noch wie gelähmt. Ich hatte keine Ahnung, was ich sagen sollte, wenn Janene nach ihrem Schmuck fragte.

Ich goß mir ein Sam Adams ein und setzte mich an die Theke. Jerry, einer der alten Stammgäste, die jeden Nachmittag ins O'Reilley's kamen, saß neben mir. Er roch nach Alkohol, ich wußte also, daß er breit war.

»He, Tommy«, nuschelte er, als er mich neben sich entdeckte, obwohl ich schon mehrere Minuten dort gesessen hatte. »Wie läuft's denn so?«

Das letzte, wonach mir momentan der Sinn stand, war ein Gespräch mit irgendeinem alten Säufer. Ich nickte nur und sah weiter direkt nach vorn.

»Mir geht's gut«, sagte er. »Hab schon bessere Tage gesehen, aber wer hat das nicht? So ist das wohl, wenn man älter wird. Aber ich kann mich nicht beklagen. Ich lebe noch… das ist doch schon mal was.«

Ich schwieg. Ich dachte immer noch an das Rennen in Hollywood Park und wie ich alles versaut hatte. Dann fragte Jerry: »Hast du schon dein Kästchen für das Super-Bowl-Toto gekauft?«, und ich sagte mir im stillen: ›Das ist es: das Super-Bowl-Toto! Na klar, das Super-Bowl-Toto!‹

7

Alljährlich gab es im O'Reilley's ein Super-Bowl-Toto. Es war ein Toto, wie es auch tausend andere Kneipen in der Stadt veranstalteten. Dabei gab es zwei Zahlenreihen von 0 bis 9 – eine Reihe für die an der Super Bowl, dem Endspiel im Profi-Football, beteiligte AFC-Mannschaft, die andere Reihe für das NFC-Team. Für soundso viel Dollar bekam man ein Kästchen mit zwei Ziffern, die den Endziffern des Spielstands am Ende eines Viertels oder, für den Hauptgewinn, am Ende des Spiels entsprachen. Bei O'Reilley's kostete ein Kästchen jeweils fünfhundert Dollar, folglich betrug das gesamte Preisgeld fünfzigtausend Dollar. Bis zur Super Bowl war zwar noch über einen Monat Zeit, doch mindestens die Hälfte der Kästchen war schon belegt. Frank brachte das Geld regelmäßig zur Bank, aber letzte Woche hatten etliche Gäste Kästchen gekauft, und dieses Geld lag noch im Safe… und der Safe befand sich direkt hinter der Theke.

Während Jerry weiterquatschte, über irgendwas redete, dachte ich an den Diebstahl. An das Geld ranzukommen war leicht, die einzige Frage blieb, wann ich es tun würde. Ich kannte die Kombination des Safes auswendig, weil ich Frank im Lauf der Jahre beobachtet hatte. Gut, daß ich mir so etwas immer merkte. Ich hatte Janene nur das eine

Mal zugesehen, wie sie die Geheimzahl ihrer Karte in den Geldautomaten eintippte, und wußte die Ziffernkombination immer noch.

Am besten wäre es spätnachts, kurz bevor wir schlossen. Das war der einzige Zeitpunkt, an dem ich zugreifen konnte, denn sonst waren immer Leute in der Bar, und zu anderen Zeiten hatte ich keinen Schlüssel, um die Kneipe mitten in der Nacht betreten und wieder verlassen zu können. Sobald sich die Gelegenheit bot, mußte ich schnell handeln. Ich konnte es auch nicht viel länger verschieben. Vor ein paar Nächten hatte ich Frank den Safe öffnen sehen, und ich hatte die Stapel Scheine gesehen, es war aber nur eine Frage der Zeit, bis er das Geld zur Bank brachte, falls er es nicht schon getan hatte.

An meinem Plan störte mich nur, daß ich Frank bestehlen mußte. Ich wußte, daß er mich nicht verdächtigen würde – er mochte mich zu sehr, um zu glauben, daß ich ihm jemals so etwas antun könnte. Wahrscheinlich würde er Debbie oder Gary beschuldigen … vermutlich eher Debbie. Doch er war der einzige Mensch auf der Welt, der immer für mich dagewesen war, wenn ich ihn brauchte, und ich wollte ihn wirklich nicht dermaßen fertigmachen.

Ich ging zum Telefon im hinteren Bereich der Bar und hörte meinen Anrufbeantworter ab. Es gab eine Nachricht:

»Hallo, diese Nachricht ist für Tommy Russo … Tommy, auf Ihrer Maschine war ein sehr langer Piepton, hoffentlich können Sie das jetzt hören. Hier spricht Alan Schwartz. Wie ich erfahren habe, möchten Sie in unsere kleine Besitzergemeinschaft einsteigen? Phantastisch. Ich weiß zwar nicht,

wie gründlich Pete Sie informiert hat, aber wenn Sie Ihre Adresse meiner Sekretärin mitteilen, lasse ich Ihnen per FedEx den von uns ausgearbeiteten Vertrag zustellen. Sollten Sie Fragen haben, werde ich sie Ihnen gerne beantworten. Leider bin ich heute fast den ganzen Tag nicht im Büro. Vielleicht könnten wir alle mal nächste Woche zusammenkommen und eine Strategie etcetera besprechen, einverstanden? Ach ja, dann können Sie uns auch Ihren Scheck geben. Einverstanden? Lassen Sie uns also nächste Woche auf jeden Fall miteinander reden. Fürs erste wünsche ich Ihnen ein schönes Wochenende. Bis dann, Tommy.

Ich legte auf, ohne die Nachricht zu speichern. Gegen acht war die Bar für einen Freitagabend schon recht gut gefüllt, und ich stand an der Tür und kontrollierte Ausweise. Ich war gut drauf, lachte und scherzte mit allen. Sogar zu Gary war ich nett. Als er auftauchte, sagte ich: »Hey, was geht ab?«, obwohl ich ihn normalerweise mit Nichtachtung strafte. Das entging ihm nicht, und er fragte: »Was ’n mit dir los? Bist du krank?«

»In meinem ganzen Leben ging’s mir noch nie so gut, Alter«, sagte ich.

Nach einer Weile ließ der Andrang nach, und da tauchte Susan Lepidus vor der Kneipe auf. Früher war sie Stammgast im O’Reilley’s gewesen, und vor etwa einem Jahr hatten wir mal zusammen einen Nachtclub an der West Side besucht. Im letzten halben Jahr hatte ich sie nicht mehr gesehen. Sie hatte halblanges lockiges rotes Haar, das auf ihre Schultern fiel, und ein hübsches Gesicht. Sie war mit einem mir unbekannten dunkelhaarigen Typ da.

»Hi, Tommy«, sagte sie und schenkte mir ein breites herzliches Lächeln.

»Dich hab ich auch 'ne Weile nicht gesehen«, sagte ich.

»Vielleicht habe ich mich vor dir versteckt«, sagte sie.

»Tja, aber ich hab dich gefunden«, sagte ich.

Wir lachten beide. Ihr Freund ließ uns nicht aus den Augen und verzog keine Miene.

»Tommy, ich möchte dir Jim vorstellen. Jim, das ist Tommy.«

Ich gab Jim die Hand. Er hatte einen festen Griff, typisch für einen kleinen Kerl, der den starken Mann markierte.

Ich sah wieder zu Susan rüber und bildete mir ein, daß sie mich anstarrte.

»Jedenfalls sollten wir reingehen, hier draußen ist es bitter kalt«, sagte sie. »Wir sprechen uns später, okay?«

»Okay«, sagte ich.

Susan und Jim betraten die Bar. Als ich etwa ein, zwei Minuten später gerade ein paar Ausweise kontrollierte, spürte ich plötzlich eine Berührung an meinem Arm. Ich drehte mich um, und da stand Susan.

»Und, wie geht's dir so?« fragte sie.

»Ganz gut«, sagte ich. »Du kommst also nicht mehr allzuoft her?«

»Ich geh nicht mehr so häufig aus wie früher«, sagte sie. »Anscheinend werd ich auf meine alten Tage langweilig.«

»Auf mich wirkst du gar nicht langweilig«, sagte ich.

Wir lächelten beide. Ihre glänzendrot geschminkten Lippen sahen gut aus.

»Ich gehe wohl besser«, sagte sie. »Mein Freund kommt jeden Moment vom Klo. Aber weißt du, was? Wir sollten irgendwann mal wieder zusammen ausgehen. Warum rufst du mich nicht mal an?«

»Das mach ich«, versprach ich.

Ich sah Susan nach, als sie zur Theke ging. Als Jim in die andere Richtung schaute und Drinks bestellte, drehte sich Susan lächelnd zu mir um und winkte.

Als ich anfing, im O'Reilley's zu arbeiten, hatte ich Susan und ihren Freundinnen immer gratis Drinks und Gläschen mit Wackelpudding ausgegeben. Ich mochte Susan sehr, aber nach dem ersten Date damals hatte ich sie nie mehr angerufen. Offenbar zog sich das wie ein roter Faden durch mein Leben: Sobald ich eine gute Sache am Laufen hatte, fand ich immer einen Weg, um sie wieder zu zerstören.

Doch jetzt bot sich mir eine zweite Chance. Ich mußte sie nicht mal um ihre Telefonnummer bitten, die kannte ich nämlich immer noch auswendig.

Susan und Jim gingen gegen elf – beim Gehen berührte mich Susan am Arm und küßte mich wieder auf die Wange –, und als ich das nächste Mal auf die Uhr sah, war es nach Mitternacht. Aber an der Tür drängten sich immer noch ziemlich viele Leute, und es gab eine Menge Ausweise zu überprüfen. Heute nacht würde es spät werden – O'Reilley's nahm nicht vor halb drei die letzte Bestellung entgegen. Ich hatte vor, mich gegen drei um den Safe zu kümmern, wenn der Laden leer war. Meist war ich noch ein Weilchen allein in der Bar, nachdem Gary heimgegangen war, und stellte Stühle und Hocker hoch.

»Tommy.«

Ich zuckte zusammen, als ich ihre Stimme hörte. Janene

war der letzte Mensch, den ich heute nacht sehen wollte. Ich hatte gehofft, sie würde erst in ein paar Tagen entdekken, daß ihr Schmuck fehlte, so daß ich Zeit hatte, mir eine Ausrede einfallen zu lassen. Sie stand ganz vorn in der Schlange von Leuten, die in die Bar wollten.

»Hey, wie geht's denn so?« sagte ich, bemüht, so zu tun, als freute ich mich, sie zu sehen und als sei alles in Ordnung.

»Ich muß auf der Stelle mit dir reden«, sagte sie.

Heute hatte sie sich nicht schick gemacht. Sie trug eine Jogginghose, einen Daunenmantel, rote Ohrenschützer und kein Make-up. Ihre Augen waren wieder blau.

»Na schön«, sagte ich, »aber das muß ein paar Minuten warten. Wie du siehst, kontrolliere ich gerade Ausweise.«

»Hast du meinen Schmuck gestohlen?«

»Was?« sagte ich, als hätte ich keine Ahnung, was sie meinte.

Manche der Wartenden glotzten uns an.

»Das war eine einfache Frage. Wenn du meinen Schmuck hast, gib ihn mir auf der Stelle zurück, dann hole ich nicht die Polizei.«

Ich lachte, schüttelte den Kopf.

»Bleib ganz ruhig, in Ordnung? Ich laß diese Leute hier in die Bar, und dann kümmere ich mich sofort um dich.«

Ich überprüfte Ausweise, während Janene neben mir stand, die Arme vor dem Oberkörper verschränkt. Über die Pause war ich froh… so konnte ich mir überlegen, was ich sagen würde.

Als der letzte die Bar betreten hatte, sagte Janene: »Also?«

»Also was?«

»Kann ich bitte meinen Schmuck wiederhaben?«

»Erstens, komm bitte nie wieder her, während ich arbeite, um mir so eine Szene zu machen. Das ist schlecht fürs Geschäft, und ich verlier meinen Job.«

»Toller Job«, sagte sie und verdrehte die Augen.

Ich hatte noch nie in meinem Leben eine Frau geschlagen, doch jetzt bei Janene fehlte nicht viel, und ich hätte es getan, und zwar voll ins Gesicht. Aber wir standen auf der Straße, und Leute sahen zu.

»Zweitens«, fuhr ich fort, »habe ich keine Ahnung, was für 'n Scheiß du da erzählst. Schmuck? Was für 'n Schmuck?«

»Du weißt genau, welcher Schmuck.«

»Machst du das, weil ich gestern nacht gegangen bin? Denn wenn das der Grund ist, dann hast du da was in den falschen Hals gekriegt.«

»Hör zu, ich bin keine Idiotin, klar? Ich will nur meinen Schmuck wiederhaben.«

»Ich hab echt keine Ahnung, was du da quatschst, und wenn du's mir nicht erzählst, werd ich's wohl nie erfahren.«

Ein paar Sekunden lang sah ich sie, ohne mit der Wimper zu zucken, an. Meine Schauspielerfahrung machte sich bezahlt. Ich blieb cool und locker und merkte, daß sie anfing, mir zu glauben.

Zwei Typen kamen an die Tür. Da sie volljährig aussahen, winkte ich sie einfach durch.

Janene sagte: »Eine goldene Halskette und beide Diamantohrstecker fehlen aus meinem Schmuckkästchen.«

Das mit dem Armreif hatte sie also nicht bemerkt. Ich mußte daran denken, ihn nicht zu erwähnen.

»Mal sehen, ob ich dich richtig verstehe«, sagte ich. »Du glaubst, ich hätte dich gestern nacht bestohlen?«

»Hast du's getan?«

»Meine Güte, so etwas traust du mir zu?«

»Wo ist dann mein Schmuck?«

»Woher soll ich das wissen, verdammte Hacke?«

Sie atmete tief durch. »Ich weiß nur, daß ich mitten in der Nacht aufgewacht bin und du weg warst. Und als ich heute von der Arbeit nach Hause kam, waren die Sachen verschwunden.«

»Wie kommst du dann auf die Idee, daß ich sie genommen habe? Vielleicht ist heute nachmittag jemand in deine Wohnung eingebrochen. Oder du bist vor ein paar Tagen oder sogar Monaten beklaut worden.«

»Die Ohrstecker hab ich erst letzte Woche getragen.«

»Also könnte dich irgendwann während der letzten oder dieser Woche jemand bestohlen haben. Wie kommst du darauf, daß ich es war?«

Das brachte sie ins Grübeln. Sie sah mich unverwandt an und wartete, ob ich umfiel. Das tat ich nicht.

Dann sagte sie: »Was würdest du an meiner Stelle glauben?«

»Ich würde glauben, daß es vielleicht eine Insidergeschichte war. Ich kannte mal eine Frau, die in einem Haus mit Fahrstuhl wohnte, und da wurden die Leute andauernd beklaut. Hast du einen Schlüssel beim Hausmeister hinterlegt?«

»Ja, aber der ist sehr nett. Er würde mich nie bestehlen.«

»Und was ist mit mir, bin ich vielleicht nicht nett? Hör zu, hol die Polizei, mach, was du willst. Ich muß mir das nicht bieten lassen.«

Ich stand von meinem Hocker auf und ging in die Bar.

»Tommy.«

Langsam drehte ich mich um. Ich kam mir vor wie in einem Theaterstück oder in einem Film.

Janene sagte: »Es tut mir leid, in Ordnung? Ich wußte echt nicht, was ich glauben sollte. Schließlich hast du... Warum bist du überhaupt verschwunden? Wie konntest du mir so etwas antun?«

Sie fing an zu weinen. Ich sah sie ein Weilchen stumm an, sagte dann: »Du hast mir das mit deinem Mann verschwiegen. Zuerst hat es mich nicht gestört, aber dann hab ich etwas gründlicher drüber nachgedacht, und ich war sehr gekränkt.«

»*Du* warst gekränkt?«

»Ja. Ich kam mir vor, als würde ich dir nicht viel bedeuten, als wolltest du dich mit mir nur trösten, mich nur benutzen, um über deine Ehe wegzukommen.«

»Das ist verrückt.«

»Wirklich?«

Sie starrte mich an. Offenbar hatte ich einen Volltreffer gelandet.

»Siehst du?« sagte ich. »Mit uns beiden wär es sowieso nichts geworden, was soll's also?«

Ich ging bereits weiter, als sie sagte: »Tommy?«

Ich blieb stehen, drehte mich aber nicht um.

»Das alles tut mir wirklich leid.«

»Vergiß es«, sagte ich und betrat die Bar. »Jetzt ist es zu spät.«

Die Lampen gingen aus und wieder an – das Zeichen für die letzte Bestellung. Ein paar Besoffene tranken Budweiser aus Pitchern, und ich machte Dampf, sie hätten noch fünf Minuten, um auszutrinken.

Gary stand noch hinter der Theke und machte sauber. Manchmal ging er als letzter, doch das mußte ich heute verhindern.

»Laß mal«, sagte ich. »Ich mach heute für dich sauber.«

Er sah mich an, als sei er überrascht, daß ich überhaupt mit ihm redete.

»Was ist denn mit dir los«, sagte er, »hast du heute vor Dienstbeginn ein paar Gute-Laune-Pillen eingeworfen?«

»Nö«, sagte ich, »ich bin einfach nur gut drauf. Stört dich das?«

»Nein, das geht schon in Ordnung. Ich wollte heute nacht sowieso noch downtown und mir 'ne Band anhören.«

»Viel Spaß.«

»Hast du auch wirklich nichts dagegen?«

»Vergiß es«, sagte ich.

»Das ist echt cool von dir, Mann. Du hast einen Gefallen bei mir gut.«

Gary beendete, was er gerade machte, und ging dann nach hinten, um seine Jacke zu holen. Jetzt mußte ich nur noch alle Gäste loswerden.

»So, Leute«, sagte ich zu den Typen mit den Pitchern, »es ist Zeit für den Heimweg.«

»Aber wir haben doch eben erst diesen Pitcher bekommen«, sagte einer von ihnen.

»Tut mir leid, wir schließen jetzt«, sagte ich.

Die Burschen stürzten ihr Bier runter, zogen dann die Mäntel an und gingen.

Ein paar Minuten später sagte Gary: »Bis dann«, und ging ebenfalls. Ich schloß die Tür hinter ihm ab. Kathy und die Aushilfen beim Bedienen waren schon gegangen, aber Frank war immer noch irgendwo in der Bar, wahrscheinlich saß er hinten in seinem Büro und war mit der Buchhaltung beschäftigt. Auch in der Küche war noch der eine oder andere. Aber wenigstens war der gesamte Schankbereich der Kneipe leer, und ich wußte nicht, ob ich so eine Chance noch einmal bekam.

Ich ging hinter die Theke und kniete nieder. Ich kannte die Kombination auswendig und wußte, daß ich den Safe innerhalb weniger Sekunden öffnen könnte.

Beim ersten Mal verbockte ich die Kombination und mußte es noch mal versuchen. Ich spürte, wie hinter meiner Stirn die Adern pochten und mir der Schweiß den Nacken hinunterlief. Auch beim zweiten Mal ging der Safe nicht auf. Vielleicht verwechselte ich die Ziffern. Endlich, beim dritten Versuch, hörte ich ein Klicken. Die Tür schwang auf.

Beim Anblick des Geldes wurde mir schwindlig. Ich hatte keine Ahnung, wieviel da lag, aber es waren Stapel Fünfziger, Zwanziger und Zehner – hauptsächlich Zwanziger –, die von Gummibändern zusammengehalten wurden. Ich schnappte mir einen Stapel Zwanziger, als mir plötzlich klar wurde, daß ich nicht wußte, wohin damit. Scheiße, daran hatte ich gar nicht gedacht. Die Taschen in meinen Jeans waren zu eng, und nirgends lagen Tüten herum. Dann hörte ich ein Geräusch... Schritte näherten sich dem Schankbereich der Kneipe. Ich legte die Zwanziger wieder in den Safe und schloß leise die Safetür. Die Person war jetzt im Schankraum. Ich kroch zum anderen Ende der Theke, möglichst weit weg vom Safe, und stand auf.

»Herrgott noch mal«, sagte Frank und ging mehrere Schritte zurück. Er atmete schwer. »Hast du mir eben einen Mordsschreck eingejagt!«

»Ich hab gerade ein paar Flaschen in den Kühlschrank gelegt«, sagte ich.

»Trotzdem mußt du doch nicht so unvermittelt auftauchen. Meine Güte!«

»Verzeihung«, sagte ich.

»Na ja, ist nicht so schlimm. Eigentlich bin ich sogar froh, daß du noch da bist. Kommst du mit, einen Happen essen?«

»Ich wollte gerade nach Hause«, sagte ich. »Sobald ich hier fertig bin.«

»Wo steckt Gary?«

»Downtown, will sich 'ne Band anhören.«

Frank verdrehte die Augen. »Komm schon, wir machen das morgen fertig, wenn wir öffnen. Ich möchte wirklich, daß du mich begleitest. Ich dreh noch durch und muß unbedingt mit jemandem reden. Ich lade dich ein.«

In dieser Nacht konnte ich den Safe ohnehin nicht mehr ausräumen – nicht nachdem mich Frank erwischt hatte, wie ich hinter der Theke herumgekrochen war –, daher stimmte ich zu. Ich ging nach hinten, um mich zu waschen und meine Jacke zu holen. Unfaßbar, daß ich das Geld nicht hatte. Ich fühlte immer noch den Stapel Scheine in meiner Hand und sah immer noch Andrew Jacksons Gesicht auf den Zwanzigern. Manche Banken hatten sonntags geöffnet... vielleicht würde Frank die Knete morgen früh einzahlen. Vielleicht war das meine einzige Chance gewesen, an das Geld zu kommen, und ich hatte sie verhauen.

Wir nahmen ein Taxi zum Green Kitchen. Frank hatte mir mal erzählt, er gehe dort seit zwanzig Jahren hin, es sei sein Lieblingsdiner in New York. Wie üblich an Wochenenden war das Restaurant brechend voll mit den betrunkenen Abwanderern aus den nahe gelegenen Kneipen. Die meisten waren junge adrette Collegestudenten, Idioten, die nicht mit Alkohol umgehen konnten, immer weitersoffen und versuchten, die hundemüden verhärmten Kellnerinnen abzuschleppen. Frank und ich saßen seitlich an einem Zweiertisch in Fensternähe. Frank bestellte eine Tasse Kaffee und ein Stück Apfelkuchen. Ich war ausgehungert, und da Frank zahlte, tat ich mir keinen Zwang an. Ich bestellte Pfannkuchen, Rühreier, Bratkartoffeln, Würstchen, Schinkenspeck und Toast.

Frank erzählte von Debbie, und zwar pausenlos. Zuerst klinkte ich mich aus, war immer noch sauer, daß ich die Chance verpaßt hatte, mir das Geld unter den Nagel zu reißen. Dann hörte ich Frank sagen: »...wirklich, wie lange soll das noch so weitergehen? Ich glaube, daß ich geduldig war, so geduldig, wie jemand unter diesen Umständen nur sein kann. Ich hab versucht, sie zu einem Seelenklempner zu schicken, aber sie wollte nicht. Anscheinend will sie mir nur noch das Leben schwermachen.«

»Gib ihr den Stiefel«, sagte ich.

»Das hab ich vor«, sagte er, »aber leicht ist es nicht. Wir sind schon so lange zusammen... sieben Jahre.«

»Willst du noch mal sieben Jahre mit ihr verheiratet sein?«

»Nein, natürlich nicht.«

»Dann sag ihr, du willst die Scheidung. Denk gar nicht mehr groß nach. Zieh es einfach durch.«

»Du hast recht«, sagte er. »Das mache ich auch... bald.«

Die Kellnerin brachte unser Essen. Ich langte zu, nahm Frank nicht mehr wahr. Hungrig wie ich war, hätte ich vermutlich sogar Schinkenspeckstreifen durch die Nase saugen können. Doch ich hörte wieder zu, als Frank sagte: »Ich mache dir folgendes Angebot, Tommy. Nach der Scheidung von Debbie will ich mich räumlich verändern. Ich bin noch nicht bereit, die letzte Reise zum Sonnenuntergang anzutreten, aber ein bißchen mehr Sonne ist vielleicht gar keine schlechte Idee. Diese beschissenen kalten Winter hängen mir zum Hals raus – ich probier's wohl mal mit Arizona. Gary kann ich die Leitung der Bar nicht anvertrauen, das weiß ich, außerdem glaub ich sowieso, daß du eine bessere Ader fürs Geschäftliche hast als er. Allerdings gibt es eine Bedingung; ich werde dir die Bar nicht einfach so übergeben, du mußt beweisen, daß du mit dem Glücksspiel aufgehört hast, und zwar *wirklich* aufgehört. Keine Besuche auf der Rennbahn mehr, keine Fahrten nach Atlantic City. Ich werd dir nicht meine Bar geben, damit du anschließend das ganze Geld bei Pferdewetten zum Fenster rauswirfst. Du gehst auf Entzug, sonst läuft gar nichts.«

»Aber was ist mit meiner Schauspielerkarriere?« fragte ich.

»Mit der Kneipe bist du finanziell erst mal abgesichert«, antwortete er. »Falls du deine große Chance kriegst und es in Hollywood schaffst, kannst du *sayonara* sagen, und ich suche einen anderen Chef für die Bar. Glaub mir, das ist eine meiner leichtesten Übungen. Ich halte dich bloß für einen guten Kerl, der eine Chance verdient hat, erfolgreich zu sein, und dabei möchte ich dir helfen, so gut ich kann. Nun, was sagst du dazu? Bist du einverstanden?«

»Ist das ernst gemeint?« fragte ich. »Willst du dich wirklich aufs Altenteil zurückziehen?«

»Von Altenteil war nie die Rede. Nennen wir es einfach einen Dauerurlaub. Voraussichtlich werde ich immer wieder mal nach New York kommen, und wer weiß, vielleicht mache ich ja in Arizona eine irische Kneipe auf.«

»Mann, ich fasse es nicht«, sagte ich. »Du fragst mich wirklich, ob ich O'Reilley's übernehmen will?«

»Das mache ich nur, weil ich an dich glaube«, sagte Frank, »und weil ich weiß, daß du der einzige Mensch auf der Welt bist, dem ich vertrauen kann. Und weil ich finde, daß du für diesen Job am besten geeignet bist.«

»Vielen Dank«, sagte ich. »Glaub mir, ich werde dich nicht enttäuschen.«

Während ich aufaß, erzählte mir Frank mehr über seine Pläne, sich von Debbie scheiden zu lassen und nach Arizona zu ziehen. Ich sagte Frank, da werde er glücklich sein und andere Dinge, von denen ich wußte, daß sie ihm ein gutes Gefühl gaben. Nachdem Frank an der Kasse die Rechnung bezahlt hatte, gingen wir raus in die Kälte. Frank sagte, er werde mit dem Taxi nach Hause fahren. Wir umarmten uns zum Abschied, dann hielt ich die Taxitür auf, und Frank stieg ein.

Ich ging schon immer gern nachts durch die Straßen,

besonders im Winter. Man sah weit und breit keine Menschenseele, nicht mal Obdachlose. In dieser Nacht dachte ich, wie verrückt mein Leben doch war. Noch vor ein paar Tagen hatte ich gar nichts besessen, und jetzt sollte ich Geschäftsführer einer Kneipe werden. Bald waren die Zeiten endgültig Geschichte, wo ich bei einem Vorsprechen nach dem anderen abgelehnt wurde, so daß ich mir wie ein Versager vorkam. Der neue Job würde mir auch bei dem Diebstahl von Nutzen sein. Niemand würde ernsthaft glauben, daß der zukünftige Geschäftsführer einer Bar die Super-Bowl-Totogelder seiner eigenen Kneipe stahl.

8

Am nächsten Tag, einem Sonntag, dachte ich nur noch daran, wie ich mir wieder am Safe zu schaffen machen konnte. Da mir zu Hause die Decke auf den Kopf fiel, ging ich ins Fitneßstudio und arbeitete ein wenig mit Gewichten.

Inzwischen ging ich nur noch ein-, zweimal pro Woche ins Studio, und manchmal ging ich mehrere Wochen am Stück gar nicht hin. Was die Arbeit anging, war das nicht weiter schlimm, weil ich von Natur aus muskulös war und immer aussah, als wäre ich gut in Form.

Mein Fitneßstudio gehörte der Lenox Hill Neighborhood Association. Es war zwar ein mieses Studio, aber billig, ich zahlte nämlich nur etwa dreihundert Dollar im Jahr. Ich brachte etwa eine Stunde im Gewichteraum zu, arbeitete an Rücken und Oberkörper, dann ging ich in die Halle, um ein wenig Basketball zu spielen. Meine Mannschaft verlor, und meine Laune sank immer tiefer. Als ein blonder Typ verhindern wollte, daß ich einen Rebound bekam, und mich mit dem Hintern wegdrückte, verpaßte ich ihm eine, wobei seine Lippe aufplatzte. Ein paar Mitspieler trennten uns, und der Blonde ließ sich irgendwo verarzten. Ich machte noch ein paar Spiele, dann joggte ich nach Hause und duschte.

Eine Weile entspannte ich mich auf dem Sofa, aß Erdnußbutterbrote und sah mir im Fernsehen College-Basketball an, bis ich mich gegen fünf auf die Arbeit vorbereitete. Ich hatte einen großen schwarzen Müllsack, in den ich das Geld stecken wollte; falls mich jemand beim Verlassen der Bar beobachtete, würde er denken, daß ich Abfall rausbrächte.

Um sechs traf ich im O'Reilley's ein. Gary saß an einem Tisch in der Nähe der Tür. Ich wußte sofort, daß etwas nicht stimmte. Gary sah zu mir hoch und sofort wieder runter auf seinen Teller mit Chicken Wings.

»Na, wie geht's?« fragte ich, aber er sah mich nicht an.

»Laß mich verdammt noch mal in Ruhe«, sagte er.

»Ey, mach mich nicht blöd an«, sagte ich. »Red mit deinem Vater, wenn du ein Problem hast.«

»Du wirst hier nicht Kneipier«, sagte Gary. »Schmink dir das ab. Du hast doch keinen blassen Schimmer, wie man 'ne Bar führt. Du bist doch bloß ein dämlicher Rausschmeißer.«

Ich packte Gary beim Hemd und hob ihn vom Stuhl hoch.

»Laß mich los«, sagte er.

»Paß auf!« sagte ich. »Paß bloß auf.«

Ich ließ Gary los und ging nach hinten, um meinen Mantel aufzuhängen. Eine Weile war ich sauer, dann ging's wieder. Gary war ein Neidhammel, na und? Bald war ich Geschäftsführer einer Bar und Besitzer eines Rennpferdes. Und was war er?

Ich hatte schon alles geplant: Montag würde ich Alan Schwartz anrufen und den Zeitpunkt für ein Treffen mit ihm, Pete und den anderen vereinbaren. Dann würde ich Bill Tucker und die anderen Rennbahngrößen kennenlernen, und mein Leben würde sich von Grund auf ändern.

Ich war wieder gut gelaunt, als Kathy zur Tür kam und sich mit mir unterhielt. Ich merkte, daß etwas nicht stimmte. Sie ließ Kopf und Schultern hängen.

»Kopf hoch«, sagte ich. »Wir haben Wochenende.«

»Ich hab die Rolle nicht bekommen.«

»Rolle? Welche Rolle?«

»Du weißt doch, in dem Stück, von dem ich dir erzählt habe... im Manhattan Theatre Club.«

Ich sah sie ein Weilchen an, ehe der Groschen fiel.

»Ach ja, genau. Tut mir leid, Kath. Das ist echt schade.«

»Mein Agent sagt, daß ihnen wahrscheinlich die ganze Zeit schon eine andere Frau vorschwebte. Sie hat letztes Jahr in dem Theater in zwei Stücken mitgespielt, und der Regisseur hat ein Faible für sie.«

»Dann mußt du dich wohl damit abfinden«, sagte ich.

»Ich weiß«, sagte sie, »es ist bloß so frustrierend. Ich wäre in der Rolle so gut gewesen, das weiß ich, aber offenbar sollte es einfach nicht sein. Egal, ich war vorhin in einem Buchladen an der West Side, wo ich mir Theaterstücke angesehen habe, und da gibt es ein altes Stück von Lanford Wilson – einen Einakter –, und das wäre toll für unsere kleine Aufführung.«

»Darüber wollte ich mit dir reden«, sagte ich. »Ich werde diese Aufführung mit dir nicht machen.«

»Was soll das heißen? Warum nicht?«

»Bloß so. Tut mir leid.«

»Das begreife ich nicht. Was ist denn los?«

»Nichts ist los. Ich will die Aufführung einfach nicht machen.«

»Aber warum nicht? Wenn wir Produzenten dazu brächten, sie sich anzusehen, könnten wir vielleicht...«

»Hör zu, ich will darüber nicht mit dir streiten, klar? Ich werde das Stück nicht mit dir einüben. Wenn du's machen willst, nur zu, aber bitte ohne mich.«

Sie sah mich kopfschüttelnd an und ging dann weg, um eine Bestellung entgegenzunehmen. Sie tat mir leid. Vermutlich würde sie als Kellnerin schuften, bis irgendein Typ kam und sie heiratete. Dann würde sie mit der Schauspielerei aufhören und merken, daß sie nie begabt genug gewesen war, um den Durchbruch zu schaffen. Sie wäre dann Mitte Dreißig, allmählich würde ihre Schönheit verblühen, und sie käme sich vor, als hätte sie ihre Jugend vergeudet. Ich wünschte, ich hätte ihr helfen können, die Wahrheit früher zu erkennen.

Es war Samstag abend, die Kneipe proppenvoll, und den ganzen Abend lang wartete vor der Bar in Wind und Kälte eine Schlange von Leuten. Normalerweise hätte mich ein hektischer Abend genervt, aber heute war ich gut drauf und alberte mit allen herum.

Als gegen zwei Uhr nachts der Andrang nachließ, machte ich mir über den Safe Gedanken. Es war genau wie auf der Rennbahn, wenn ich einen großen Betrag wettete und auf das Tor der Startmaschine starrte, voll konzentriert, als gäbe es auf der ganzen Welt nur mich und diese Maschine. Man hätte die Kneipe mit all den Menschen entfernen und mich samt Safe mitten auf eine leere Straße stellen können, ich hätte den Unterschied nicht bemerkt. Frank kam zu mir an die Tür und wollte wissen, ob es mir gutgehe, ich sehe ›heute abend irgendwie daneben aus‹. Ich antwortete, daß ich mich wohl fühlte, aber möglicherweise auch eine Erkältung bei mir im Anflug sei. Frank ging wieder, und mir wurde klar, daß ich mich mehr so benehmen mußte wie sonst auch. Schließlich sollte Frank morgen, wenn das Geld weg war, nicht auf dumme Gedanken kommen.

Dann hatte ich großes Glück: Frank erzählte mir, er wolle heute nacht früh nach Hause.

»Ich glaube, ich hab meine Erkältung noch nicht überwunden«, sagte er. »Ich geh wohl besser heim und ruhe mich etwas aus. Und bleib du auch nicht so lange... die Grippe kursiert, und dieses Jahr ist sie echt schlimm. Gary und die Jungs aus der Küche machen heute sauber.«

Typisch Frank, daß er mir beisprang, mir behilflich war, ihn auszurauben. Da Kathy auch früh ging, mußte ich jetzt nur noch Gary aus der Bar schicken und konnte mich ans Werk machen. Wie sich dann herausstellte, mußte ich mir auch wegen Gary keine grauen Haare wachsen lassen. Ich sah, wie Frank zur Theke ging und mit Gary sprach. Die Musik war so laut, daß ich nicht hörte, was sie sagten, aber es war nicht schwer zu erraten. Frank forderte Gary auf, heute nacht länger zu bleiben und sauberzumachen, und Gary war augenscheinlich sauer. Er sagte etwas und ging weg. Ein paar Minuten nachdem Frank verschwunden war, ging Gary nach Hause. Da niemand mehr da war, um an der Theke zu arbeiten, übernahm ich das. Bald würden wir sowieso schließen, und es herrschte schon deutlich weniger Betrieb.

Kaum zu glauben, wie gut das alles klappte. Es war fast zu einfach, als wäre es eine Art Falle. Vielleicht hatte ich letzte Nacht das Geld anders zurückgelegt, und das war Frank aufgefallen. Vielleicht hatte er hinter dem Tresen eine versteckte Kamera angebracht und würde mich auf frischer Tat ertappen.

Sei nicht so paranoid. Klau das Scheißgeld endlich.

Ich machte die Lampen aus und wieder an – letzte Bestellung. In der Kneipe hingen fast nur noch Typen rum, Singles, die versuchten, zwei besoffene Frauen abzuschleppen. Um die Sache zu beschleunigen, sagte ich den beiden, sie bekämen von mir kein Bier mehr. Im Nu waren die Frauen verschwunden – vermutlich gingen sie in eine der Kneipen die Straße runter, die noch länger offen hatten –, und bald folgten ihnen die meisten Typen.

Schließlich, etwa zehn Minuten später, ging der letzte Gast, und ich schloß hinter ihm ab. Zwar lief noch Musik – Hootie & The Blowfish –, aber ich war allein im Schankraum. Ich ging sofort hinter den Tresen zum Safe und kniete mich hin. Eine Ziffer der Kombination ließ ich aus, flüsterte »Scheiße« und biß mir so fest auf die Unterlippe, daß ich Blut schmeckte. Meine Hände zitterten. Endlich ging die Safetür auf, und das Geld war noch da, sah genauso aus wie gestern. In aller Eile, wie ein Bankräuber, steckte ich die Scheine in den Müllsack. Das dauerte etwa dreißig Sekunden, dann stand ich auf, den Sack voller Geld in der Hand. Niemand war da, und Hootie sang immer noch. Gerade wollte ich abhauen, nichts wie weg hier, als mir einfiel, daß ich meinen Mantel noch holen mußte. Kacke. Den Müllsack in der Hand ging ich durch den Flur zu dem

Schrank neben dem Klo, wo mein schwarzer Ledermantel hing. Als ich zur Tür kam, drehte ich mich um, weil ich spürte, daß jemand hinter mir war. Da stand Rodrigo mit einem Lappen und putzte die Bar. Ich hätte einfach gehen können, hielt das aber für keine gute Idee. Wenn ich hektisch verschwand, ohne ein Wort zu sagen, könnte das am nächsten Tag nicht besonders gut aussehen.

Ich preßte mir ein Lächeln ab und sagte: »Hast du in der Küche nicht schon genug zu tun?«

Rodrigo schaute hoch, als sähe er mich zum ersten Mal im Schankraum.

»Frank sagt, ich sollen heute die Bar putzen«, erklärte Rodrigo mit seinem mexikanischen Akzent.

»Tja, dann müßte dir Frank eigentlich den doppelten Lohn zahlen«, sagte ich. Da ich merkte, daß Rodrigo nicht begriff, was ich meinte, rieb ich Daumen und Zeigefinger aneinander und sagte: *»Más dinero.«*

»Ja, *más dinero*«, wiederholte Rodrigo lächelnd.

»Na dann, ich werd mal den Müll hier rausbringen und heimgehen. Überanstreng dich nicht. *Adiós.*«

»Adiós«, sagte Rodrigo.

Zu Hause kippte ich den Geldscheinhaufen auf den Küchentisch und fing an zu zählen. Ich zählte die Scheine mindestens dreimal und kam immer auf dieselbe Summe: genau vierzehntausend Dollar.

9

Weil ich zu überdreht war, um einzuschlafen, setzte ich mich im Dunkeln aufs Bett und sah mir einen alten John-Wayne-Streifen an. Irgendwann döste ich ein.

Als ich so gegen Mittag aufwachte, ging ich direkt zu dem Geldsack und zählte die Scheine. Dann zählte ich sie noch einmal und packte den Sack in den Schrank.

Es war wieder ein gräßlicher Tag – eine Mischung aus Regen, Schneeregen und Schnee –, und mir war nicht nach Ausgehen. Vom Gewichtestemmen und Basketballspielen hatte ich immer noch Muskelkater, und ich nahm mir vor, einfach nur zu Hause abzuhängen und mir im Fernsehen Football anzusehen. Ich gab telefonisch bei einer Pizzeria an der First Avenue zwei Wurstbaguettes mit extraviel Zwiebeln in Auftrag, dann rief ich die koreanische Deli an und bestellte zwei Sechserpacks Sam-Adams-Bier, zwei Packungen Pringles-Kartoffelchips mit Barbecue-Geschmack und drei Karottenküchlein, die ich so gern aß.

Es gibt an einem ekligen Tag nichts Besseres, als auf seinem Sofa zu sitzen, sich was Leckeres in den Mund zu stopfen und im Fernsehen Football zu gucken. Während der Halbzeitpause des Spiels, das um halb eins angefangen hatte, wurde ich noch mal so hungrig, daß ich mir ein paar Chicken Wings und Käsepommes als Beilage bringen ließ.

Um fünf duschte ich dann, zog mich an und ging zur Arbeit. Es regnete und schneite nicht mehr. Es war zwar dunkel, aber nicht so kalt wie an den letzten Abenden. Mit weit offenem Ledermantel ging ich die First Avenue entlang. Ich dachte an morgen früh. Gegen neun Uhr würde ich Alan Schwartz anrufen – einen Termin ausmachen, an dem ich mich mit den Jungs traf. Oder vielleicht rief ich später am Abend Pete aus der Bar an, nur um sicherzugehen, daß noch alles in Butter war.

Einen Block entfernt entdeckte ich zwei Streifenwagen, die in zweiter Reihe vor O'Reilley's standen. Das überraschte mich nicht. Natürlich würde Frank die Cops rufen, sobald er merkte, daß das Geld weg war. Ich hoffte nur, daß Rodrigo mich nicht verpfiff. Ich wüßte zwar nicht, warum er das tun sollte – er war in Ordnung, ein echter *amigo* –, machte mir aber dennoch Sorgen.

Ein Blick durchs Fenster verriet mir, daß die Bar proppevoll war... viel voller als sonst sonntags um achtzehn Uhr. Da das O'Reilley's keinen Fernseher mit Großbildschirm hatte, kamen sonntags gewöhnlich nicht so viele Footballfans wie in den Sportbars. Ich atmete tief durch und trat ein.

Ich hatte erwartet, daß die Cops sofort zu mir kommen würden, um mich zu befragen, aber das geschah nicht. Statt dessen beachtete man mich kaum. Frank war mitten in der Menge, die Leute schrien auf ihn ein, und die Polizei – zwei Männer und eine Frau in Uniform sowie ein älterer Typ in Jackett und Schlips – versuchte, alle Anwesenden zu beruhigen.

Als Frank mich hinter den vielen Menschen entdeckte,

zog ich eine Grimasse, die ihm sagte: »Was zum Teufel geht hier vor?« Frank schob sich durch die Menge und kam zu mir.

»Was ist passiert?« fragte ich.

»Jemand hat den Safe ausgeräumt.«

»Den Safe? Soll das ein Witz sein? Scheiße, wie hat...? Verdammte Hacke, du meinst, das Super-Bowl-Geld...?«

»Vierzehn Riesen«, sagte Frank. »Ich bin ein echter Volltrottel, daß ich soviel Geld herumliegen lasse. Eigentlich wollte ich am Freitag zur Bank gehen, aber dann dachte ich, das könnte auch bis Montag warten.«

»Großer Gott, ich begreif's einfach nicht«, sagte ich kopfschüttelnd. »Wann ist das denn passiert?«

»Wissen wir nicht. Letzte Nacht... heute morgen. Ich hab's erst vor einer Stunde bemerkt.«

»Wie haben sie's denn gemacht, den Safe aufgesprengt oder was?«

»Nee, ganz ohne Spuren zu hinterlassen... sie kannten die Kombination. Und ich kann mir denken, wer es war.«

»Wer denn?« fragte ich.

»Gary«, sagte Frank. »Wer sonst? Außer mir kennt nur er die Kombination, und gestern nacht war er ziemlich wütend, als er hörte, ich würde dir die Bar übergeben. Eigentlich wollte ich ihm nicht die Cops auf den Hals hetzen, es ging aber wohl nicht anders, bei soviel Geld. Doch im Grunde kann ich einfach nicht glauben, daß er so etwas tut... seinen eigenen Vater bestehlen.«

Einer der Polizeibeamten kam und sagte etwas zu Frank, und der stellte mich dem Beamten vor. Ich bemühte mich, genauso sauer zu wirken wie Frank.

Der Uniformierte meinte, der Detective müsse mir ein paar Fragen stellen, und ich sagte, ich hätte nichts dagegen. Während er den Detective holen ging, sah ich mir die Polizistin an. Sie war etwa dreißig, hatte kurze blonde Haare und blaue Augen. Sie sah ausgesprochen gut aus.

»Tommy Russo.«

Da ich immer noch die Blonde betrachtete, brauchte ich ein, zwei Sekunden, um zu merken, daß der Detective mit mir sprach. Er stand neben mir – etwa meine Größe, aber spindeldürr und circa fünfzig Jahre alt. Er hatte einen glänzenden kahlen Schädel.

»Detective Edwards«, sagte er, als wir uns die Hände gaben. »Sie sind vermutlich Tommy Russo?«

»Das stimmt«, sagte ich.

»Und Sie sind hier der Rausschmeißer, stimmt's?«

Ich nickte.

»Können Sie mir sagen, wann Sie die Bar letzte Nacht verlassen haben?«

»Gegen drei Uhr«, antwortete ich. »Das weiß ich, weil ich um Viertel nach drei im Bett lag.«

»War Gary O'Reilley noch hier, als Sie gingen?«

»Nee, der ist etwa eine halbe Stunde vor mir gegangen.«

»War denn überhaupt noch jemand hier, als Sie gestern nacht die Bar verließen?«

»Wohl nur die Jungs aus der Küche«, sagte ich. »Ich dachte, ich hätte mir wohl eine Erkältung eingefangen, und wollte ins Bett.«

»Haben Sie die Bar abgeschlossen?«

»Nee, wie gesagt, es waren immer noch welche in der Küche. Ich dachte, die schließen bestimmt ab.«

Während meiner letzten Antwort war Frank zu mir und dem Detective gestoßen und hörte uns nun zu.

»Als Sie gingen«, sagte der Detective zu mir, »haben Sie da draußen vor der Bar jemand Verdächtiges bemerkt?«

Ich schüttelte den Kopf. Dann, als mir der Detective gerade die nächste Frage stellen wollte, sagte ich: »Wenn ich so darüber nachdenke, ich hab Gary in der Nähe der Bar herumlungern sehen.«

Jetzt hörten Frank und der Detective mit großen Augen zu.

»Und um welche Uhrzeit war das?« fragte der Detective.

»Als ich ging«, sagte ich. »In dem Moment hab ich mir nichts dabei gedacht – außer daß er auf jemanden wartete –, aber wenn ich jetzt darüber nachdenke, war's schon irgendwie komisch. Na ja, warum hat er in der Kälte da rumgestanden? Er stand vielleicht zehn Meter weiter die Straße hoch, Hände in den Hosentaschen, und sah auf den Boden. Ich habe mir wohl gedacht, daß er auf einen seiner alten Freunde wartet. Jedenfalls hab ich ›Is was?‹ oder so gesagt, aber er hat nicht reagiert, und da bin ich einfach weitergegangen, nach Hause.«

Als ich fertig war, musterte mich der Detective noch einen Augenblick, aber ich zuckte mit keiner Wimper.

»Vielen Dank«, sagte er. »Sie sind doch noch eine Weile hier, oder?«

»Meine Schicht fängt gerade an«, sagte ich lächelnd.

»Gut«, sagte er. »Vielleicht muß ich noch mal mit Ihnen reden.«

Der Detective entfernte sich. Ich war stolz auf mich. Genausogut hätte ich irgendwelche Geschichten erfinden können, beispielsweise daß Gary noch in der Bar gewesen sei, als ich ging, oder daß ich ihn den Safe öffnen sah. Aber was war, wenn Rodrigo oder sonst jemand aus der Küche Gary hatte gehen sehen? Das hätte den Eindruck erweckt, daß ich log, als würde ich etwas verbergen. Jetzt wirkte ich sogar noch unschuldiger, denn warum sollte ich zugeben, daß ich nach Gary aus der Bar gegangen war, wenn ich den Safe ausgeräumt hatte?

Da bemerkte ich Frank, der dastand und den Kopf schüttelte.

»Mach dir deswegen keine Sorgen«, sagte ich und legte ihm eine Hand auf den Rücken. »Jetzt kannst du ohnehin nichts unternehmen.«

»Wie kann ein Sohn so etwas seinem eigenen Vater antun?« sagte er. »Hä? Wie ist das möglich?«

Ich hatte Frank noch nie so fix und fertig erlebt. Selbst als Debbie ihn vor anderen Leuten verflucht und gedemütigt hatte, war er nie kurz davor gewesen zu heulen.

Ich fühlte mich echt mies, daß ich ihm so etwas zumutete.

»Wo ist Gary jetzt?« fragte ich.

»Zu Hause, dachte ich«, sagte Frank. »Die Polizisten sind unterwegs und suchen ihn.«

»Hoffentlich finden sie auch unser Scheißgeld«, schrie ein Bursche, der mitgehört hatte. Er war ein großer muskulöser Ire mit roten Haaren und Schnurrbart. Ich kannte ihn vom Sehen. Er war tagsüber ein regelmäßiger Gast im O'Reilley's.

»Keine Sorge«, sagte Frank zu dem Typ und zu anderen Leuten, die herumstanden. »Wie ich schon sagte – falls das

Geld nicht wiederauftaucht, fülle ich den Pott aus eigener Tasche. Das Wettgeld ist hundertprozentig sicher.«

»Was glaubst du, wer's war?« fragte der Typ von eben. »Dein verdammtes Gör?«

»Ist doch egal, wer das Geld genommen hat«, sagte Frank. »Klar? Ich hab doch gesagt, daß ich dafür geradestehe, also was juckt's euch? Vergeßt es einfach – Schluß und vorbei.«

Die Männer gingen weg, wobei sie sich noch Kommentare über den Raub zuriefen. Als sie außer Hörweite waren, flüsterte Frank mir zu: »Ich rede wohl besser mal mit Gary – egal, was letzte Nacht passiert ist, er sollte ein paar Tage nicht herkommen. Einer von diesen Pennern prügelt ihn sonst noch windelweich, ob er das Geld nun genommen hat oder nicht.«

Während Frank sein Büro aufsuchte, um Gary anzurufen, ging ich hinter den Tresen und goß mir ein Glas Sam Adams ein. Ich sah, daß Kathy gerade mit dem Detective sprach. Sie schaute kurz in meine Richtung, drehte sich aber rasch wieder um. Bestimmt war sie immer noch sauer auf mich, weil ich bei ihrer kleinen Aufführung nicht mitmachen wollte.

Die blonde Polizistin stand neben der Tür und unterhielt sich mit anderen Cops. Wir nahmen Blickkontakt auf, und ich glaubte, sie lächeln zu sehen. Sie war nicht geschminkt, brauchte aber auch gar kein Make-up. Sie hatte einen klaren, hellen Teint und eine blonde Kurzhaarfrisur, die die Ohren freiließ.

Wieder sah sie zu mir rüber. Diesmal lächelten wir beide. Dann kam sie auf mich zu.

»Entschuldigung.« Sie sprach mit schwerem Brooklyner Akzent, was mich irgendwie überraschte. Ich schaute auf ihr Namensschild: Officer Cheryl Lewis. »Ich störe Sie nicht gern, aber können Sie mir einen Gefallen tun?«

»Na klar«, sagte ich lächelnd.

»Fassen Sie dahinten bitte nichts an, vor allem nicht den Safe«, sagte Cheryl. »Wir nehmen in ein paar Minuten die Fingerabdrücke ab.«

Ich sah ihr nach, als sie zu dem Detective zurückging.

Einer der beiden Polizisten kam und verteilte mit einem kleinen Pinsel weißes Pulver auf dem Safe und dessen gesamter Umgebung. Ich verschwand mit meinem Bier am anderen Ende der Theke und tat, als interessierte mich das alles überhaupt nicht. In Wirklichkeit schlug mir das Herz bis zum Hals. Endlich sagte der Beamte am Safe zu dem Detective, er finde keinen verwertbaren Fingerabdruck. Als ich an dem Detective vorbeischaute, sah ich dort Rodrigo stehen. Ich wußte nicht, ob er gerade erst gekommen war oder schon die ganze Zeit dort gestanden hatte. Weil Rodrigo klein war und sich viele großgewachsene Menschen in der Bar befunden hatten, hätte ich ihn leicht übersehen können. Seinem Gesichtsausdruck konnte ich nicht entnehmen, was er gerade dachte. Nach einer Weile machte er kehrt und verschwand in der Küche.

Ich trank mein Bier aus und zapfte mir noch eins. Da Frank immer noch hinten im Büro war und versuchte, Gary zu erreichen, war niemand für den Tresen zuständig, daher sprang ich ein und kümmerte mich um einige Bestellungen.

Der Detective kam zur Theke und gab mir seine Visitenkarte. Dann sagte er, falls Gary zufällig auftauchte, bevor die Polizei ihn fand, wäre es in Garys ›eigenem Interesse‹, wenn ich den Detective verständigte. Dann verließen er und die uniformierten Cops die Bar.

Ich trank mein Bier aus und nahm noch einige Bestellungen auf, verdiente ein paar Dollar Trinkgeld. Frank kam nach vorn und sagte mir, Gary habe ihn gerade angerufen. Die Polizei habe ihn im Village gefunden und bringe ihn zur Vernehmung auf die Wache. Frank fuhr fort, er werde dort auf Gary warten und bat mich, die Bar zu übernehmen, solange er weg war. Ich sagte, daß das in Ordnung gehe. Sobald Frank weg war, bat ich Pedro, einen dominikanischen Hilfskellner, ein paar Minuten auf die Theke zu achten, weil ich aufs Klo müsse. Statt dessen ging ich in die Küche zu Rodrigo, der gerade Hamburger briet. Ich achtete darauf, daß die Tür verschlossen war und sich niemand davor herumtrieb. Dann ging ich zu Rodrigo und sagte: »Viele Dank auch, Kumpel. Du hast bei mir was gut.«

»Kein Problem«, sagte Rodrigo. »Du bist mein Freund. Ich gebe Freund immer Hilfe.«

»Genau wie die Beatles«, sagte ich.

Rodrigo schien verwirrt.

»War ein Witz – vergiß es einfach«, sagte ich.

Ich umarmte Rodrigo, klopfte ihn anerkennend auf den Rücken.

»Dafür kriegst du von mir lebenslang umsonst Englischunterricht. Egal, was es ist, frag mich einfach.«

Ich ließ Rodrigo los und ging zur Tür.

Auf einmal sagte er: »Tommy.«

Ich blieb stehen und drehte mich um. Plötzlich hatte ich ein mulmiges Gefühl in der Magengegend.

»Ja?« sagte ich.

»Du weißt, ich bin sehr arm«, sagte er. »Ich habe sehr große Familie, und wir sind sehr arm.«

»Weiß ich doch«, sagte ich. »Hast du mir ja alles erzählt, wie schlimm euer Leben in Mexiko war.«

»Ja, Leben in Mexiko ist sehr schlimm«, sagte er. »Darum wenn wir haben mehr Geld, das ist sehr schön. Denn wir sind sehr arme Familie.«

»Was willst du damit andeuten?«

»Ich gar nichts deuten. Ich sage dir nur, meine Familie ist sehr arm. Wir haben gar nichts... kein Geld. Vielleicht gibst du mir etwas Geld, weil ich nicht reden mit *policía*. Weil wir Freunde sind.«

»Willst du mich erpressen, Rodrigo?«

Er sah mich an, war wieder verwirrt. Vielleicht wußte er nicht, was ›erpressen‹ hieß, aber er wußte genau, wie man es machte.

»Du mußt wissen, daß Erpressung in Amerika verboten ist«, sagte ich. »Außerdem geht man so mit seinen Freunden nicht um.«

»Keine Erpressung«, sagte Rodrigo. »Ich will nur etwas mehr Geld... für meine Familie.«

Ich wartete ein paar Sekunden, sagte dann: »Na schön. Ich gebe dir morgen abend fünfhundert Dollar. Aber mehr kriegst du nicht, *entiendes?*«

»Eintausend Dollar«, sagte er plötzlich in klar verständlichem Englisch.

»Tausend?« fragte ich. Ich schaute über meine Schulter, um sicherzugehen, daß niemand kam, dann sagte ich: »Du gehst mir allmählich auf die Eier, weißt du das?«

Rodrigo sah wieder verwirrt aus.

»Eier«, sagte ich und griff mir in den Schritt. *»Cojónes.«*

»Du gehst mir auch auf die *cojónes*«, sagte er.

Wir sahen einander noch eine Weile an.

»Na gut«, sagte ich schließlich, »aber du hältst besser dein verdammtes Maul. Ich mein's ernst. Ich will nicht, daß du deiner Frau oder sonstwem davon erzählst. *Comprendes?*«

Er nickte.

Ich verließ die Küche.

10

Man könnte vermutlich sagen, daß es ein ruhiger Sonntagabend im O'Reilley's war. Nachdem die wenigen Footballfans gegangen waren, blieben nur noch ein paar Gäste in der Kneipe übrig. Ich saß die meiste Zeit auf einem Hocker, trank Bier und sah fern.

Gegen neun tauchte Frank auf. Er wirkte gereizt und ging direkt in sein Büro, ohne mit jemandem ein Wort zu wechseln. Ich wollte herausfinden, wie es auf dem Revier gelaufen war, fand aber, daß es wohl keine gute Idee wäre, ihn jetzt zu stören. Daher blieb ich einfach im Schankraum, sah fern und dachte mir, Frank würde schon auftauchen, wenn er soweit wäre.

Irgendwann kam Frank nach vorn. Er goß sich ein großes Guinness ein, dann setzte er sich vor mich auf einen Hocker.

»Wie ist es gelaufen?« fragte ich.

»Sie haben Gary gehenlassen«, sagte er.

»Echt? Das ist doch toll, oder?«

»Sie glauben immer noch, daß er's war, aber natürlich hab ich keine Anzeige erstattet, und beweisen konnten sie sowieso nichts. Er schwört, daß er nichts damit zu tun hat.«

Frank nahm einen großen Schluck von seinem Bier, dann stellte er das Glas wieder auf die Theke.

»Das sind doch gute Neuigkeiten«, sagte ich. »Oder nicht?«

»Wenn du meinst.«

»Vielleicht war er's wirklich nicht«, sagte ich. »Vielleicht erwischen sie jetzt den Typ, der's war.«

»Das bezweifle ich sehr.«

»Wieso?«

»Weil ich glaube, daß sie den Schuldigen bereits haben – Gary. Es paßt ins Bild, daß er so etwas machen würde, um mir eins auszuwischen. Und glaub mir, er war der einzige Mensch, der die Zahlenkombination vom Safe kannte.« Frank trank noch einen Schluck, dann fuhr er fort: »An der ganzen Sache bin ich schuld. Schon seit Jahren will ich hier Überwachungskameras installieren lassen, bin aber nie dazu gekommen. Nun hat's mich erwischt.«

»Und was geschieht jetzt?« fragte ich.

»Ich vergesse es einfach, was sonst? Vielleicht gesteht Gary in ein paar Tagen und gibt mir das Geld zurück. Der Junge ist mir schon immer mächtig auf die Nüsse gegangen; ich wünschte, er würde endlich mal erwachsen. Du hättest ihn auf dem Revier erleben sollen... was der sich für Geschichten ausgedacht hat, bloß um den Cops weiszumachen, daß er nichts damit zu tun hat. Genauso war er schon als Schüler: Er baut Mist, und ich muß meine Arbeit stehen- und liegenlassen und ihn im Büro des Direktors abholen. Da hat er dann gesessen und gelogen, einen verdammten Narren aus mir gemacht.«

»Soll ich mal raten?« fragte ich. »Er hat den Cops erzählt, ich sei's gewesen.«

Frank nickte.

»Das war mir klar«, sagte ich. »Tut mir leid, Frank, schließlich ist er dein Sohn, aber da werd ich echt sauer.«

Frank sah mich merkwürdig an. »Ich sage das wirklich ungern, Tommy, aber ich muß es einfach hinter mich bringen, damit endlich Schluß ist. Ich weiß, daß du so was im Leben nicht tun würdest. Trotz deiner Glücksspielgeschichten weiß ich ja, daß du mich viel zu sehr respektierst. Damit will ich sagen, ich weiß, du würdest niemals…«

»Moment«, unterbrach ich. »Du überlegst, ob ich…«

»Natürlich nicht.«

»Gut. Da bin ich aber froh.«

»Aber ich muß dich trotzdem fragen… damit ich es loswerde. Ich weiß ja, du würdest mich nie bestehlen, du bist einfach nicht der Typ, der so etwas fertigbringt.«

»Warum fragst du mich dann?«

»Weil ich es aus deinem eigenen Mund hören muß.«

»Nun mach mal 'n Punkt…«

»Sag mir einfach, daß du das Geld nicht genommen hast, und ich werde nie wieder ein Wort darüber verlieren.«

Ich atmete tief durch und sagte dann: »Ich habe das Geld nicht genommen, und wenn du mir nicht glaubst, hast du mehr Probleme, als ich dachte.«

»Danke«, sagte Frank. »Mehr wollte ich nicht hören.«

Ich kam gegen zwei Uhr morgens nach Hause und ging sofort schlafen. Als ich aufwachte, kam es mir so vor, als hätte ich die Augen erst vor zwei Sekunden geschlossen, doch die Sonne schien in mein Apartment. Ich schaute auf die Uhr; es war nach neun. Ich stieg aus dem Bett und rief Alan Schwartz an.

Seine hochnäsige Sekretärin nahm ab. Ich mußte die komplette Prozedur über mich ergehen lassen, fünfmal erklären, wer ich war, nur damit sie mich durchstellte. Dann war Alan dran.

»Hey, Alan – Tommy Russo.«

Ein paar Sekunden herrschte Stille, dann sagte er: »Ach ja, Tommy, wie geht's denn?«, als wäre ich sein bester Kumpel auf der Welt.

»Gar nicht schlecht«, sagte ich. Meine Stimme klang vom Schlafen noch brummig. »Ich dachte nur, wir könnten einen Termin vereinbaren, an dem wir uns treffen … zum Kennenlernen.«

»Haben Sie die Unterlagen schon bekommen, die Ihnen meine Sekretärin geschickt hat?«

»Nee, die sind noch nicht da«, sagte ich. »Aber ich habe das Geld.«

»Phantastisch«, sagte Alan. »Da fällt mir etwas ein. Zufällig treffe ich Pete, Rob und Steve – ich weiß nicht, ob Pete Ihnen schon von Rob und Steve erzählt hat, das sind die beiden anderen Mitbesitzer. Jedenfalls treffen wir vier uns heute nachmittag in einem Restaurant bei meinem Büro zum Essen. Ich weiß ja nicht, wie Ihr Terminplan aussieht, aber wenn Sie einen flotten Fünfer draus machen wollen …«

»Natürlich schaffe ich das«, sagte ich.

Alan nannte mir den Namen eines chinesischen Restaurants an der John Street.

»Das ist ein Block vom OTB entfernt, stimmt's?«

»Pete hatte recht«, sagte Alan, »Sie sind ein echter Rennfan.«

Er sagte mir, daß das Treffen um eins stattfinde. Ich sagte »alles klar« und legte auf.

Dann zog ich mir einen Jogginganzug über und ging zu einem Diner um die Ecke. Ich aß das Tagesgericht mit Schinkenspeck, Eiern und Bratkartoffeln, ging heim und kackte, was das Zeug hielt. Von billigem Diner-Fraß hatte ich die Nase voll. Ab jetzt würde ich gute Restaurants aufsuchen oder zu Hause kochen.

Ich duschte ausgiebig, danach sah ich mich gründlich in meinem Schrank um. Heute wollte ich gut aussehen, fand aber nichts Passendes anzuziehen. Ich hatte schon lange keine Klamotten mehr gekauft, und mir wurde klar, daß ich demnächst mal bei Barney's oder Macy's vorbeischauen, ein paar Dollar für flotte Outfits ausgeben, vielleicht ein paar Nadelstreifenanzüge und Button-down-Hemden mit Manschettenknöpfen erstehen sollte.

Aber für heute mußte das genügen, was ich im Schrank hatte. Ich zog eine beige Freizeithose an, ein weißes Hemd, ein schwarzes Sakko und braune Halbschuhe. Die Schuhe hätten mal gewienert werden müssen, das Hemd hatte ich aus dem Berg mit Schmutzwäsche gezogen, Hose und Sakko waren zerknittert. Leider besaß ich kein Bügeleisen, darum zog ich Hose und Sakko so an, wie sie waren, und rieb mit einer alten Unterhose über die Schuhe. Eigentlich wollte ich mich rasieren, fand aber dann, daß ich mit Bartstoppeln flotter aussah. Ich hängte mir eine goldene Kette um und ließ die drei obersten Hemdknöpfe auf. Als ich fertig war, betrachtete ich mich im Badezimmerspiegel.

Noch war ich zwar kein Pferdebesitzer, sah aber schon ziemlich wie einer aus.

Ich nahm die U-Bahn Nr. 6 bis Brooklyn Bridge. Es war sonnig und längst nicht so kalt wie in den letzten Tagen. Ich ging um den Kreisverkehr am City Hall Park, den Ledermantel weit offen und eine Sporttasche mit zehntausend Dollar um die Schulter gehängt. Weil es erst zwanzig nach zwölf war und mir noch vierzig Minuten Zeit blieb, machte ich in der Gegend um die Wall Street einfach einen Schaufensterbummel. Schließlich, so gegen eins, betrat ich das Restaurant an der John Street.

Pete saß bereits mit zwei anderen an einem Tisch. Als er mich kommen sah, stand er auf und gab mir die Hand.

»Lange nicht gesehen«, sagte ich. Aber eigentlich hätte ich lieber gesagt: Lange nicht gerochen.

Er sah ziemlich so aus wie bei unserer letzten Begegnung. Da war zwar immer noch der Riesenleberfleck am Kinn, aber offenbar hatte er sich wenigstens die Haare rausgezupft. Doch er stank immer noch wie ein Pavian.

Pete sagte, Alan hätte noch etwas im Büro zu tun und käme ein wenig später, dann stellte er mich Rob und Steve vor. Beide waren klein und hatten etwas Aalglattes. Rob hatte zwar graue Haare, aber kein altes Gesicht, während Steve zwar dunkle Haare hatte, aber älter als Rob aussah. Beide trugen Hemden und Krawatten.

Ich hängte meinen Mantel über die Rückenlehne meines Stuhls und stellte die Sporttasche auf den Boden. Zwei Stühle blieben leer – ich nahm den, der am weitesten weg von Pete stand. Wir laberten rum. Rob arbeitete in einer Bank, irgendwas mit Computern, und Steve war Buchhalter. Als sie mich fragten, was ich so machte, antwortete ich: »Ich war mal Schauspieler… jetzt bin ich Pferdebesitzer.«

Alle lachten, dann sagte Pete: »Tommy arbeitet in einer Bar an der Upper East Side.«

»Cool«, sagte Steve. »Was machen Sie da?«

Bevor ich antworten konnte, ich sei der Geschäftsführer, sagte Pete: »Er ist Rausschmeißer.«

Ich sah Pete böse an, war sauer, weil er das erwähnt hatte.

»Die Upper East Side«, sagte Rob zu mir, »meine alte Spielwiese. In welcher Kneipe schmeißen Sie denn raus?«

Ich wollte es ihm gerade erzählen, als Pete sagte: »Da ist der Mann der Stunde.«

Alan Schwartz näherte sich unserem Tisch. Er sah so aus, wie er sich am Telefon anhörte. Damit meine ich, daß er reich aussah. Über einem grauen Anzug trug er einen schwarzen Mantel. Bei Klamotten kannte ich mich nicht besonders gut aus, außer ich warf einen Blick auf die Etiketten, aber sein Anzug sah aus, als hätte er eine hübsche Stange Geld gekostet. Auch sein Gesicht sah nach Geld aus. Er hatte einen bronzefarbenen Teint, und die braunen Haare waren nach hinten gekämmt. Doch aus irgendeinem Grund blieben mir vor allem die Augenbrauen in Erinnerung. Sie waren so dünn und akkurat wie mit einem Bleistift gezogen.

Ich stand auf und gab Alan die Hand.

»Ist mir ein Vergnügen«, sagte er. Er hatte einen festen Händedruck und sah mir in die Augen, bis ich losließ.

Die Kellnerin kam, und alle bestellten. Da mir der Magen noch vom Frühstück weh tat, ging ich es locker an und bestellte nur das Pfeffersteak und eine Portion Knödel mit Schweinefleischfüllung.

Als die Kellnerin gegangen war, unterhielten wir uns über

Pferde. Rob entpuppte sich als begeisterter Pokerspieler und erzählte mir eine Anekdote über ein Spiel, an dem er mal im Caesar's Palace in Atlantic City teilgenommen hatte. Dann erzählte mir Steve, er sei letzte Woche in Florida gewesen, um seine dort wohnende Mutter zu besuchen, und sei nebenbei ein paarmal auf der Rennbahn von Gulfstream Park gewesen, wo er bei einer Dreierwette zweitausend Dollar gewonnen habe. Ich erzählte ihm, wie ich das letztemal vor sechs Jahren in Florida war und Calder, Pompano Park, die Tampa Bay Downs und die eine oder andere Hunderennbahn besucht hatte. Unser Essen kam, doch wir quatschten weiter über Glücksspiel und Pferderennen. Irgendwann waren wir bei den Triple-Crown-Rennen des nächsten Jahres und den aktuellen Dreijährigen angelangt.

Wie ich so dasaß und über Pferde redete, hatte ich das Gefühl, daß ich dazugehörte. Wenn ich vor der Kneipe hockte und Ausweise kontrollierte oder irgendwo vorsprach, zusammen mit all den windigen großkotzigen Möchtegernschauspielern, fühlte ich mich fehl am Platz. Aber heute, am selben Tisch mit ein paar Pferderennfans, kam es mir vor, als sei ich hier genau richtig. Ich fand sogar Alan in Ordnung, jedenfalls nicht so eingebildet und egozentrisch, wie ich gedacht hatte.

»Allmählich sollten wir uns wohl ums Geschäftliche kümmern«, sagte Alan, dann wartete er, bis alle am Tisch verstummt waren und ihm ihre Aufmerksamkeit schenkten. »Wie bestimmt alle Anwesenden wissen, ist Tommy die fünfte und letzte Person in unserem kleinen Eigentümerteam. Nur um Sie, Tommy, auf den neuesten Stand zu bringen: Wir beabsichtigen, nächste Woche ein Gebot für unser erstes Pferd abzugeben. Bill Tucker, der Trainer, den wir verpflichten möchten, hat einige Pferde in der Preisklasse von fünfundzwanzig- bis fünfunddreißigtausend beobachtet und teilt uns mit, wenn er bereit ist, einen Zettel in den Kasten zu stecken. – Was wollte ich sonst noch besprechen? Genau, Versicherungen. Ich habe mit etlichen...«

»Darf ich Ihnen nur eine Frage stellen?« sagte ich.

»Aber natürlich, Tommy. Worum geht's?«

»Sie haben von Bill Tucker gesprochen. Wann treffen wir ihn?«

»Also, wir alle haben Bill vor ein paar Wochen auf dem Aqueduct kennengelernt«, sagte Alan. »Aber wir treffen ihn wieder, wenn wir die Rennbahn aufsuchen, um ein Gebot für das Pferd zu machen.«

»Und noch was zum Pferd«, sagte ich. »Sie sagten, Tukker beobachte einige Pferde. Dürfen wir mitentscheiden, welches er am Ende nimmt?«

»Das haben wir bereits besprochen«, sagte Alan, »und wenn Sie keine gravierenden Einwände haben, würden wir diese Entscheidung lieber Bill Tucker überlassen. Wir haben uns überlegt, da wir nicht täglich auf der Bahn sind und die Pferde beim Training beobachten, sollten wir die konkreten Entscheidungen jemandem überlassen, der sich in dem Geschäft besser auskennt, als wir es je tun werden. Das ist wie bei einem Baseballteam. Wenn sich der Besitzer einmischt, statt die Entscheidungen des Managers umzusetzen, macht das die ganze Mannschaft meschugge. Aber wenn der Manager die Entscheidungen auf dem Spielfeld trifft, hat die Mannschaft eine Siegeschance.«

Auf meine Frage, welche Pferde Tucker im Auge habe,

nannte mir Alan die Namen. Ich hatte von allen gehört, außer von dem, das Tucker am besten gefiel, eine junge Stute namens Sunshine Brandy. Sie hatte laut Alan einen hervorragenden Stammbaum – ihr Großvater stammte von dem berühmten Secretariat ab – und ihre Verletzungsprobleme überwunden, die sie zu Beginn ihrer Laufbahn belastet hatten. Die meisten Rennen hatte sie in Louisiana absolviert, deshalb kannte ich den Namen nicht. Wenn wir sie für dreißig oder fünfunddreißig Riesen bekämen, hielte Tucker das für ein echtes Schnäppchen.

Als Alan wieder mit Versicherungen anfing, unterbrach ich ihn erneut. »Eine Frage habe ich noch. Angenommen, wir kriegen das Pferd für fünfunddreißig. Insgesamt haben wir fünfzig Tausender in der Kasse. Was wird dann mit den restlichen fünfzehn?«

»Gute Frage«, sagte Alan. »Trainingskosten, Versicherung, etliche andere Ausgaben, auf die in dem Infopaket näher eingegangen wird, das Sie von mir bekommen werden. Sie wissen, daß ein Rennpferd nicht billig ist. Der Besitz eines einzigen Pferdes mit diversen Gebühren und Unkosten kann im Jahr auf bis zu zwanzig Riesen kommen. Hoffentlich läuft das Pferd etwas Geld ein, damit wir einen Teil der Kosten wieder hereinbekommen, aber wir verfassen auch für jeweils zwei Monate eine Aufstellung sämtlicher Ausgaben, die wir am Jahresende mit eventuell anfallenden Gewinnen verrechnen.«

Alle redeten durcheinander, und ich gab mich Tagträumen hin, in denen ich als Pferdebesitzer zigarrenrauchend in einer der Logen saß.

Dann hörte ich Alan sagen: »Bevor wir gehen, möchte

ich noch etwas ansprechen, was unbedingt erwähnt werden muß, und wenn es kein anderer sagt, mache ich es halt.« Einen Moment lang schwieg er, sah dann Pete an und sagte: »Ich will dich wirklich nicht in Verlegenheit bringen, aber ich habe es dir gegenüber schon einmal angesprochen, und weil du nichts unternommen hast, muß ich einen zweiten Versuch starten. Würdest du uns allen einen Gefallen tun und ein Deodorant benutzen?«

Rob und Steve mußten sich ein Lachen verkneifen, und auch ich fand es ziemlich lustig.

»Hä?« sagte Pete und schnüffelte unter seiner Achsel. »Ich stinke doch nicht.«

»Ich möchte darüber nicht streiten«, sagte Alan. »Du glaubst vielleicht nicht, daß du stinkst, aber andere Leute glauben, daß du stinkst, und wenn andere glauben, daß du stinkst, dann stinkst du.«

Rob und Steve konnten nicht mehr an sich halten und brüllten vor Lachen. Alan lächelte auch, aber ich merkte, daß er wirklich ungehalten war.

»Kein anderer findet, daß ich stinke«, sagte Pete zu Alan. »Du findest als einziger, daß ich stinke.«

»Müssen wir das wirklich bei jedem Meeting wieder durchkauen?« sagte Alan.

»Ich stinke nicht«, sagte Pete. »Wenn ich stinken würde, hätte meine Frau schon längst was gesagt.«

»Vielleicht stinkt sie auch«, sagte Rob.

Jetzt konnte ich nicht anders, ich lachte laut los, und auch Alan fing an zu lachen. Nur einer am Tisch lachte nicht, und zwar Pete.

»Ey, mach keine Witze über meine Frau«, sagte Pete.

»Na, hör mal«, sagte Rob. »Wo bleibt dein Humor?«

»Jetzt mal ernsthaft«, sagte Alan zu Pete, »warum benutzt du nicht einfach ein Deodorant?«

»Weil ich keinen Körpergeruch habe«, sagte Pete, »und ich bin's leid, daß ihr das andauernd behauptet.«

»Na schön, du willst also eine neutrale Stimme hören«, sagte Alan. Dann sah er mich an. »Tommy, Ihre ehrliche Meinung: Finden Sie, daß Pete stinkt?«

Ich ließ mir Zeit – für einen Komiker ist Timing wichtig. Alle am Tisch verstummten. Dann sah ich Pete in die Augen, bis er meinem Blick nicht mehr standhielt, und sagte: »Wie ein dampfender Scheißhaufen.«

Alle am Tisch lachten, auch Pete. Ich mochte diese Jungs wirklich sehr.

Schließlich beruhigten wir uns wieder. Pete versprach, in Zukunft ein Eau de Cologne zu benutzen, wenn uns das glücklich mache. Der Kellner kam und fragte, ob wir ein Dessert bestellen wollten. Ich konnte noch ein Häppchen vertragen, daher bestellte ich zwei Kugeln Vanilleeis.

Der Kellner kam wieder und stellte die Desserts auf den Tisch. Wir alle lachten drauflos, amüsierten uns, und ich sagte zu Alan: »Ehe ich es vergesse… ich möchte Ihnen das Geld geben. Die zehn Riesen.«

»Ach ja«, sagte Alan. »Keine schlechte Idee.«

Ich griff unter den Tisch, hob die Sporttasche hoch und schob sie über den Tisch zu Alan. Alle hörten auf zu essen und sahen mich an.

»Was ist das?« fragte Alan.

»Eine Sporttasche«, sagte ich, »aber keine Sorge, die liegt schon ewig in meinem Schrank rum. Die können Sie wegschmeißen, wenn Sie nach Hause kommen ... ich brauche das Ding nicht mehr.«

»Ich meinte nicht die Sporttasche«, sagte Alan, »sondern was drin ist.«

»Die zehn Riesen«, sagte ich und fragte mich, was daran so ungewöhnlich war.

»Sie haben *Bargeld* mitgebracht?« sagte Alan.

»Klar«, antwortete ich. »Das haben Sie doch zu mir gesagt, stimmt's?«

Alan lächelte. »Soll das ein Scherz sein?«

»Nein, mit so was mache ich keine Scherze. Ich habe Ihnen gesagt, ich bringe das Geld mit, und hier ist es.«

»Ich dachte, Sie brächten einen Scheck.«

»Ich habe keine Schecks.«

»Dann eine Zahlungsanweisung oder dergleichen. Bargeld kann ich nicht annehmen.«

»Warum nicht?«

»Weil es nicht geht.«

»Es ist echtes Geld«, sagte ich. Ich zog den Reißverschluß der Tasche auf und entnahm ihr einige Bündel Geldscheine. »Sehen Sie?«

»Wo haben Sie denn das her«, sagte Rob, »von 'nem Banküberfall?«

»Was soll das heißen?« sagte ich. Was war denn auf einmal in diese Leute gefahren?

»Mit soviel Geld würde ich nicht durch die Stadt laufen«, sagte Pete.

»Ich habe es heute morgen von der Bank abgehoben«, sagte ich. »Alan bat mich am Telefon, das Geld mitzubringen.«

»Nur ein kleines Mißverständnis«, sagte Alan. »Ist nicht weiter schlimm. Wir wissen jetzt, wie ernst es Ihnen ist und daß Sie das Geld aufbringen können. Es hat wohl keiner etwas dagegen, wenn Sie mir später in der Woche einen Scheck geben.«

Mir war jetzt klar, was hier abging: Alan wollte mich nur ducken, mir zeigen, wer hier das Sagen hatte. Vielleicht war mein erster Eindruck von ihm doch zutreffend gewesen. Hätte ich mein Scheckbuch mitgebracht, hätte er wahrscheinlich gesagt: »Tut mir leid, ich nehme nur Bares.« Arroganter Schnösel. Ich würde mich auf keinen Fall mit Schecks oder Zahlungsanweisungen abplagen. Ich war doch nicht bescheuert! Wenn ich mit heißem Geld in eine Bank oder ein Postamt gehen und irgendwelche Formulare ausfüllen würde, konnte das nicht gutgehen. »Geld ist Geld«, sagte ich. »Warum nehmen Sie's nicht einfach so, wie ich es gebracht habe, und damit ist die Sache erledigt?«

»Weil es sich um eine geschäftliche Transaktion handelt«, sagte Alan. Er schrie zwar nicht, aber seine Stimme wurde lauter. »Ich brauche aus buchhalterischen Gründen einen Scheck. Ich gehe doch nicht zur Bank und zahle zehntausend Dollar in bar ein.«

»Schauen Sie«, sagte ich, »wir wollen doch kein großes Trara machen, okay? Nehmen Sie das Geld einfach.«

»Ich kann kein Bargeld annehmen«, sagte Alan.

»Warum nicht?«

»Weil es nicht geht. Haben Sie mir nicht zugehört? Sind Sie bescheuert oder was?«

Ich war kurz davor, über den Tisch zu springen und Alans Kopf einzuschlagen.

»Hey, beruhigt euch, Leute, meine Güte«, sagte Pete. »Es hat also ein kleines Mißverständnis gegeben... Na und? Ich weiß, was wir machen: Ich nehme das Geld. Ich zahle es auf mein Konto ein und schreibe Alan einen Scheck aus. Dann, Alan, kannst du Tommy eine Quittung für deine Unterlagen ausstellen. Wie hört sich das an?«

»Ich kann damit leben«, sagte Alan. »Wenn Sie dazu bereit sind.«

»Was sagst du dazu, Tommy?«

»Ich hab damit kein Problem.«

»Erhebt sonst jemand Einspruch?«

Steve und Rob schüttelten die Köpfe.

»Gut, dann ist diese Frage geklärt«, sagte Alan. »Na also, das war doch gar nicht so schwer, stimmt's? Meine Güte, vielleicht ist uns das Glutamat im Essen zu Kopf gestiegen.«

Steve oder Rob, ich weiß nicht mehr, wer, lachte. Ich sah Alan immer noch an und versuchte herauszufinden, warum er so eklig war.

Während wir unsere Nachspeisen aßen, brabbelte Alan wie Mr. Klugscheißer persönlich über »Finanzen« und »Versicherungen«. Ich wußte, daß er die Anwesenden nur beeindrucken wollte, indem er von dem erzählte, was er wußte. Ich hätte das gleiche machen und über Schauspielerei oder die Arbeit in einer Kneipe reden können. Zu gern hätte ich mal erlebt, wie er eine Zeile aus einem Drehbuch vorlas oder erklärte, wie man einen Long- Island-Eistee zubereitet. Schließlich versprach Alan, in ein paar Tagen werde er alle anrufen, um uns das Neueste über Bill Tucker mitzuteilen. Möglicherweise werde Bill später in dieser Woche oder Anfang nächster Woche ein Gebot für ein Pferd abgeben, und Alan sagte, in dem Fall sollten wir uns alle auf der Rennbahn treffen, um das Pferd laufen zu sehen. Als die Rechnung kam, teilten wir den Betrag durch fünf. Normalerweise hatte ich nichts dagegen, Rechnungen auf alle gleichmäßig umzulegen, aber Alan hatte für fünf Dollar mehr verzehrt als die anderen, und man sollte doch meinen, daß so ein wichtiger Wall-Street-Typ, der wahrscheinlich nicht wußte, wohin mit dem Geld, seine Rechnung selbst bezahlte.

Pete und ich verließen das Restaurant gemeinsam.

»Ärger dich nicht über Alan«, sagte er, als wir draußen waren. »Er ist wirklich in Ordnung, wenn man ihn erst mal besser kennt... und ein verflucht guter Börsenmakler obendrein. So hab ich ihn kennengelernt. Er hat mich überredet, für dreißig Dollar pro Stück Microsoft-Aktien zu kaufen.« Pete lachte. »Egal, bald wirst du auch merken, daß er wirklich in Ordnung ist. Als ich ihn kennenlernte, bin ich auch nicht gleich mit ihm warm geworden. Er macht alles gern so, wie er's will, keine Diskussion. Also, was hältst du von unserer Besitzergemeinschaft – von Alan mal abgesehen?«

»Macht alles einen soliden Eindruck«, sagte ich. »Übrigens bin ich dir wohl einen Gefallen schuldig.«

»Och, vergiß es«, sagte Pete.

Ein kräftiger Wind blies durch die John Street. Es schien kälter zu sein als zuvor.

»Tja, dann fahr ich wohl besser zur Bank«, sagte Pete. »Diese Geldtasche wird allmählich schwer.«

»Paß auf dich auf«, sagte ich.

Pete ging zu seinem Auto, und ich machte mich in die

andere Richtung auf den Weg, zur U-Bahnstation Broadway-Fulton Street. Eine Zeitlang war ich noch sauer auf Alan, doch dann dachte ich nicht mehr an ihn. Ich war jetzt offiziell Mitglied einer Pferdebesitzergemeinschaft, alles andere war mir echt egal.

11

Als ich die U-Bahn an der Sixty-eighth Street verließ, ging ich nicht zu meinem Apartment, sondern in die Gegenrichtung.

Frank war heute nachmittag nicht zu Hause, das wußte ich. Gestern nacht hatte er mir erzählt, er würde den ganzen Tag beschäftigt sein, müsse sich in der Bar mit Großhändlern treffen. Ich hatte keine Lust, nach Hause zu gehen und den ganzen Nachmittag allein auf dem Sofa zu hocken, und so beschloß ich, meine neue Karriere als Pferdebesitzer mit einem Besuch bei Debbie O'Reilley zu feiern.

Ich war noch nie in Franks Wohnhaus gewesen, kam aber dauernd daran vorbei. Es war eins dieser stilvollen alten Gebäude mit Portier vor der Eingangshalle. Der Portier schien nicht sehr überrascht, daß am hellichten Nachmittag ein Fremder zu Debbie O'Reilley wollte. Vielleicht besuchten die meisten ihrer Liebhaber sie um diese Zeit. Der Portier mußte zweimal anrufen, dann sagte er: »Ein Tommy Russo ist hier und möchte Sie besuchen«, dann legte er den Hörer auf und sagte zu mir: »Sie können gleich rauf – Wohnung 19B.«

Im Inneren war das Gebäude sogar noch schöner, als ich gedacht hatte. In der Eingangshalle hing ein großer goldener Kronleuchter, und der Fahrstuhl war mit rotem Teppichboden ausgelegt. Ich stieg im neunzehnten Stock aus und ging durch den breiten Korridor. Die Wohnung Nummer 19B mußte ich nicht mal suchen, da Debbie schon den Kopf aus der Tür streckte und mich anlächelte.

Als ich sie sah, fragte ich mich plötzlich: ›Verdammt, was will ich eigentlich hier?‹ Ungeschminkt und mit einem Badetuch um den Kopf sah sie aus, als könnte sie gut und gerne meine Großmutter sein. Aber mich störte weniger ihr Aussehen als sie selbst. Mir fiel ein, wie sehr ich sie immer verabscheut, wie ich gedacht hatte, sie sei ja nichts weiter als eine widerwärtige Schnapsdrossel, die ihren tollen Mann wie ein Stück Hundekacke behandelte. Eins wollte ich auf jeden Fall vermeiden, nämlich Frank noch mehr weh zu tun, als ich es ohnehin schon getan hatte; aber nun war ich hier und würde gleich seine Frau vögeln.

Sie ließ mich rein. Mit ihrem weißen Frotteebademantel sah sie aus, als käme sie gerade aus der Dusche.

»Na, wenn das keine angenehme Überraschung ist«, sagte sie und betrachtete mich so, wie sie es in der Bar immer tat, als wäre ich ein Stück Frischfleisch auf dem Hackklotz. Ich konnte auf mehrere Schritt Entfernung den Scotch in ihrem Atem riechen, folglich hatte sie sich heute schon mindestens einen Drink genehmigt. »Und auch noch so rausgeputzt. Komm schon rein. Fühl dich wie zu Hause.«

Wir betraten ein großes Wohnzimmer mit einer schwarzen Ledersitzgruppe. Aus den hohen Fenstern hatte man einen Blick auf das Zentrum Manhattans … in der Ferne sah ich einen Teil des Empire State Building. Debbie setzte sich auf die Couch, und ich nahm neben ihr Platz.

»Ich freue mich sehr, daß du da bist«, sagte Debbie. Das

klang zwar ein wenig undeutlich, aber voll war sie nicht. »Aber, um ehrlich zu sein, bin ich ein wenig irritiert, daß du nicht vorher angerufen hast. Dann hätte ich mich für dich ein wenig in Schale geworfen … ein bißchen Leder angezogen.«

»Das macht nichts«, sagte ich. »So wie du bist, siehst du prima aus.«

Debbie legte mir eine Hand aufs Bein und lächelte. Sie war wirklich abscheulich.

»Du wirfst mit Komplimenten nur so um dich«, sagte sie. »Tja, schönen Dank auch. Aber warum bist du auf einmal so nett zu mir?«

»Wie meinst du das?«

»Wenn ich trinke, leidet meine Erinnerung ein wenig, aber ich weiß noch genau, daß du bei unserer letzten Begegnung versucht hast, mir den Arm zu brechen.«

»Das tut mir leid.«

»Ist schon in Ordnung; mir fällt bestimmt ein, wie du das wiedergutmachen kannst.« Dabei strich sie mir übers Bein. »Woher der plötzliche Sinneswandel?«

»Wie meinst du das?«

»Nun mach mal 'n Punkt. Bisher hast du dich nie groß für mich interessiert.«

»Ich war gerade in der Gegend, und da dachte ich, schau einfach mal vorbei. Aber vielleicht willst du ja, daß ich wieder gehe.«

»Nein, ich will natürlich nicht, daß du gehst. Ich meinte nur, bist du hier, um dich zu amüsieren, oder findest du mich sexuell unwiderstehlich?«

»Ich weiß wirklich nicht, warum ich hier bin«, sagte ich.

»Wenigstens ehrlich«, sagte sie. »Keine Standardeigenschaft bei einem Mann.« Sie schob die Hand näher an meinen Schritt. »Ich könnte jetzt einen Schluck vertragen. Soll ich dir auch was mitbringen?«

»Muß nicht sein.«

»Ach ja? Dann verzichte ich auch auf meinen Drink. Ich will mich mit dir auf einer Ebene bewegen.«

Sie rieb weiter zwischen meinen Beinen herum.

Ich sagte: »Frank ist also nicht da?«

»Nein, er ist in der Bar. Wir haben die Wohnung wenigstens noch ein paar Stunden für uns.«

»Vielleicht war es doch keine gute Idee herzukommen...«

Sie packte mich am Arm, hielt ihn fest. Dann sagte sie mit einer tieferen, lasziveren Stimme: »Worauf stehst du?«

»Worauf ich stehe?«

»Hast du vielleicht irgendeinen Lieblingsfetisch? Möchtest du gezüchtigt werden? Soll dir deine Mami sagen, daß du ein ganz böser Junge warst? Worauf stehst du?«

»Ich hab keine Fetische.«

»Jeder hat irgendeinen Fetisch, einen nie zuvor verwirklichten Wunschtraum. Etwas, das er schon immer machen wollte, aber noch nie ausprobiert hat. Vielleicht magst du's ja grob.«

Sie drückte mich an die Seite der Couch und küßte mich. Ich fühlte, wie ihre harten Implantate gegen meinen Brustkorb rieben.

»Das willst du doch, nicht wahr? Darauf stehst du.«

Ich schaute ihr in die dunkelbraunen Augen. Sie küßte mich, biß mir dabei fest in die Zunge. Ich schmeckte eine Mischung aus Alkohol und Blut. Ihre Hände waren unter meinem Hemd, die langen Fingernägel zerkratzten mir den Oberkörper.

»Na los, sag Mami, daß du's magst. Sag Mami, daß du's willst.«

Sie biß und kratzte weiter auf mir herum, und ich ließ sie gewähren. Schließlich zerrte sie mich ins Schlafzimmer. Ich sah ihr Hochzeitsfoto auf der Kommode. Frank hatte recht ... damals hatte Debbie wirklich viel besser ausgesehen. Ich versuchte, das Bild nicht noch mal anzusehen. Ich haßte mich selbst, weil ich das hinter Franks Rücken machte, und ich haßte Debbie, weil sie mich erst auf die Idee gebracht hatte.

Sie stieß mich aufs Bett und bestieg mich mit ihrem alten Alkoholikerinnenkörper, saugte dabei mit den Zähnen fest an meinem Hals. Aus Angst vor einem Knutschfleck stieß ich sie weg, aber sie drückte mich wieder fest nach unten und machte sich an mir zu schaffen. Sie war stark für eine Frau ... oder vielleicht wehrte ich mich nur nicht. Sie preßte meine Arme nach unten und biß mich in die Brustwarzen.

»Da stehst du drauf, he? Stimmt's?«

Sie machte meinen Hosenstall auf und warf ihren Bademantel weg. Ich fragte mich, wie ich sie je für sexy hatte halten können. Ihr dürrer knochiger Körper widerte mich an. Ich schaute hoch auf ihre klumpig-schlaffen Implantate und das faltige Gesicht.

Ich schloß die Augen und versuchte, alles auszublenden, doch das half nicht. Ich sah mich eine steile Treppe hinunterfallen. Mein Kopf fühlte sich an, als werde er jeden Moment explodieren.

Ich stieg aus dem Bett und zog mich an.

»Was ist los?«

Ich antwortete nicht.

»Ich verstehe nicht«, sagte sie. »Stimmt was nicht?«

»Erzähl bloß keinem, daß ich hier war«, sagte ich mit Blick auf die Tür. »Ich meine es ernst... erzähl bloß Frank nichts.«

»Was soll ich Frank nicht erzählen? Wir haben doch gar nichts getan. Fast nichts.«

»Halt einfach dein besoffenes Maul.«

»Wieso?« sagte sie, als hielte sie das für komisch. »Vertraust du mir etwa nicht?«

Ich knallte die Schlafzimmertür ins Schloß und machte, daß ich aus der Wohnung kam.

Mit bohrenden Kopfschmerzen wachte ich auf. In meinem Apartment war es dunkel, und ein Blick auf den Digitalwecker verriet, daß es kurz nach fünf war. Das fand ich seltsam, weil es mir vorkam, als hätte ich nur wenige Minuten geschlafen, dabei waren mehrere Stunden vergangen. Heute war ich wirklich nicht in Stimmung, Frank zu begegnen. Am liebsten hätte ich mich krank gemeldet, doch dann fiel mir der Raub ein, und ich wußte, es würde keinen guten Eindruck machen, wenn ich nicht mehr zur Arbeit käme. Außerdem mußte ich Rodrigo bezahlen. Also duschte ich, und anschließend fühlte ich mich akzeptabel, aber nicht gut. Auf dem Weg zur Arbeit kaufte ich in einem Deli einen großen Eiskaffee und stürzte ihn hinunter. Dann ging ich in eine Pizzeria, aß zwei Pizzastücke mit Salami und einen Calzone, und schon ging es mir viel besser.

Zum Glück war es Montag, und im O'Reilley's herrschte bestimmt Flaute. Vermutlich würde ich heute abend nicht mal an der Tür aufpassen müssen. Barkeeper Gil hatte seinen freien Abend, also würde ich entweder Gary am Tresen helfen oder einfach abhängen, Bier trinken und fernsehen.

Als ich die Bar betrat, brüllte mich Gary sofort an. Er hatte einen dicken Verband um die Stirn und einen blauen Fleck unter dem einen Auge. Zuerst achtete ich nicht auf das, was er von sich gab, sondern beobachtete nur diesen schreienden Irren. In der Bar hielten sich kaum Leute auf, es waren die restlichen Tagesgäste. Sie betrachteten Gary mit so ziemlich der gleichen Miene wie ich.

»Was hast du jetzt vor? Rumstehen und dämlich aus der Wäsche gucken?« schrie er. »Gehen wir vor die Tür und tragen das aus, wie sich's für Männer gehört. Was 'n los, hast du die Hosen voll? Geld aus einem Safe klauen kannst du, aber vor mir hast du Angst? Komm schon, ich mein's ernst. Ich will dich fertigmachen.«

»Geh wieder arbeiten«, sagte ich. »Mach dich hier nicht zum Affen.«

»Du hast zwei Möglichkeiten«, rief Gary. »Entweder kommst du mit raus und kämpfst wie ein Mann, oder du verschwindest von hier, und zwar auf der Stelle.«

»Ich will dir nicht weh tun«, sagte ich.

»Du willst mir also nicht weh tun? Tja, das hättest du dir früher überlegen müssen. Einer der Typen, dessen Geld du aus der Footballkasse geklaut hast, war offenbar der Ansicht, *ich* wär's gewesen, deshalb hat er heute morgen mit ein paar Kumpels vor meiner Wohnung gewartet. Ab jetzt lasse ich mich von keinem anderen mehr vermöbeln. Wenn du mir weh tun willst, mußt du's schon ganz allein machen.«

»Was ist hier eigentlich los?« Frank kam aus seinem Büro.

»Tommy und ich werden die Sache gleich mit Fäusten austragen, das ist los.«

»He, immer hübsch ruhig bleiben«, sagte Frank. »Das gilt für euch beide.«

»Ich hab doch gar nichts gemacht«, sagte ich.

»Ha!« rief Gary. »Warum durchsuchst du nicht mal sein Apartment? Da findest du garantiert vierzehntausend Dollar.«

Mein Lächeln sagte, daß ich unschuldig und Gary verrückt war. Ich hatte beide Arme vor dem Brustkorb verschränkt.

»Ich dulde in meiner Bar keine Schlägerei«, sagte Frank. »Und jetzt geht ihr gefälligst wieder an die Arbeit und benehmt euch wie vernünftige Menschen.«

»Guck ihn dir an«, sagte Gary. »Er hat das Geld in seinem Apartment, merkst du das nicht? Er hält das alles für einen Mordsscherz.«

»Ich hab kein Geld in meinem Apartment«, widersprach ich.

»Natürlich nicht... wahrscheinlich hast du es schon verspielt. Das stimmt doch? Du hast das Geld bereits verspielt?«

»Laß mich in Ruhe«, sagte ich.

Gary schob sich an Frank vorbei und kam auf mich zu. Er schubste mich mit beiden Händen, doch ich wankte nicht mal.

»Jetzt reicht's aber wirklich«, sagte Frank und zerrte

Gary weg. Frank hielt Gary den Zeigefinger vors Gesicht. »Ich meine es ernst und sag es dir jetzt zum letzten Mal: Ich dulde diesen Unfug nicht in meiner Bar!«

»Erzähl das mal dem da«, sagte Gary und sah dabei mich an. »*Der* hat dich schließlich bestohlen.«

»Gehst du nun wieder an die Arbeit oder nicht?«

»Nicht solange *der* hier ist«, sagte Gary.

»Dann verschwinde«, sagte Frank. »Hau verdammt noch mal ab, und zwar sofort.«

Garys Gesicht war rot angelaufen. Er schwitzte. Er sah erst mich, dann Frank an, dann wieder mich.

»Ihr könnt mich mal«, sagte er schließlich zu uns beiden.

Er ging nach hinten und hatte, als er zurückkam, seinen Wintermantel an. Dann schob er sich an mir vorbei und verließ die Kneipe.

Frank schüttelte den Kopf. »Ich möchte mich bei allen entschuldigen«, sagte er. »Tommy, eine Runde für alle aufs Haus, okay?«

»Schon unterwegs«, sagte ich.

Als ich allen ihre Gratisdrinks gebracht hatte, ging ich zu Frank, der am Ende der Theke auf einem Hocker saß und an einem großen Guinness nippte.

»Keine Ahnung, wie ich mich jetzt fühlen sollte«, sagte Frank zu mir. »Als sein Vater mache ich mir Sorgen um ihn und möchte nicht, daß man ihm weh tut. Aber falls er das Geld genommen hat, hat er es verdient, daß er ein paar auf die Mütze kriegt.«

»*Falls* er es genommen hat«, sagte ich. »Du bist dir also nicht mehr sicher?«

»Ich weiß nicht, was ich glauben soll«, sagte Frank.

»Wenigstens hat Gary nicht allzuviel abbekommen. An der Stirn mußte er mit ein paar Stichen genäht werden, der Arzt meinte aber, wahrscheinlich bleibt keine Narbe zurück. Gary wollte wegen des Zwischenfalls keine Anzeige bei der Polizei erstatten, und das halte ich auch für eine gute Idee. Ich will nur noch, daß Gras über die Sache wächst.«

Frank saß ein Weilchen einfach nur da und starrte in sein Guinness, dann sagte er: »Bist du einverstanden, daß du heute abend die Bar allein übernimmst und für mich zuschließt? Es dürfte sowieso nicht sehr viel los sein... wahrscheinlich gehe ich früh.«

»Kein Problem«, sagte ich.

»Übrigens hatte ich vorhin ein kleines Gespräch mit Debbie.«

Als ich aus Franks Mund Debbies Namen hörte, wurde mir ganz anders. »Ein Gespräch?«

»Ja. Ich hab ihr gesagt, daß ich die Scheidung will, und jetzt machen wir's auch – wir trennen uns.«

»Das ist prima«, sagte ich. »Das wolltest du doch, oder?«

»Nein, ich will, daß Debbie wieder die Frau wird, die ich damals geheiratet habe, aber das ist ja nicht möglich.«

»Ich bin stolz auf dich, Mann«, sagte ich, beugte mich über den Tresen und klopfte Frank auf die Schulter. »Glaub mir, auf so eine Frau kannst du gut verzichten. Ohne sie bist du viel besser dran.«

»Ich hab Gary nichts davon erzählt, falls er noch mal herkommt, wäre ich dir also dankbar, wenn du den Mund hieltest.«

»Hey, du kannst mir vertrauen, das weißt du doch«, sagte ich.

»Klar, das weiß ich«, sagte Frank. »Kann ich dir noch was sagen?«

»Schieß los«, sagte ich.

»Ich habe Angst. Ich weiß, das klingt blöd, aber es ist die reine Wahrheit. Ich bin sechsundsechzig Jahre alt und habe einen Mordsschiß davor, einfach meinen Krempel zu packen und noch mal von vorn anzufangen, aber ich mach's trotzdem. In ein paar Wochen steig ich in ein Flugzeug nach Arizona und suche mir eine Bleibe.«

»Das hört sich gut an«, sagte ich.

»Ich dachte mir, vielleicht probiere ich es mal mit Scottsdale«, sagte er. »Da wird 'ne Menge Sport getrieben, Baseballtraining in der Vorsaison und dergleichen. Wer weiß, vielleicht mache ich ja ein O'Reilley's West auf.«

»Falls das was wird, darf ich dann kommen und für dich arbeiten?«

»Du mußt doch hier den Laden in Schuß halten.«

»Ich weiß«, sagte ich. »War bloß ein Gag.«

Frank nahm noch einen Schluck Guinness und sagte dann: »Das einzige Problem ist, daß ich bei der Scheidungsvereinbarung wohl so richtig das Fell über die Ohren gezogen kriege.«

»Wirklich? Wieso denn?«

»Weil ich so dumm war und Debbie geheiratet habe, ohne einen Ehevertrag abzuschließen. Ich glaube, deshalb hat sie mir nicht die Hölle heiß gemacht, als ich ihr das mit der Scheidung eröffnete. Ich dachte, sie würde kreischen und auf mich losgehen, aber sie saß bloß ganz ruhig auf der Couch, als freue sie sich geradezu zu hören, daß ich sie verlasse. Ich wäre an ihrer Stelle auch zufrieden. Die Frau hat ihr Lebtag keinen Finger gerührt, und jetzt wird sie eine reiche alte Dame.«

»Wie reich?«

»Ach, keine Ahnung«, sagte Frank. »Für mich spricht nur, daß es mir nicht besonders schwerfallen dürfte zu beweisen, daß sie ständig fremdgegangen ist, so wie sie sich in den letzten paar Jahren aufgeführt hat. Ich habe schon einen Privatdetektiv beauftragt, sie zu beschatten, mal sehen, ob er ihr ein paar Schweinereien nachweisen kann.«

»Einen Privatdetektiv?«

»Ja, morgen soll er anfangen. Nichts Weltbewegendes… nur zweihundert Mäuse am Tag, damit er eventuell ein paar Fotos schießen kann. Ich werde ihr wohl die Fotos zeigen und dann eine außergerichtliche Einigung anstreben. Vielleicht biete ich ihr die Wohnung an und etwas Geld. Dann warte ich, ob sie anbeißt. Doch selbst wenn ich alles fifty-fifty mit ihr teilen muß, ist es das wert, weil ich endlich mein eigenes Leben führen kann.«

»Klingt cool«, sagte ich. »Das heißt, ich glaube, du hast die richtige Entscheidung getroffen.«

»Darauf trinke ich«, sagte Frank. Er leerte sein Guinness. »Ich möchte dir wirklich danken, Tommy, weil du mir zugehört und mir geholfen hast, die Sache zu regeln. Ich weiß, manchmal bin ich eher der verschlossene Typ, und ich… Du sollst einfach nur wissen, daß du mir eine große Hilfe warst.«

Frank hatte rote, feuchte Augen, als müsse er jeden Moment weinen.

»Vergiß es«, sagte ich.

Ich griff über die Theke und klopfte ihm aufmunternd auf die Schulter, dann ging ich aufs Klo. Beim Pinkeln beugte ich mich über das Urinal und schlug meinen Kopf gegen die Wand. Mein heutiger Besuch bei Debbie war ein Blackout gewesen, eine kurzfristige Geistesgestörtheit. Ich konnte von Glück reden, daß Franks Detektiv erst morgen anfing und nicht heute, sonst hätte er mich erwischt.

Ich betrachtete mein Spiegelbild. Auf der Stirn hatte ich einen großen roten Fleck, der aber nicht so aussah, als würde eine Beule daraus.

Ich wusch mir die Hände und ging in die Küche. Rodrigo saß auf einem Hocker und las eins seiner Englischbücher. Ich vergewisserte mich, daß niemand in der Nähe war, dann holte ich den dicken, mit tausend Dollar gefüllten Umschlag heraus.

»Das ist für dich«, sagte ich. »Leg ihn weg und mach ihn erst zu Hause auf.«

Rodrigo legte den Umschlag ins Buch und klappte es zu.

»Du kannst ruhig danke sagen«, schlug ich vor.

»Danke«, sagte er.

»Keine Ursache.« Ich drehte mich um.

»Tommy?«

»Was ist denn jetzt noch?« fragte ich.

»Gestern und heute Frank und die Polizei wollte mit mir reden«, sagte er. »Sie haben Fragen, viele Fragen. Sie mich fragen nach dem Geld, nach dem Safe, nach allem.«

»Dann halt den Mund«, sagte ich. »Dafür hast du den Umschlag gekriegt.«

Ich wollte gerade gehen, als Rodrigo sagte: »Ich will noch mal tausend.«

Ich stand einfach nur da.

»Wie bitte?«

»Ich will noch mal tausend... morgen abend.«

»Paß auf«, sagte ich, »in dem Umschlag sind tausend Piepen, und mehr kriegst du nicht.«

»Ich will noch mal tausend... morgen abend«, wiederholte er. »Oder ich sage Frank und der Polizei, was ich sehe.«

»Hör zu, ich mußte dir einen Scheißdreck geben, klar?! Dir das Geld zu geben war sehr großzügig von mir. Warum gehst du also nicht einfach heim und freust dich über dein Glück?«

»Ich will noch mal tausend... morgen abend«, sagte Rodrigo. »Wenn du nicht das Geld für mich gibst, sage ich es Frank und der *policía*.«

Ich ging zu ihm und sah ihm direkt in die Augen. Dann lächelte ich, schüttelte den Kopf und verpaßte ihm einen schnellen rechten Haken in den Bauch. Als er sich krümmte, bekam er mein Knie in die Eier. Ich wollte ihm nicht weh tun, aber was blieb mir anderes übrig, wenn er mir so kam? Ich stieß ihn rückwärts gegen den Herd, so daß er gerade stehen mußte. Sein Gesicht war gerötet, und er rang nach Atem.

Ich wollte ihm Angst einjagen, als wäre ich ein Filmgangster.

»Jetzt hör mir mal gut zu, du kleines Stück Dreck«, sagte ich. »Du kriegst von mir nicht einen Scheißcent mehr, und wenn du auch nur daran denkst, irgendwem was zu verraten, dann sag ich denen, *du* hättest das Geld geklaut. Was glaubst du, wem sie glauben? Ich bin Franks Freund, ich werde eines Tages Chef dieser Kneipe, aber wer bist du schon? Bloß ein Koch, ein illegaler Ausländer. Glaub ja nicht, das hätte ich vergessen. Ich brauche nur ein paar Telefonate zu führen, schon bist du wieder in Mexiko und bettelst auf der Straße um Essen. Willst du das? He? Willst du das?«

Ich verpaßte ihm noch eine ordentliche Rechte in die Magengrube und nahm im Rausgehen eine Handvoll Pommes frites aus dem Sieb.

Die Pommes blieben mir fast im Hals stecken, als ich Janene auf einem Barhocker sitzen sah. Sie sah aus, als käme sie direkt von der Arbeit. Sie hatte ein dunkelblaues Kostüm an und hielt die Beine übereinandergeschlagen. Ihre Tasche und der lange schwarze Wintermantel lagen auf dem Hocker neben ihr. Frank saß an derselben Stelle wie vorhin, ein paar Hocker von Janene entfernt, ein frisches Guinness vor sich. Ich wußte, daß ich Janene rausschaffen mußte, und zwar pronto. Ich hatte zwar keinen Schimmer, warum sie hier war, wollte aber nicht, daß sie wieder ausflippte und behauptete, ich hätte ihren Schmuck gestohlen, während Frank direkt daneben saß.

Ich ging zu Janene und tippte ihr auf die Schulter. Ehe sie reden konnte, sagte ich: »Laß uns das draußen besprechen.«

»Nein, ich will ...«

»Draußen.«

»Na schön«, sagte sie. Dann stand sie auf, nahm Mantel und Tasche und ging in Richtung Tür. Ich sah zu Frank rüber, der uns beobachtete, und verdrehte die Augen, wie um zu sagen: »Frauen.« Frank lächelte, er wußte Bescheid.

Als ich ins Freie kam, hatte Janene den Mantel an und beide Hände in die Hüften gestemmt. Sie war komplett geschminkt, und das gelbe Licht des Kneipenvordachs schien direkt in ihre falschen blauen Augen.

»Was gibt's denn?« fragte ich.

»Das ist deine letzte Chance, Tommy. Gib mir meinen Schmuck zurück, oder ich gehe zur Polizei.«

»Momentchen mal«, sagte ich. »Haben wir das nicht schon neulich nachts abgehakt?«

»Ich weiß, daß du ihn hast«, sagte sie, »also verschon mich mit deinen Lügengeschichten.«

»Paß auf, ich war nett zu dir, als du das letzte Mal hier aufgetaucht bist«, sagte ich, »aber ich laß mir diesen Mist nicht mehr bieten. Ich verlier noch meinen Job, weil du andauernd hier auftauchst und deine Wahnvorstellungen durch die Gegend posaunst.«

»Als ich neulich nachts hergekommen bin, war ich mir nicht sicher«, sagte sie. »Ich dachte: Na gut, vielleicht hätte ich nicht hingehen und ihn beschuldigen sollen, obwohl ich mir nicht völlig sicher war.«

»Hättest du mal auf dich gehört.«

»Doch dann habe ich etwas gründlicher nachgedacht und gemerkt, wie lächerlich das war. Du hattest als einziger die Gelegenheit, und so wie du neulich nachts verschwunden bist, als ich schlief... klar warst du's. Warum hast du mir so etwas angetan, Tommy? Wie konntest du nur?«

Janene sah aus, als würde sie gleich anfangen zu weinen.

»Hör zu«, sagte ich. »Ich hab dir doch gesagt, daß ich hier keine Szene machen wollte...«

»Hattest du das die ganze Zeit über vorgehabt?« sagte

sie. »Wolltest du mich nur ins Bett kriegen, um mich bestehlen zu können?«

»Wo denkst du hin!« sagte ich. »Ich mochte dich sehr und mag dich immer noch, wenn du die Wahrheit wissen willst. Wie gesagt, ich war nur ein wenig sauer, daß du verheiratet bist und es mir verschwiegen hast, aber darüber komme ich wohl hinweg. Wenn du weiter mit mir ausgehen willst, hab ich nichts dagegen – das heißt, ich würde gern mal wieder mit dir ausgehen, wenn du auch willst. Ich hätte wohl neulich nachts nicht gehen sollen, ohne dich aufzuwecken. Es war mein Fehler... dafür entschuldige ich mich.«

Janene musterte mich kurz und sagte dann: »Du meinst es ernst. Du willst wirklich wieder mit mir ausgehen?«

»Wieso auch nicht?« sagte ich. »Ich fand, wir waren ein ziemlich gutes Paar.«

»Wie kommst du auf die Idee, daß ich wieder mit dir ausgehen will?«

»Das liegt ganz bei dir.«

»Mit dir zusammenzusein war wie ein Alptraum«, sagte sie. »Ich will nicht nur nicht mehr mit dir ausgehen, ich will dich nie wieder sehen.«

»Warum kommst du dann ständig wieder her?«

»Um meinen Schmuck zu holen.«

»Da kann ich dir nicht helfen«, sagte ich, »aber du kannst die hundert Dollar haben, die ich dir schulde. Du mußt bloß mal bei mir vorbeikommen, dann gebe ich sie dir.«

»Ich habe eine bessere Idee«, sagte sie. »Vielleicht gehe ich jetzt sofort mal rein und sage deinem Chef, daß du mich bestohlen hast... mal hören, was er davon hält.«

Ich stellte mich ihr in den Weg.

»Hör auf«, sagte ich. »Wenn du glaubst, ich lasse dich da reingehen…«

»Du kannst mich nicht aufhalten.«

Sie hatte recht… Leute kamen vorbei und sahen uns an.

»Warum willst du meinem Chef davon erzählen?«

»Eventuell interessiert ihn ja, daß mich sein Rausschmeißer bestohlen hat.«

»Dann schmeißt er mich vielleicht raus. Und wie hilft dir das weiter?«

»Weißt du, da ist was dran«, sagte sie. »Ich habe eine bessere Idee: Ich hole die Polizei.«

Sie ging weg. Ich mußte etwas unternehmen, das stand fest.

»Warte«, sagte ich.

Sie drehte sich um und sah zu mir her. Wie auf Kommando fing ich an zu weinen. Na ja, nicht richtig, aber ich täuschte es vor, und zwar gar nicht mal übel. Ich wandte mich ab, drehte ihr den Rücken zu, hielt mir beide Hände vors Gesicht und machte Schluchzgeräusche. Es war die vielleicht beste schauspielerische Leistung meines Lebens.

»Was hast du denn?« fragte sie.

Meine Hände waren tränenfeucht. Da wußte ich, daß ich sie im Sack hatte.

»Tut mir leid«, schluchzte ich. »Ich kann's halt nicht ändern.«

»Was kannst du nicht ändern?«

»Alles.« Ich quetschte noch ein paar Tränen heraus und sagte dann: »Also gut, du willst die Wahrheit wissen? Die Wahrheit ist, daß ich deinen blöden Schmuck genommen habe. Zufrieden?«

»Wo ist er?«

»Ich hab ihn nicht.«

»Warum nicht?«

»Ich hab ihn versetzt, um Geld fürs Glücksspiel zu kriegen. Ich wollte ihn anschließend zurückkaufen – Ehrenwort, ich schwör's –, aber der Kerl hatte ihn schon verkauft.«

Sie glotzte mich ein paar Sekunden lang an. »Geld fürs Glücksspiel? Was soll das heißen?«

»Ich leide unter Spielsucht«, sagte ich heulend. »Ich wollte es dir nicht erzählen, aber es ist die Wahrheit. Ich habe auf der High-School mit Glücksspiel und Wetten angefangen, und mit der Zeit ist es immer schlimmer geworden. Ich gehe andauernd auf die Rennbahn und in Wettsalons und wette auf irgendwelche Scheißpferde. Es tut mir so leid, daß ich es dir nicht gestanden habe... ich wußte wirklich nicht, wie ich das Thema ansprechen sollte.«

»Aber warum?« sagte sie. »Warum hast du mich bestohlen?«

»Weil ich ein Problem habe, darum«, antwortete ich. »Ich wette zuviel... und verliere die Kontrolle. Es ist meine Schuld, ich weiß. Die Schuld daran liegt einzig und allein bei mir.«

»Warum läßt du dir nicht helfen?«

»Das hab ich ja vor. Ich habe es mir schon früher mal überlegt, doch jetzt weiß ich es, ich weiß wirklich, daß ich Hilfe brauche. Ich geh zu den Anonymen Spielern, ich höre endgültig auf. Bitte, Janene. Ich weiß nicht, warum ich das getan habe. Ich mochte dich wirklich... ich fand, das zwischen uns beiden war etwas ganz Besonderes. Dann hab ich alles verdorben, wie immer. Aber bitte, ich flehe dich an, sag meinem Chef nichts davon. Ich kann es mir nicht leisten, meinen Job verlieren. Ich flehe dich an.«

Sie betrachtete mich, als wäre ich ihr Kind, das sie vor kurzem gezüchtigt hatte, und das ihr jetzt leid tat.

»Wie konntest du mich bestehlen?« sagte sie. »Wie konntest du mir so etwas antun, Tommy?«

»Ich hatte mich nicht unter Kontrolle... was willst du noch von mir hören? Aber es gibt auch eine gute Neuigkeit: Ich habe beim Pferderennen gewonnen und kann dir alles ersetzen. Wenn du mit zu meinem Apartment kommst, gebe ich dir das Geld sofort. Sag mir nur, wieviel der Schmuck deiner Ansicht nach wert war, und ich...«

»Auf das Geld kommt es nicht an«, sagte sie. »Der Erinnerungswert ist mir wichtig.«

»O Gott, du weißt ja gar nicht, wie leid mir das alles tut«, sagte ich. »Nenn mir einfach den Betrag, jeden Betrag, und ich erstatte ihn dir. Bitte... das bedeutet mir viel.«

»Ich hab keine Ahnung, was er wert war.«

»Nenn mir die Größenordnung, ungefähr.«

»Ich weiß nicht... vielleicht ein paar hundert Dollar.«

»Kein Problem«, sagte ich. »Ich gebe dir das Geld sofort – dreihundert für den Schmuck und die hundert, die ich mir von dir geborgt habe –, aber du mußt versprechen, weder mit meinem Chef noch mit der Polizei zu reden.«

»Hast du das Geld dabei?«

»Einen Moment«, sagte ich.

Ich ging wieder in die Kneipe und bat Frank, eine viertel, höchstens halbe Stunde für mich zu übernehmen. Er war einverstanden, und ich zog meinen Ledermantel an und ging wieder raus.

»Wohin gehen wir?« fragte Janene.

»Ich gebe dir dein Geld.«

»Ich dachte, du hättest es bei dir.«

»Nein, es ist in meinem Apartment.«

»Ich will nicht in dein Apartment gehen.«

»Warum nicht?«

»Warum schickst du mir das Geld nicht einfach?«

»Geldscheine in einen Brief stecken? Komm schon, es dauert nur zwei Minuten. Ich möchte wirklich wiedergutmachen, was ich dir angetan habe.«

Sie schaute weg, versuchte, sich zu entscheiden, dann sah sie mich wieder an und sagte: »Na schön, gehen wir.«

Es war seltsam, neben ihr herzulaufen. Sie hatte die Arme vor dem Oberkörper verschränkt und sagte kein Wort. Ich schwieg auch, weil ich sauer war, daß sie gedroht hatte, die Bullen zu holen. Nach dem, was Rodrigo in der Küche abgezogen hatte, war ich es allmählich leid, dauernd von irgendwelchen Leuten erpreßt zu werden.

Wir bogen in die Sixty-fourth Street ein. Als wir zu meinem Mietshaus kamen, ging ich die Stufen zur Haustür hoch, aber Janene blieb auf dem Bürgersteig stehen.

»Kommst du mit rauf?«

»Nein«, sagte sie. »Ich warte hier draußen, bis du wiederkommst.«

»Komm schon, es ist saukalt.«

»Das macht nichts«, sagte sie.

»Was ist denn? Vertraust du mir nicht?«

»Ich möchte lieber hier auf der Straße warten.«

Auf der anderen Straßenseite standen ein paar Jugendliche, die Zigaretten rauchten und lachten.

»Wie du willst«, sagte ich.

Ich ging nach oben und kam mit den vierhundert Dollar zurück. Sie steckte das Geld in ihre Manteltasche.

»Hoffentlich hörst du mit dem Glücksspiel auf«, sagte sie, »zu deinem eigenen Besten.«

Ich sah ihr nach, als sie in Richtung York Avenue ging, und hoffte, daß sie nun endgültig aus meinem Leben verschwunden war.

12

Als ich nach der Arbeit heimwärts ging, war mir nicht nach Alleinsein. Da fiel mir ein, daß Susan Lepidus mich gebeten hatte, sie doch mal anzurufen, und ich machte am nächsten Münzfernsprecher halt.

Ihr Telefon klingelte viermal, dann sprang der Anrufbeantworter an. Gerade wollte ich auflegen, als sie sagte: »Moment... nicht auflegen«, das Gerät abstellte und mit müder Stimme fortfuhr: »Hallo?«

Mir wurde klar, daß ein Uhr dreißig nachts wahrscheinlich ein wenig spät war, um jemanden anzurufen.

»Hey, Susan, hier spricht Tommy. Aus dem O'Reilley's.«

Ein Weilchen blieb sie stumm, dann sagte sie: »Oh, hallo, wie geht's?«

»Hoffentlich hab ich dich nicht geweckt«, sagte ich.

»Nein... ich wollte gerade zu Bett gehen... Wieviel Uhr ist es?«

»Etwa halb zwei«, sagte ich. »Ich komme gerade von der Arbeit. Ich weiß, es ist spät für einen Anruf, aber ich wollte dir unbedingt sagen, wie nett es war, dich neulich abends wiederzusehen. Seitdem mußte ich viel an dich denken.«

»Das ist lieb. Ich fand es auch schön, dich wiederzusehen.«

»Ich weiß, es ist ein bißchen kurzfristig, aber ich dachte,

ich frag einfach mal ganz spontan. Möchtest du noch mal raus auf einen Drink?«

»Jetzt?«

»Warum nicht? Einige Bars haben noch offen.«

»Ich weiß nicht«, sagte sie. »Schließlich muß ich morgen arbeiten.«

»Stimmt ja«, sagte ich. »Ich vergesse immer, daß normale Menschen morgens arbeiten.«

Sie lachte.

»Vielleicht können wir ja ein andermal ausgehen«, sagte ich. »Es sei denn... Na ja, das ist 'ne blöde Idee.«

»Was denn?«

»Ich dachte eben, wenn du möchtest, könnte ich jetzt sofort mal bei dir vorbeischauen. Nur hallo sagen, ein Schlückchen trinken und wieder gehen.«

»Ich weiß nicht«, sagte sie.

»Dann vergiß es einfach«, sagte ich. »Wie gesagt, es war eine blöde Idee. Ich ruf dich ein andermal an. Dienstags hab ich frei. Vielleicht können wir ja morgen abend was unternehmen.«

»Morgen habe ich schon etwas vor.«

»Dann eben ein andermal.«

»Warte«, sagte sie. »Eigentlich könntest du doch jetzt gleich vorbeikommen.«

»Bist du dir sicher?«

»Klar... warum nicht? Weißt du noch, wo ich wohne?«

»Und ob!« sagte ich. »Soll ich ein paar Bier mitbringen?«

»Muß nicht sein, ich habe noch was im Kühlschrank.«

»Bis gleich.«

Ich marschierte los, doch in den Motorradstiefeln waren

meine Füße kalt geworden, deshalb trabte ich die First Avenue rauf, den starken Wind im Gesicht. Susan wohnte in der Eighty-third Street zwischen Third und Lexington Avenue. Das war ungefähr zwanzig Blocks von der Telefonzelle entfernt, aber ich war in nur zehn Minuten da.

Als ich mit Susan tanzen war, hatte ich sie anschließend zu Fuß nach Hause begleitet, war aber noch nie in ihrer Wohnung gewesen. Das Gebäude hatte zwar einen Portier, war aber bei weitem nicht so gepflegt wie das, in dem Frank wohnte. Der Portier meldete mich an, und ich nahm den Fahrstuhl nach oben.

Susan sah gut aus, besonders für zwei Uhr morgens. Sie hatte Jeans und ein langes schwarzes T-Shirt an, und sie hatte Make-up aufgetragen – Lippenstift und Rouge.

Ich begrüßte sie mit einem Wangenkuß, dann bat sie mich in ihr Apartment. Es war klein, aber größer als mein Drecksloch, doch das galt für so ziemlich jedes Apartment in der Stadt. Es hatte einen L-förmigen Grundriß, mit einer kleinen Küche und einem Wohnzimmer im längeren Teil und dem Schlafzimmerbereich zur Rechten. Über der Couch hing ein U2-Poster an der Wand.

Sie nahm mir den Mantel ab und hängte ihn über die Rückenlehne eines Stuhls.

»Warum setzt du dich nicht?« sagte sie und wies auf einen Stuhl am Küchentisch.

»Ich steh lieber«, sagte ich. »Du hast ja eine hübsche kleine Wohnung.«

»Danke«, sagte sie und zwirbelte ein paar lange Strähnen ihrer lockigen roten Haare zwischen den Fingern. »Möchtest du ein Bier oder so was?«

»Warum nicht?« sagte ich.

Sie ging zum Kühlschrank, nahm zwei Heineken heraus und stellte sie auf die Anrichte.

»Ich freue mich richtig, daß du angerufen hast«, sagte sie und machte das Bier auf. »Darauf hatte ich gehofft.«

»Ich hätte dich gleich anrufen sollen«, sagte ich.

»Ist schon in Ordnung«, sagte sie.

»Nein, ist es nicht«, widersprach ich. »Ich hab versprochen, dich anzurufen, und habe es versäumt. Das war falsch.«

»Ist nicht so schlimm«, sagte sie. »Es ist genauso deine Schuld wie meine. Ich hätte dich ja auch anrufen können.«

Ich legte die Hände auf ihre Hüften und drehte sie zu mir um. Ich küßte sie... zuerst zart, dann lehnte ich sie gegen den Kühlschrank und küßte sie überall im Gesicht. Sie küßte mich auch, lutschte an meinen Ohrläppchen. Als ich ihren BH aufmachte, sagte sie: »Warte, glaubst du wirklich, wir sollten das machen?«

»Ja«, sagte ich. »Es sei denn, du willst nicht.«

Ihr BH fiel zu Boden, und sie zog mir das Hemd aus. Ich trug sie zum Bett und küßte sic unterwegs – als es an der Tür klingelte.

Susan wirkte verängstigt.

»Mist, wer kann das denn sein?« fragte ich.

»Keine Ahnung«, sagte sie.

»Dann kümmern wir uns einfach nicht drum«, schlug ich vor.

»Das geht nicht.«

»Warum nicht?«

»Weil er weiß, daß ich zu Hause bin.«

»Wer denn?«

»Mein Freund.«

»Du hast einen Freund?«

»Exfreund. Der, mit dem ich neulich in der Bar war.«

Das Klopfen wurde lauter. Dann sagte der Typ, mir fiel sein Name wieder ein, Jim: »Na los, Susan, mach auf! Mach die Scheißtür auf, Susan!«

»Vergiß es einfach«, flüsterte ich. »Der geht auch wieder.«

»Nein, es klingt, als wär er betrunken«, sagte Susan. »Er weckt noch das ganze Haus auf. Warum hat ihn der blöde Portier raufgelassen?«

»Susan!« schrie Jim. »Mach die Tür auf, Susan! Mach die Scheißtür auf!«

»Ich geh hin und rede mit ihm«, sagte Susan.

Sie zog ihr Hemd an.

»Willst du wirklich?« fragte ich.

»Ja, das geht schon. Bin gleich wieder da.«

Als Susan zur Tür ging, überlegte ich mir, daß ich mir irgendeine Ausrede einfallen lassen und gehen würde, sobald sie zurückkam. Susan war zwar ein nettes, sehr gutaussehendes Mädchen, aber wir beide hatten keine Gemeinsamkeiten, und mir war entfallen, warum ich sie überhaupt angerufen hatte.

Susan und Jim unterhielten sich an der Tür.

»Mach schon, laß mich rein«, sagte Jim.

»Ich ruf dich morgen an«, sagte Susan.

»Nein, laß mich jetzt rein«, sagte Jim. »Ich will mit dir reden.«

»Es ist zu spät«, sagte Susan.

»Wieso, ist jemand da?«

»Es ist niemand da.«

»Wer ist da?«

»Niemand. Laß das ... Jim!«

Jim drängte sich in das Apartment. Er kam in den Schlafzimmerbereich gestürmt und sah mich ohne Hemd auf Susans Bett sitzen. Er hatte einen Straßenanzug an, die Krawatte leicht gelockert. Seine Haare waren verwuschelt, und er sah betrunken aus.

Einen Moment lang stand er wie vom Donner gerührt da, dann sagte er: »Was 'n das für 'n Scheiß?«

»Geh einfach nach Hause«, sagte Susan. »Ich ruf dich morgen an.«

»Du verfluchter Scheißkerl«, sagte Jim zu mir.

Er blieb noch ein, zwei Sekunden stehen, dann ging er auf mich los. Ich erhob mich und schubste ihn beiseite, was nicht besonders schwer war. Der Mann war keine eins siebzig groß und dreißig, fünfunddreißig Kilo leichter als ich.

Susan schrie Jim an, er solle nach Hause gehen, und ich sagte: »Ganz ruhig ... ganz ruhig, okay? Ich will dir nicht weh tun, also immer mit der Ruhe.«

»Du kannst mich mal«, sagte Jim, und sein Speichel flog durch die Luft. »Leck mich am Arsch.«

Er versuchte, mich ins Gesicht zu boxen, schlug aber einen knappen halben Meter daneben. Dann ging er noch mal auf mich los und packt meine Halskette mit der kleinen goldenen Hantel als Anhänger. Die Kette riß, und die Hantel fiel zu Boden.

»Sieh dir das an«, sagte ich. »Jetzt sieh dir das mal an!«

»Du kannst mich mal«, sagte Jim.

Ich ging auf ihn los, schlug ihn immer und immer wieder ins Gesicht. Aus seiner Nase schoß Blut, dann fiel er zu Boden, lag zusammengekrümmt da und schrie: »Hilf mir, Susan! Hilfe!«

Schließlich zerrte mich Susan weg. Sie kniete sich neben Jim und sagte zu mir: »Was ist bloß mit dir los? Warum hast du nicht aufgehört?«

Ich hob meine Kette mit der kleinen Hantel auf, froh darüber, daß nur der Verschluß kaputt war.

»Mach bloß, daß du wegkommst«, sagte Susan zu mir. »Verschwinde!«

Ich zog Hemd und Mantel an und verließ das Apartment. Während ich die Third Avenue entlang nach Hause ging, beruhigte ich mich allmählich wieder.

Als ich dort ankam, ging ich direkt ins Bad und wusch mich. Im Gesicht hatte ich keinen Kratzer, aber meine Fingerknöchel schmerzten. Ich hatte ein schlechtes Gewissen, weil ich Jim so fest geschlagen hatte, und hoffte, daß er nicht ernsthaft verletzt war.

Ich legte die kleine Hantel samt der defekten Kette in meine Kommodenschublade, dann setzte ich mich an den Tisch und zählte das von dem Diebstahl übriggebliebene Geld. Insgesamt waren es eintausendsiebenhundert Dollar, und morgen war mein freier Tag. Vielleicht mußte ich unbedingt mal ein, zwei Tage raus, um auf andere Gedanken zu kommen.

Dann fuhr ich spontan zum Flughafen La Guardia und stieg in das nächste Flugzeug nach Las Vegas.

Da ich mich auf den letzten Drücker entschied, hatte das Ticket einen gesalzenen Preis. Ich zahlte achthundert Dollar für den Hin- und Rückflug, der mich vielleicht nur halb so teuer gekommen wäre, wenn ich es rechtzeitig gekauft oder mit irgendeinem Glücksspielpaket zusammen erworben hätte. Jetzt blieben mir nur noch etwa vierhundert Piepen – fünfhundert hatte ich zu Hause gelassen –, wenn ich also nicht sofort eine Glückssträhne hatte, würde es eine kurze Reise werden.

Das Flugzeug startete morgens gegen halb sieben. Ich stieg in Detroit um und traf um elf in Las Vegas ein, jetzt konnte es losgehen. Ich hatte auf dem ganzen Flug kein Auge zugemacht, war aber trotzdem hellwach.

Ich nahm ein Taxi zum Strip, wo die Kasinos waren, und staunte nicht schlecht, wie groß die Stadt war. Seit Jahren erzählte man mir: »Vegas ist unglaublich, das mußt du gesehen haben«, und jetzt war mir klar, was die Leute meinten.

Da ich keine Ahnung hatte, wohin ich zuerst wollte, ließ ich mich von dem Taxifahrer bei Bally's absetzen. Ich hielt mich an den Plan, den ich mir im Flugzeug zurechtgelegt hatte, ging zu dem ersten Rouletterad, das ich sah, und setzte dreihundert Dollar auf Schwarz. Die Kugel rollte, sprang aus einem roten Feld und landete auf Schwarz. Ich ließ die sechshundert stehen, und Schwarz kam wieder. Soeben hatte ich einen Gratisflug nach Vegas gewonnen.

Am Blackjacktisch setzte sich meine Glückssträhne fort. Nach etwa zehn Minuten war ich mit über einem Tausender im Plus. Alles gelang mir – ich teilte Neunen und zog Asse, zog bei fünfzehn und sechzehn weiter und bekam Fünfer und Sechser, machte im einstelligen Bereich Schluß und sah mit an, wie die Bank verlor. Ich gab dem Croupier fünfzig Dollar für seine Mühe und zog weiter zum Bereich Pferdewetten.

Ich wettete auf zwei direkt übertragene Rennen aus New York und Florida. In Calder verlor ich, gewann aber eine Zweierwette in Aqueduct, was mir noch einen Riesen einbrachte. Eine Weile spielte ich an Automaten, bekam mein Geld wieder heraus, ging dann wieder zu den Blackjacktischen, wo ich noch mal fünfhundert gewann. Nach etwa anderthalb Stunden im Kasino lag ich mit drei Tausendern vorn. Gerade wollte ich mich in ein anderes Kasino aufmachen, vielleicht unterwegs ein Häppchen essen, als ich merkte, wie mich eine Blondine anlächelte.

Ich sah sofort, daß sie eine Professionelle war, die mich als potentiellen Freier musterte. Ihre Lippen waren mit leuchtend pink fluoreszierendem Lippenstift bemalt, und sie klimperte mit ihren langen Augenlidern. Ihr üppiger Körper steckte in einem silbrigen paillettenbesetzten Kleid. Vielleicht brauchte ich jetzt genau das: guten, unkomplizierten Sex. Ich ging zu ihr und fragte, was sie kostete. Zweihundert die Stunde, sagte sie. Ich verabredete mich für zehn Minuten später mit ihr im Foyer vor dem Kasino.

Ich machte meine Jetons zu Geld und nahm mir ein Zimmer. Die Nutte wartete an der vereinbarten Stelle und sah immer besser aus.

Im Fahrstuhl wollte sie wissen, ob ich schon mal in Vegas gewesen sei, und ich sagte: »Nein, ich bin zum erstenmal hier«, worauf sie fragte: »Und wie gefällt's dir bisher?« Ich sagte: »Gar nicht übel.« Dann schwiegen wir, bis wir im Zimmer ankamen. Kaum war die Tür ins Schloß gefallen, sagte die Frau: »Wo willst du mich haben?«

Wir schoben eine schnelle Nummer, dann ließ ich mir Zeit. Als wir fertig waren, gab ich ihr die zweihundert plus fünfzig Dollar Trinkgeld.

»Danke«, sagte sie. »Das ist wirklich nett von dir.«

Sie lud mich ein, mir später am Abend ihren »Auftritt« in einem Stripschuppen am anderen Ende der Stadt anzuschauen, doch ich sagte, das würde ich wohl kaum schaffen.

Ein paar Minuten nachdem sie das Zimmer verlassen hatte, ging ich wieder nach unten ins Kasino.

In einem der Hotelrestaurants schlang ich ein paar Hamburger runter, bezahlte mit einer kostenlosen Kundenkarte, dann konnte es weitergehen. Ich hatte vor, morgen ganz früh nach New York zurückzufliegen und abends wieder zu arbeiten. Bestimmt hätte mir ein wenig Ruhe gutgetan, aber ich war in Vegas und würde auf keinen Fall kostbare Glücksspielzeit ungenutzt verstreichen lassen – zumal mir circa zweitausendsechshundert Dollar ein Loch in die Hosentasche brannten.

Da ich möglichst viele Kasinos ausprobieren wollte, überquerte ich die Straße und ging ins Flamingo. Ich kaufte Jetons für zweitausend Dollar und begab mich direkt zum Würfeltisch, wo ich in einer Viertelstunde einen Riesen verlor. Bevor alles den Bach runterging, stand ich lieber auf und spielte wieder Blackjack. Da mir an dem Tisch, wo ich saß, der Croupier nicht gefiel – er lächelte und scherzte zu viel –, sah ich mich woanders um und fand einen Tisch, wo noch ein Platz leer war. Mein Jetonstapel schmolz, aber offenbar holte mich allmählich der Jetlag ein, weil ich zu müde war, um noch herumzulaufen. Daher blieb ich an diesem Tisch hocken, und irgendwann gewann ich wieder.

Nach vielleicht zwei Stunden hatte ich den beim Würfeln verlorenen Tausender zurückgewonnen, dazu noch mal siebenhundert. Ich tauschte an der Kasse die Jetons gegen Geld, nahm meine Kundenkarte und brach in Richtung Restaurant auf, um mich mit Steak und Kartoffeln vollzustopfen.

»Wie wär's denn mit uns beiden, Süßer?«

Kaum kam ich aus dem Kasino, als mich die bestaussehende Nutte ansprach, die ich je gesehen hatte. Sie hatte lange braune Haare und ein enges schwarzes Kleid an.

»Wieviel?« fragte ich.

»Fünf für eine unvergeßliche Stunde.«

Ich hätte sie mit auf mein Zimmer im Bally's mitnehmen können, war aber zu müde, um die fürs Überqueren der Straße nötige Energie aufzubringen. Außerdem schwamm ich in Knete, deshalb mietete ich einfach ein zweihundert Dollar teures Zimmer im Flamingo und nahm die Nutte mit nach oben. Mir war klar, daß ich es nicht wieder zweimal schaffen würde, aber sie war ihr Geld trotzdem wert.

Anschließend kam ich kaum aus dem Bett und mußte eine gute Viertelstunde im Zimmer auf und ab gehen, bevor ich mich auf den Weg nach unten machen konnte. Zwei halbrohe Steaks und eine Extraportion Shrimps verliehen mir so viel Energie, daß ich mich in ein Taxi hievte und quer durch die Stadt zum Pokern ins Caesar's Palace fuhr. Eine Dreiviertelstunde später war ich pleite.

Ich weiß immer noch nicht, wie mir mein gesamtes Geld so schnell durch die Finger rinnen konnte. Vermutlich hing es damit zusammen, daß ich der schlechteste Pokerspieler der Welt bin und völlig übermüdet und mit wunden Eiern an einem Tisch saß, wo um hohe Einsätze gespielt wurde. Ich erinnere mich nur noch deutlich daran, wie ich gegenüber von zwei Typen mit Cowboyhüten saß, und ehe ich mich's versah, hockte ich auf einem Stuhl im Foyer und vergrub den Kopf in beide Hände.

Ich hatte nur noch etwa vierzig Dollar – genug für ein Taxi zum Flughafen und um die Gebühren für mein Auto auf dem Flughafenparkplatz in New York zu bezahlen. Ich überlegte, ob ich in eins meiner Hotelzimmer gehen sollte, wußte aber, daß ich auf gar keinen Fall einschlafen konnte, und so fuhr ich einfach raus zum Flughafengebäude, um auf meinen morgendlichen Flug zu warten.

Ich setzte mich in die Nähe meines Flugsteigs, so müde, daß mir schwindlig wurde. Ich bekam mit, wie sich Leute neben mich setzten, um gleich wieder aufzustehen und woanders hinzugehen. Dann fiel mir ein, wie der Taxifahrer sämtliche Fenster runtergekurbelt hatte und wie mich die Mitspieler am Pokertisch so seltsam angesehen hatten. Ich hatte seit Montag morgen nicht geduscht – also vor mehr als zwei Tagen – und stank vermutlich genauso wie Pete Logan.

Wahrscheinlich sah ich außerdem noch beschissen aus. Ich konnte eine Rasur gebrauchen und trug immer noch dieselben Klamotten – Jeans und ein schwarzes T-Shirt zu meinem schwarzen Ledermantel –, in denen ich aus New York abgereist war. Mir blieben noch fünf Stunden bis zum Abflug, ich machte aber kein Auge zu.

Endlich, gegen sechs Uhr morgens, durfte man an Bord der Maschine gehen. Ich hatte gehofft, im Flugzeug ein Schläfchen machen zu können, doch es ging nicht. Ich starrte aus dem Fenster auf ein paar Wolken, als ich plötzlich meinen Vater auf der Tragfläche sah, neben ihm meine Mutter. Beide lachten, dann gab mir mein Vater einen Stoß, und ich stürzte schreiend eine Treppe hinunter, wollte anhalten, fiel aber schneller und immer schneller.

»Verzeihen Sie, Sir... Sir?«

Ich sah zu der Stewardess auf, die sich über mich beugte.

»Ich wecke Sie nur ungern, aber Sie müssen sich jetzt unbedingt anschnallen.«

»Danke«, sagte ich, schaute aus dem Fenster und kratzte die Narbe an meinem Hinterkopf.

In New York schneite es. Zwar nicht mit Macht, aber auf dem Boden lagen ein paar Zentimeter Schnee. Ich war so erschöpft, daß ich glaubte, ohnmächtig zu werden, aber irgendwie schaffte ich es bis zum Parkplatz. Mit den Händen wischte ich den Schnee von der Windschutzscheibe und den hinteren Fenstern, dann stieg ich ein. Natürlich wollte die Dreckskiste nicht anspringen. Ich bat den Parkplatzwächter um Starthilfe, dann wartete ich eine Stunde lang im Freien und fror mir den Arsch ab. Ich war kurz davor, mein Auto einfach da stehenzulassen, die Fahrerlaubnis mitzunehmen und zu verschwinden. Doch dann bekamen sie den Motor in Gang, und mit knapp fünfzig Stundenkilometer Geschwindigkeit traf ich etwa anderthalb Stunden später in der Stadt ein.

Es war ungefähr fünfzehn Uhr – ein Ding der Unmöglichkeit, um diese Zeit in Manhattan einen Parkplatz zu finden. Nachdem ich gut zwanzig Minuten durch die Gegend gefahren war, gab ich es auf und stellte den Wagen vor einem Hydranten in meiner Straße ab. Sollten die Bullen den Schrotthaufen ruhig abschleppen; ich wär ihnen sogar dankbar.

Als ich die Treppe in meinem Mietshaus hinaufging, fühlte ich mich, als müßte ich die Freiheitsstatue erklimmen. In meinem Apartment ging ich direkt zum Sofa, zu müde, um das Bett aufzuklappen. Dann hörte ich ein seltsames Quiekgeräusch. Ich dachte, es wären die Rohre oder so was, und versuchte, es zu ignorieren. Doch es war dermaßen nervig, daß ich aufstand, um rauszufinden, wo der Lärm herkam. Es klang, als käme es aus der Spüle, vielleicht aus den Abflußrohren, aber bei einem Blick nach unten sah ich das in einer Leimfalle steckende Mäuschen. Ich nahm die Falle samt der in ihr steckenden Maus, öffnete das Fenster und schleuderte sie wie ein Frisbee über die Straße.

Zurück auf dem Sofa, fing ich an zu träumen. Ich stand hinter dem Zielbereich auf der Rennbahn Hollywood Park. Mein Pferd hatte gerade ein wichtiges Rennen gewonnen, und Jack Nicholson, Robert Redford und Al Pacino waren da und schüttelten mir die Hand. Dann ertönte eine Sirene, und die Leute liefen durcheinander und schrien: »Feuer! Feuer!«, und als ich wieder hinsah, war mein Pferd tot. Ich wollte weglaufen, hing aber an einer riesigen Leimfalle. Ich wachte schweißgebadet auf und fragte mich, warum der Krach nicht aufhörte. Dann wurde mir klar, was los war. Mein verdammtes Telefon klingelte.

13

»Tommy? Ich hab dich doch nicht geweckt, oder?«

Die Stimme kam mir bekannt vor, doch ich war so weggetreten, daß ich einen Moment brauchte, ehe ich ihr den passenden Namen zuordnen konnte: Debbie O'Reilley.

»Nein«, sagte ich und fragte mich, warum ich nicht gewartet hatte, bis mein Anrufbeantworter ansprang. »Was gibt's?«

»Eigentlich müßte ich dich das fragen. Seit zwei Tagen telefoniere ich hinter dir her. Entweder nimmst du nur ausgewählte Anrufe entgegen, oder du warst weg, ohne mir Bescheid zu sagen. So oder so bin ich sehr böse mit dir.«

Wie üblich klang sie betrunken.

»Ich war in Vegas«, sagte ich.

»Vegas? Las Vegas?«

»Gibt es einen speziellen Grund für deinen Anruf, ich wollte nämlich gerade schlafen.«

»Schlafen? Mußt du heute nicht arbeiten?«

Mist, das hatte ich glatt verdrängt. In diesem Zustand konnte ich unmöglich arbeiten gehen.

»Ich rufe an und melde mich krank«, sagte ich.

»Ach ja? Das trifft sich gut... genau zur rechten Zeit. Ich fühl mich nämlich ziemlich einsam und hatte gehofft, dir einen kleinen Besuch abstatten zu können.«

»Wie war das?«

»Ich sagte, ich will dich besuchen kommen.«

»Hier?«

»Warum nicht? Du möchtest mir doch wohl nicht aus dem Weg gehen?«

Ich schlief schon wieder ein. »Hör zu, ich muß jetzt echt auflegen.«

»Ich komme rüber... hab mir gerade von der Auskunft deine Adresse geben lassen.«

»Komm nicht her«, sagte ich, wieder etwas munterer. »Ich mein's ernst.«

»Warum nicht? Bist du zu müde? Das geht schon in Ordnung... dann halten eben wir zwei ein Nickerchen.«

»Warte«, sagte ich. Mir war eingefallen, daß Frank einen Detektiv auf sie angesetzt hatte. »Komm nicht her. Das ist eine blöde Idee.«

»Möchtest du mich denn nicht wiedersehen?« fragte sie, bemüht, sexy zu klingen.

»Jetzt ist einfach der falsche Zeitpunkt«, sagte ich. »Vertrau mir, okay?«

»Ich will dich unbedingt wiedersehen, Tommy. Ich weiß nicht, womit ich dich so wütend gemacht habe, aber es wird nicht wieder passieren, versprochen.«

»Vielleicht ein anderes Mal«, sagte ich. »Ich fühle mich zur Zeit wirklich nicht besonders.«

»Du Armer«, sagte sie. »Bist du krank? Soll ich dir ein Hühnersüppchen mitbringen?«

»Nein, es geht darum, daß du von einem Detektiv observiert wirst«, sagte ich. »Das hat Frank mir kürzlich erzählt...«

»Ach, deswegen hast du Angst. Deswegen mußt dir keine Sorgen machen, Darling. Dieser Penner ist mir gestern den ganzen Tag gefolgt, und ich habe ihn problemlos abgehängt. Nur keine Bange. Ich bin gleich bei dir.«

»Hör mal, Debbie, laß das ...«

Sie legte auf. Ich sagte ein paarmal »Hallo«, dann legte ich den Hörer auf, war immer noch benommen. Ich schloß die Augen und versuchte, mich wieder nach Hollywood Park zu versetzen, muß aber eingenickt sein und traumlos geschlafen haben, weil es mir vorkam, als ob es nur Sekunden später an der Tür klingelte. Ich stand auf, um zu öffnen, wußte aber nicht mehr, wo ich war. Dann hörte ich Debbies Stimme über die Gegensprechanlage. Allmählich wurde ich richtig sauer. Teufel auch, warum akzeptierte sie nicht, daß sie hier unerwünscht war?

Ich ließ sie rauf und hoffte, daß der Detektiv ihr nicht folgte. Egal wie, ich würde ihr klarmachen, daß sie mich verdammt noch mal in Ruhe zu lassen hatte.

Sie hatte einen Pelzmantel und schwarze Stiefel an. Ihre blondgefärbten Haare waren hochgesteckt wie die von Ivana Trump, und sie hatte dick Schminke aufgetragen. Sie sah besser aus als neulich in ihrer Wohnung, aber ich fand sie immer noch abstoßend.

Mir fiel auf, daß sie eine weiße Einkaufstüte aus Plastik in der Hand hielt.

»Das war ja eine schöne Kletterei hier hoch«, sagte sie. »Nicht zu fassen, daß Menschen in diesen Häusern wohnen.«

Sie kam näher, um mich mit ihren glänzenden Lippen zu küssen, und ich war zu müde, um den Kopf wegzudrehen.

Ich merkte sofort, daß sie nach Scotch roch. Dann wich sie zurück und verzog das Gesicht, als wäre sie soeben in einen großen Hundehaufen getreten.

»Was stinkt hier so?«

»Ich«, sagte ich.

»Mein Gott, bist du dreckig! Was ist denn mit dir los?«

»Hab ich dir doch gesagt, ich war in Vegas.«

»Gibt's da keine Duschen?«

»Warum mußtest du unbedingt herkommen?« sagte ich. »Warum hast du nicht auf mich gehört?«

»Weil ich einsam war und dich sehen wollte. Freust du dich nicht, mich zu sehen?«

»Das war bescheuert«, sagte ich. »Falls der Detektiv...«

»Wegen dem mußt du dir keine grauen Haare wachsen lassen«, sagte sie. »Als ich mein Haus verließ, hab ich diesen Penner gesehen, wie er mir folgte. An der Straßenecke habe ich einen Polizisten angesprochen und ihm gesagt, ein Mann verfolge mich, dann bin ich in ein Taxi gestiegen und hierhergekommen. Aber vorher hab ich an einem chinesischen Restaurant haltgemacht und dir zwei Portionen sauerscharfe Suppe gekauft. Bei mir wirkt die immer Wunder, wenn eine Erkältung im Anzug ist.«

»Woher weißt du, daß er dir nicht gefolgt ist, als du aus dem Restaurant kamst?« fragte ich. »Vielleicht hast du ihn bloß nicht gesehen.«

»Herrgott noch mal, hörst du endlich mit deinem paranoiden Geschwafel auf? So wie du redest, könnte man meinen, du hättest wirklich was zu verbergen.«

Sie ging an mir vorbei zur Küchenanrichte. Ich schloß die Tür und schob den Riegel vor.

»Ich bin nur ungern so direkt«, sagte sie, »aber du könntest wirklich eine Dusche und eine Putzfrau gebrauchen.«

»Wenn dir nicht paßt, wie ich rieche – da ist die Tür.«

Sie überlegte kurz, dann sagte sie: »Nein, mittlerweile mag ich deinen Geruch. Du riechst wild. Das macht mich irgendwie geil.« Sie stellte den Plastikbeutel auf die Anrichte. »Jetzt habe ich eine Überraschung für dich, mach mal die Augen zu.«

Ich stand einfach nur da.

»Spielverderber. Na los, mach mit.«

Ich verschränkte die Arme vor dem Oberkörper.

»Na schön, aber dann ist es längst nicht so aufregend.«

Sie knöpfte ihren Mantel auf, unter dem sie – von den glänzenden schwarzen Stiefeln abgesehen – splitternackt war.

»Mach, daß du wegkommst«, sagte ich. Ich schaute weg, wollte nichts mehr sehen. »Ich meine es ernst.«

»Tja, mit der Reaktion hatte ich nicht unbedingt gerechnet.«

Sie kam zu mir, schlang die Arme um meine Taille, rieb sich an mir und küßte mich auf die Lippen. Ich stieß sie weg.

»Zieh einfach den Mantel an und verschwinde.«

Sie trat ein paar Schritte zurück, zitterte auch leicht, vielleicht weil sie so betrunken war.

»Ich bin nur hier, weil ich dachte, du wolltest mich sehen«, sagte sie. »Weil ich dachte, wir...«

»Hör zu, was neulich passiert ist, sollten wir schleunigst vergessen, klar?«

»Was ist denn, hattest du denn nicht deinen Spaß?«

»Nein.«

»Ich finde, so solltest du deine zukünftige Frau nicht behandeln.«

»Wie bitte? Was redest du da für einen Scheiß?«

»Frank will die Scheidung. Er wollte sich mit mir außergerichtlich einigen. Zuerst hatte ich vor, ihm alles abzunehmen, was er besitzt, aber jetzt werde ich mich wohl einverstanden erklären. Offenbar will er nach Arizona ziehen und dort eine Bar aufmachen. Wenn ich den Einigungsvorschlag akzeptiere, kriege ich die Wohnung und genug Geld, daß ich ein angenehmes Leben führen kann, oder daß *wir* ein angenehmes Leben führen können.«

»Wie kommst du auf die absurde Idee, daß ich dich heiraten würde?« fragte ich.

»Warum nicht? Du bekämst nicht nur eine Frau, die dich befriedigen kann wie keine andere, mit Franks Geld müßtest du auch nie wieder arbeiten.«

Ich mußte lachen. Ich konnte nicht anders, es war einfach so verdammt komisch.

»Warum lachst du?«

»Glaub mir«, sagte ich, »du würdest an meiner Stelle auch lachen.«

»Du solltest wirklich nicht so mit mir umspringen. Sonst könnte es passieren, daß ich aufbreche, sehr böse auf dich bin, und dann läßt sich unmöglich sagen, was ich mache. Vielleicht erzähle ich einfach allen Leuten von deinem schmutzigen kleinen Geheimnis.«

»Was meinst du damit?«

Jetzt lachte ich nicht mehr.

»Du weißt genau, was ich meine.«

»Ich hab keine Ahnung, was du da quatschst«, sagte ich.

»Ich habe dich neulich nachts beobachtet … als du das Geld geklaut hast.«

Ich stierte sie an und versuchte herauszufinden, ob sie log.

»Ich glaube, du bist betrunken und solltest nach Hause gehen«, sagte ich.

»Ich war gerade unterwegs zur Bar, um mit Frank zu reden, da hab ich dich gesehen«, sagte sie, »wie du mit einem Müllsack nach Hause gingst. Damals hab ich mich gefragt, warum du von der Arbeit Müll mit heim nimmst, aber am nächsten Tag wurde mir alles klar.«

»Alles dummes Zeug«, sagte ich, wußte aber, daß sie die Wahrheit sagte. Sie konnte unmöglich von dem Müllsack wissen, außer Rodrigo hätte es ihr erzählt, und warum sollte er das tun.

»Zu schade«, sagte sie. »Unser gemeinsames Leben hätte so schön werden können.«

»Du irrst dich«, sagte ich. »Ich habe das Geld nicht genommen.«

»Ach ja? Und was ist das?«

Sie sah zum Küchentisch, wo das restliche Geld aus dem Safe herumlag – fünfhundert Dollar in Zwanzigern und Fünfzigern.

»Bestimmt hast du den Rest in Las Vegas verspielt«, sagte sie.

Sie knöpfte den Mantel zu.

»Wo willst du hin?«

»Was glaubst du denn? Offensichtlich legst du auf meine Anwesenheit keinen Wert.«

»Augenblick mal«, sagte ich. »Na komm… bleib hier. Ich war von meiner Reise so müde, daß ich vorhin nicht wußte, was ich gequatscht habe.«

»Ich glaube, du lügst.«

»Ich meine es ernst«, sagte ich. Dann knöpfte ich ihren Mantel wieder auf und zog Debbie zu mir heran. Ihr Atem roch nach Scotch. »Du sollst nicht gehen… ich bin froh, daß du da bist. Wer wäre das nicht? Du kannst dir nicht vorstellen, was ich in den letzten paar Tagen alles durchgemacht habe. Auf der Fahrt vom Flughafen wär ich fast am Lenkrad eingepennt. Mach schon, bleib. Ich will, daß du bleibst. Das ist die reine Wahrheit.«

Ich küßte sie fest und wirbelte mit meiner Zunge in ihrem hochprozentigen Mund herum.

Nach einer Weile zog ich die Zunge wieder raus und fragte: »Und, was sagst du?«

»Ich weiß nicht. Eben noch hast du geklungen, als wärst du echt wütend auf mich, als würdest du mich hassen…«

»Vergiß das einfach. Ich sagte doch, ich hatte echt keine Ahnung, was ich da quatsche. Wenn du die Wahrheit wissen willst, ich war ziemlich hingerissen, als ich hörte, daß ihr beide euch trennt. Ich bin es leid, allein zu sein, mich aufzureiben, Tag für Tag allein aufzuwachen. Ich komme allmählich in das Alter, wo ich häuslich werden möchte.«

Sie hielt sich an der Tischkante fest, um nicht das Gleichgewicht zu verlieren.

»Weißt du, was ich glaube?« sagte sie. »Ich glaube, du sagst das alles nur, damit ich die Klappe halte, weil du Angst hast, daß ich sonst zur Polizei gehe.«

»Nein, ich sage das, damit du mit mir ins Bett steigst.«

Ich zog ihr den Mantel ganz aus und ließ ihn zu Boden fallen. Dann küßte ich sie wieder.

»Tommy, darf ich dich noch was fragen?«

»Raus damit«, sagte ich.

»Als du vorhin über unsere mögliche Hochzeit gelacht hast, hast du doch nicht wirklich geglaubt...«

»Natürlich nicht«, sagte ich.

»...Ich hab's nämlich nicht so gemeint, wie es sich anhörte. Ich hab wohl einen Schluck getrunken, und... So hätte ich es eines Tages gern, was aber nicht bedeutet, daß es sofort geschehen muß... Ich meine, es kann sich ganz natürlich entwickeln, und...«

»Denk nicht mehr dran«, sagte ich.

Sie lächelte.

Ich küßte sie noch ein wenig, dann sagte sie: »Gibt es in diesem Apartment etwas zu trinken?«

»Im Kühlschrank ist Bier«, sagte ich. »Bedien dich.«

Während sie Bier holte, ging ich ins Bad. Als ich über der Kloschüssel stand, hatte ich das Gefühl, daß sich der Fußboden bewegte, und ich mußte mich an der Tür zur Duschkabine festhalten, um nicht zu fallen. Dann stieg mir mein eigener Geruch in die Nase. Ich stank dermaßen, daß ich nicht begriff, wie es Debbie im selben Zimmer mit mir aushielt.

Als ich aus dem Bad kam, hatte Debbie das Bettsofa aufgezogen. Sie lag nackt auf dem Rücken. Ich machte das Licht aus. Weil es draußen noch nicht ganz dunkel war, konnte ich die Umrisse ihres Körpers sehen. Ich hatte keine Ahnung, wie ich es anstellen sollte. Ich stieg ins Bett und auf sie. Ich drückte sie mit den Armen nach unten, fing hübsch langsam an, wurde dann schneller. Als sie anfing zu stöhnen, beschloß ich, dem ein Ende zu machen. Ich nahm ein Kissen und preßte es ihr aufs Gesicht. Sie wehrte sich eine Weile, trat und wedelte wie eine Irre mit den Armen, aber ich ließ nicht locker. Schließlich hörte sie auf, sich zu winden.

Ich machte Licht und hob das Kissen langsam hoch. Sie hatte den Mund halb offen, ihre glasigen braunen Augen glotzten an die Decke.

Ich stand rasch auf. Dann ging ich im Zimmer auf und ab und überlegte, was zu tun war. Ich wußte, irgendwie mußte ich ihre Leiche loswerden. Vermutlich war es dumm gewesen, ihr das Kissen aufs Gesicht zu pressen, ohne das Ganze vorher gründlich zu planen, aber was war mir anderes übriggeblieben?

Als ich anfing, neben ihr einzunicken, wußte ich, daß das keine gute Idee war. Ich durfte jetzt nicht einschlafen... Was, wenn Debbie sich geirrt hatte und der Detektiv ihr doch zu meinem Apartment gefolgt war? Er konnte in diesem Moment draußen warten, bis sie wieder auftauchte.

Ich stieg aus dem Bett, ging zur Spüle und spritzte mir eiskaltes Wasser ins Gesicht. Dann beugte ich mich aus dem Fenster und suchte den Detektiv. Doch ich sah nur ein paar Leute, die gerade von der Arbeit nach Hause gingen, und einen Schwarzen auf der anderen Straßenseite, der in Mülltonnen herumwühlte.

Ein Plan mußte her. Mir wollte nichts einfallen, doch als ich weiter nachdachte, kam ich zu dem Schluß, daß ich die Leiche irgendwie in meinen Wagen schaffen und irgendwo außerhalb Manhattans abladen mußte. Doch das konnte ich unmöglich jetzt tun, wo so viele Menschen herumliefen. Ich mußte bis nachts warten, wenigstens bis Mitternacht. Bis es soweit war, blieb mir nur die Hoffnung, daß mich der Detektiv nicht observierte.

Es war zwanzig nach fünf. Ich entschloß mich, heute abend doch arbeiten zu gehen. Ich mußte so tun, als wäre es ein normaler Abend. Falls die Cops kamen und Fragen stellten, mußte ich erklären können, wo ich die ganze Nacht gewesen war. Außerdem wußte ich, daß ich nie und nimmer in ein paar Stunden würde aufstehen können, wenn ich jetzt schlafen ging.

Ich ging duschen. Es fühlte sich gut an, mal wieder sauber zu sein, aber aus Angst, ohnmächtig zu werden, hielt ich mich die ganze Zeit über an der Seifenschale fest.

Irgendwie fand ich es nicht gut, die Leiche einfach da liegenzulassen, deshalb legte ich eine Decke drüber und packte dann die Sofakissen obendrauf.

Ich machte mich fertig für die Arbeit, zog meine üblichen Jeans an, einen schwarzen Pulli mit rundem Halsausschnitt und Motorradstiefel, doch mein Goldkettchen mit der Hantel fehlte mir. Als ich merkte, daß ich halb verhungert war, entdeckte ich die beiden Kartons mit der chinesischen Suppe, die Debbie mir mitgebracht hatte. Ich trank die lauwarme Suppe direkt aus den Behältern, zog dann meinen Ledermantel an und verließ das Apartment.

Vor dem Haus sah ich mich um, aber anscheinend beobachtete mich niemand. Zwar sanken immer noch ein paar Flocken herab, aber auf den Gehsteigen lag kaum noch Schnee. Es wurde wieder kalt – der Wind fegte wie irre durch die First Avenue –, und ich dachte sehnsüchtig an die dreißig Grad in Las Vegas zurück.

Ich war froh, daß wir Mittwoch abend und schlechtes Wetter hatten, denn wenn ich heute auf eins verzichten konnte, dann darauf, Unmengen von Ausweisen zu kontrollieren. Eigentlich hätte Gary heute arbeiten müssen, aber da Gil hinter dem Tresen stand, dachte ich mir, daß Gary entweder noch sauer auf Frank war oder endgültig gekündigt hatte.

»Hey«, sagte ich zu Gil.

»Wie geht's denn so, Tommy?«

Dabei schaute Gil nicht von seinem Buch hoch. Es waren ungefähr zehn Gäste in der Kneipe, und jemand hatte eine Reggae-CD aufgelegt.

»Ist Frank da?« fragte ich.

»Er ist kurz mal weg. Kommt gleich wieder.«

Ich ging meinen Mantel aufhängen. Kathy kam mit einem Tablett Mozzarellasticks vorbei.

»Hey, wie geht's, Kath?«

»Gut«, sagte sie und ging weiter.

Ich hatte zwar immer noch Hunger, war aber nicht in der Stimmung, mich mit Rodrigo in der Küche abzugeben. Am besten bestellte ich später eine Pizza oder so was. Als ich wieder in den Schankraum ging, betrat Frank gerade die Bar.

»Was ist das denn?« sagte er. »Läßt du dir einen Bart stehen?«

»Schon möglich«, sagte ich. »Gefällt's dir?«

»Geht so.« Er sah mich genauer an. »Fühlst du dich wohl?«

»Hab letzte Nacht nicht besonders viel geschlafen.«

»Heute abend wird kaum was los sein. Wenn du magst,

kannst du heimgehen. Gil geht zwar auch bald, aber Kathy kann den Tresen übernehmen.«

»Ist schon okay«, sagte ich.

Frank ging nach hinten. Der Raum fing an, sich um mich zu drehen, und ich fühlte mich, als würde ich nun endgültig ohnmächtig werden. Ohne Mantel joggte ich die Straße runter zu dem koreanischen Laden. Dort kaufte ich einen großen Kaffee, ein paar Karottenküchlein, zwei Snickers und zwei Päckchen Starburst-Kaubonbons. Daß ich mich mit Zucker und Koffein abfüllte, hielt ich für die einzige Methode, um wach zu bleiben.

Als ich zur Bar zurückkam, saß Frank an einem Tisch, gegenüber von einem dicken Mann mit lockigen braunen Haaren. Ich hatte den Typ noch nie gesehen, wußte aber sofort, daß er der von Frank beauftragte Detektiv war.

Der Mann trug eine voluminöse schwarze Winterjacke, Jeans und Arbeitsstiefel. Er sah kurz zu mir rüber, dann wieder Frank an. Wegen der Reggaemusik verstand ich nicht alles, was er erzählte, hörte ihn nur ein paarmal »Debbie« sagen. Doch besorgt war ich nicht. Hätte der Detektiv heute Debbie in mein Apartment gehen sehen, hätte er inzwischen mit mir gesprochen.

Ich setzte mich mit meinem Kaffee an die Theke und riß die Verpackung von einem der kleinen Karottenkuchen auf. Ich sah geradeaus, konnte aber dabei Frank und den Detektiv in dem Spiegel hinter der Bar beobachten, und weil gerade keine Musik lief, bekam ich mehr von ihrem Gespräch mit.

»Klar, kein Zweifel«, sagte der Detektiv gerade. »Ich bin wieder zum Haus zurück, und der Portier sagte, er hat sie nicht reinkommen sehen. Ich hab noch 'ne Weile gewartet, etwa eine Stunde, aber sie kam nicht wieder.«

»Tja, was bleibt Ihnen anderes übrig?« sagte Frank. »Sie müssen es halt morgen noch mal versuchen.«

»Keine Sorge, ich erwische sie schon«, sagte der Detektiv. »Ich brauche höchstens noch ein, zwei Tage, und morgen verkleide ich mich, damit sie mich nicht erkennt.«

»Tun Sie, was Sie tun müssen«, sagte Frank.

Sie quatschten noch eine Weile, dann standen Frank und der Detektiv auf und gaben sich die Hand. Dann ging der Detektiv ohne einen Blick in meine Richtung. Frank kam rüber und nahm auf dem Hocker neben mir Platz.

»Das war der Typ, den ich beauftragt habe, Debbie zu beschatten.«

»Hat er schon was rausgefunden?«

»Er hat gesehen, wie sie heute nachmittag das Haus verlassen hat, wahrscheinlich unterwegs zu einem ihrer Liebhaber, als sie plötzlich stehenblieb und einem Cop erzählte, sie werde verfolgt. Daraufhin hielt der Polizist Fred – so heißt er – auf, und bis der die Sache aufgeklärt hatte, war Debbie verschwunden ... in einem Taxi.«

»Das stinkt echt gen Himmel, hm?« meinte ich.

»Ich will nur hoffen, daß dieser Fred weiß, was er tut – Gil, mach mir mal einen mit Eis –, na ja, er ist Profi, müßte es also eigentlich wissen.«

»Da brauchst du dir wohl keine Sorgen zu machen«, sagte ich. »So, wie Debbie sich rumtreibt, hat er bestimmt bald ein paar prima Fotos, die du verwenden kannst.«

Frank sah weg. Mir wurde klar, daß ich wohl nicht sehr taktvoll gewesen war.

»'tschuldigung«, sagte ich. »Ich wollte damit nicht...«

»Nein, ist schon in Ordnung. Du sagst ja bloß die verdammte Wahrheit.«

Gil stellte Frank seinen Drink hin. Frank nahm einen tiefen Schluck und sagte dann: »Du hältst mich bestimmt für verrückt, aber irgendwie liebe ich sie immer noch. Ziemlich erbärmlich, stimmt's?«

»Nein, ich verstehe das«, sagte ich. »Schließlich ist sie deine Frau, ihr schlaft im selben Bett...«

»Ich weiß, daß du recht hast«, sagte Frank. »Du hattest schon immer recht, mich gut beraten, aber ich war nie vernünftig genug, auf dich zu hören. Die Seelenklempner haben ein Wort für mein Verhalten... o Gott, ich drehe noch durch.«

»Weißt du eigentlich, was ich glaube?« sagte ich. »Ich glaube, sobald sie in deinem Leben keine Rolle mehr spielt, wirst du sie vergessen. Dann bist du in Arizona bei diesen vielen schönen Frauen... du findest garantiert eine, die dich viel besser behandelt, als es Debbie je getan hat.«

»Hast du mich mal in einer Badehose gesehen? Kein schöner Anblick.«

»Nun mach mal 'n Punkt, du siehst bestimmt toll aus«, sagte ich. »Und einem wie dir, einem New Yorker, dem fliegen die Frauen bestimmt zu.«

»Nein, Debbie war wohl die Beste, die ich je kriegen werde.«

»Du machst wohl Witze. Du mußt dich nach oben orientieren. Das meine ich ernst. Statt nach Mittvierzigerinnen solltest du dich nach Frauen über fünfzig, über sechzig, ja vielleicht sogar nach Frauen in den Siebzigern umsehen.

Arizona ist wie Florida. Da unten gibt's massenweise reiche Witwen, die nur darauf warten, daß ein Mann vorbeikommt. Und sobald du deine Bar in Schwung gebracht hast, ist die Sache sowieso gelaufen… dann hast du jede Nacht in der Woche eine andere.«

»Mitschuldig«, sagte Frank.

»He?«

»Nach dem Wort habe ich gesucht – ich bin mitschuldig. Ich bin gern mit abartigen, gestörten Frauen zusammen, weil ich selbst abartig und gestört bin. Ich habe dir das nie erzählt, aber meine erste Frau war auch Alkoholikerin. Zwar nicht so schlimm wie Debbie, aber viel hat nicht gefehlt. Ich will auf folgendes hinaus: Vielleicht bin ich ja das Problem, nicht sie… vielleicht würde mich *jede* Frau hintergehen. Vielleicht sollte ich die Scheidung abblasen und versuchen, unsere Beziehung zu flicken.«

»Das halte ich für keine gute Idee.«

»Warum nicht? Weißt du, die meisten unserer Probleme beruhen auf dem Suff. Ich könnte Debbie dazu bringen, mit dem Saufen aufzuhören, vielleicht könnten wir zu einer Eheberatung gehen, versuchen, die Probleme aufzuarbeiten…«

»Das ist doch hoffentlich nicht dein Ernst.«

»Nein, ich wünschte, es wär so; ich weiß aber, daß es zu spät ist. Ich werde die verfluchte Scheidung durchziehen, ins Kaktusland ziehen und mal gucken, was das Leben für mich noch in petto hat. Aber ehrlich gesagt glaube ich nicht, daß ich da draußen was Besseres finde als das, was ich jetzt schon habe.«

Frank nahm noch einen Schluck Wodka-Tonic. Ich stand auf und streckte mich.

»Gary kommt wohl heute abend nicht, hm?« fragte ich.

»Hab ihn seit Montag nicht gesehen und auch nichts von ihm gehört«, sagte Frank. »Wenn ich anrufe, ist immer der Anrufbeantworter dran... was weiß ich denn, vielleicht hat er New York verlassen. Aber eins sag ich dir: Ich bin froh, daß du die Bar übernimmst und nicht er. Auf den verdammten Knaben ist einfach kein Verlaß. In dieser Kneipe muß jemand das Sagen haben, dem ich vertrauen kann.«

»Mir kannst du vertrauen.«

»Das weiß ich. Vermutlich bist du der einzige Mensch auf der Welt, dem ich zur Zeit vertrauen kann. Großer Gott, du siehst aus, als würdest du jeden Moment umkippen. Warum gehst du nicht nach Hause?«

»Geht in Ordnung«, sagte ich. »Ich schaff das schon.«

»Nein, ernsthaft. Ich weiß es wirklich zu schätzen, daß du in diesem Zustand herkommst, aber heute ist nicht viel los. Gil kann die Ausweise an der Bar überprüfen...«

»Vergiß es«, sagte ich und klopfte Frank auf den Rükken.

Ich ging aufs Klo und wurde ohnmächtig. Ein paar Sekunden später kam ich wieder zu mir und hatte einen großen Bluterguß am Hintern. Ich spritzte mir kaltes Wasser ins Gesicht.

Nach dem Snickers und dem zweiten Karottenküchlein ging's mir besser. Ich hoffte auf eine ruhige Nacht, aber irgendein Scheißbubi hatte sich ausgerechnet diesen Abend ausgesucht, um seinen einundzwanzigsten Geburtstag zu feiern, und zwar im O'Reilley's. Den ganzen Abend strömten Studenten in die Kneipe; die meisten sahen aus wie achtzehn oder neunzehn und einige sogar jünger, aber ich war zu müde, um ordentlich zu kontrollieren. Ich saß nur auf meinem Hocker und winkte alle rein, sogar einen Burschen aus New Jersey mit einem gefälschten Führerschein, der aussah, als hätte er ihn mit dem Computer gemacht.

Ich trank ein paar Cola für den Koffeinnachschub, doch gegen halb zwölf ging gar nichts mehr. Ich sagte Frank, ich müsse nach Hause, und schlich die First Avenue runter.

Der Wind war aufgefrischt, und die Temperatur war wohl noch mal um fünf Grad gesunken. Bestimmt hatten wir minus zwanzig Grad Celsius, mit Tendenz zu minus dreißig. Meine Hände und Füße waren steif gefroren, und ich fühlte mich, als hätte ich Eiszapfen im Gesicht. Ich bekam Halsschmerzen.

Als ich um die Ecke in meine Straße einbog, wurde mir klar, wie tief ich möglicherweise in der Scheiße steckte. Am Nachmittag hatte ich meinen Wagen vor einem Hydranten geparkt. Falls ihn die Cops abgeschleppt hatten, konnte ich die Leiche nicht wegschaffen.

Ich trabte die Straße entlang, und Gott sei Dank stand das Auto noch da. Es war wie ein Wunder – nicht mal einen Strafzettel hatte ich bekommen.

Erstaunlicherweise sprang der Motor sofort an. Ich fuhr ein Stück die Straße rauf und stellte vor meinem Wohnhaus den Wagen in zweiter Reihe ab. Ich ließ den Motor an und ging rein. Als ich die Treppe hinaufging, wurde mir schwindlig. In meinem Apartment legte ich die Decke auf den Boden und hob Debbie hoch. Sie war schon starr und blau, aber aus irgendeinem Grund fühlte sich ihr Körper warm an. Ich wollte gerade das Kissen nehmen und ihr endgültig den Garaus machen, als mir klar wurde, daß sie sich nur warm anfühlte, weil meine Hände so verflucht kalt waren.

Ich atmete tief durch und lächelte bei dem Gedanken, daß mir all das eines Tages urkomisch vorkommen würde.

Zuerst legte ich Debbie auf die Decke. Dann zog ich ihr den Pelzmantel wieder an und hängte ihr die Tasche um die Schulter. Ich sah nach, ob sie nicht noch irgendwas mit in das Apartment gebracht hatte. Mir fiel nur die Tüte aus dem chinesischen Restaurant auf, aber die konnte ich genausogut später loswerden. Ich rollte Debbie in die Decke.

Normalerweise hätte ich sie mit Leichtigkeit runter auf die Straße tragen können, aber ich war so müde, daß sie mir doppelt so schwer vorkam, wie sie wirklich war. Im ersten Stock glaubte ich zu hören, wie jemand aus seiner Wohnung kam. Ich erstarrte, doch das Geräusch verstummte wieder.

Als ich im Hausflur ankam, ging draußen ein Mann vorbei, doch er sah starr geradeaus und bemerkte mich nicht. Ich wartete, bis er am Ende des Blocks angelangt war und keine Autos vorbeifuhren, dann trug ich Debbie ins Freie. Aufgrund der Kälte war außer mir kein Mensch unterwegs. Ich öffnete rasch den Kofferraum. Es lag zwar jede Menge Krempel drin – ein Ersatzreifen, Werkzeug, alte Kleidungsstücke –, aber zum Aufräumen war jetzt keine Zeit. Ich stopfte Debbie hinein. Da ein Teil der Leiche nicht hineinpaßte, mußte ich sie biegen. Aber da ich den verdammten Kofferraum immer noch nicht zubekam, war offenbar noch ein Stück von ihr im Weg. Ich probierte es noch ein paarmal, schließlich schlug ich den Deckel mit voller Wucht runter, und er rastete ein.

Ich fuhr in Richtung Downtown. Dann überquerte ich die Manhattan Bridge und blieb auf der Flatbush Avenue. Die Straßen Brooklyns waren leer, und wenn mein Wagen schneller als vierzig Stundenkilometer gefahren wäre, hätte ich die grüne Welle erwischt. Doch so hieß es stop-and-go wie im Berufsverkehr. Ein paarmal ertappte ich mich dabei, wie ich am Steuer einnickte, und ich mußte mir Mühe geben, um wach zu bleiben. Weil ich annahm, daß mich laute Musik munter machen würde, stellte ich einen Rap-Sender ein und drehte die Lautstärke auf.

Als ich an der Church Avenue vorbeifuhr, entdeckte ich den Polizeiwagen hinter mir. Schon ertönte die Sirene, und der Cop forderte mich über Megaphon auf, rechts ranzufahren.

Ich dachte mir, daß wohl nur irgendwas an meinem Wagen nicht stimmte – vielleicht funktionierte eins meiner Rücklichter nicht oder so was. Doch egal, was geschah, ich mußte besonnen bleiben. Der Streifenwagen hielt hinter mir, seine Scheinwerfer leuchteten in meinen Rückspiegel.

Ein Cop trat an mein Fenster. Er war weiß, etwa so groß und so alt wie ich und hatte einen Schnauzbart.

»Hallo, alles klar?« fragte ich.

»Würden Sie die Musik bitte leiser stellen?«

Ich drehte am Lautstärkeregler, und mir wurde klar, daß sie bei der dröhnenden Rapmusik bestimmt dachten, sie hätten es mit einem Drogendealer zu tun.

»Führerschein und Fahrzeugpapiere, bitte.«

Ich nahm den Führerschein aus meiner Brieftasche, den Fahrzeugschein aus dem Handschuhfach und reichte ihm beides.

»Was ist denn los?« sagte ich. »Ich kann ja wohl nicht zu schnell gefahren sein… nicht mit dieser Rostbeule.«

Ich lachte in der Hoffnung, er würde auch lachen, doch das tat er nicht. Er nahm eine Taschenlampe und leuchtete mir ins Gesicht.

»Sie haben blutunterlaufene Augen. Haben Sie heute abend getrunken?«

»Sie machen wohl Witze? Ich bin nur erschöpft. Ich will nur noch bis zum Haus meines Bruders, um mich ein wenig auszuruhen.«

Er leuchtete mit der Taschenlampe in den Wagen und sah vorn auf den Boden, dann kontrollierte er den Rücksitz.

»Haben Sie Alkohol oder Drogen im Fahrzeug?«

»Nein«, sagte ich.

»Wir folgen Ihnen seit einer Weile. Sie fahren dauernd Schlangenlinien.«

»Verzeihen Sie bitte«, sagte ich. »Das liegt nur daran, daß ich so müde bin. Ich habe gerade eine Vierundzwanzigstundenschicht in der Fabrik hinter mir.«

»Fabrik?«

»Ja, ich arbeite in einer Uhrenfabrik in der Nähe der Marinewerft.«

»Wenn Sie erschöpft sind, sollten Sie sich nicht ans Steuer setzen.«

»Das hätte ich auch nicht getan, und bis vor ein paar Minuten fühlte ich mich noch frisch. Aber jetzt habe ich den toten Punkt überwunden.«

»Wo wohnt Ihr Bruder?«

»Avenue J.«

Er sah mich an, als wüßte er, daß ich log. Ich dachte, er

würde mich jetzt auffordern auszusteigen und den Kofferraum zu öffnen. Ich hatte keinen blassen Schimmer, was ich dann tun würde, doch statt dessen gab er mir den Führerschein zurück und sagte: »Fahren Sie bloß vorsichtig, Mann.«

Ich fuhr los, peinlich darauf bedacht, nicht mehr Schlangenlinien zu fahren. Der Polizeiwagen folgte mir noch ein Weilchen, dann hielt er vor einem Lebensmittelladen. Ich atmete tief aus. So wie mein Herz pochte, bestand keine Gefahr, daß ich jetzt noch am Steuer einschlief.

Ich blieb noch einige Kilometer auf der Flatbush Avenue und bog dann rechts in die Avenue U ein. Am Marine Park angekommen, wendete ich und hielt am Bordstein unter einem kaputten Laternenmast. Einige wenige Wagen fuhren vorbei, und ich stieg erst aus, als die Luft völlig rein war. Ich machte den Kofferraum auf und nahm die steife Leiche heraus. Dann ging ich so schnell wie möglich in Richtung Ufer.

Als Kind hatte ich manchmal am Marine-Park-Meeresarm geangelt. Weil das Wasser so verschmutzt war, mußte ich die meiste Zeit Müll von meinem Haken lösen, und die einzigen Fische, die ich nach Hause brachte, waren welche, die ich tot am Ufer fand.

Der Landstreifen vor dem Ufer war nicht so unkrautbewachsen, wie ich ihn in Erinnerung hatte, was aber auch daran liegen konnte, daß ich noch nie im Winter da gewesen war.

Im Dunkeln schleppte ich mich über Schnee und Schlamm. Meine Füße waren naß und kalt, aber ich wollte die Leiche erst ablegen, wenn ich möglichst weit weg von der Straße war. Als ich noch ein Weilchen gegangen war, stand ich bis über die Knöchel in eiskaltem Schneematsch und kam nicht mehr weiter. Statt die Leiche hinzulegen, ließ ich sie fallen, was sich als schwerer Fehler entpuppte. Ich wurde von oben bis unten mit Schneematsch bespritzt, auch mein Gesicht. Eigentlich wollte ich einfach weggehen, beschloß dann aber, vielleicht doch besser die Decke wieder mitzunehmen. Daher ließ ich Debbie in den Schneematsch rollen. Sie blieb schließlich auf dem Rücken liegen, und im selben Augenblick verschwanden offenbar einige Wolken, die den Mond verdeckt hatten, denn plötzlich schien ein blaßblaues Licht auf die weiße Leiche.

Im Sommer hätte man die Leiche wahrscheinlich sofort entdeckt. Aber im Winter, bei all dem Schlamm und Schneematsch, würde man sie nicht so schnell finden, vielleicht sogar erst im März oder April.

Ich vergewisserte mich, daß niemand in der Nähe war, stieg in meinen Wagen und fuhr los. Da die minimale Chance bestand, daß das Polizeiauto von vorhin immer noch auf der Flatbush Avenue Streife fuhr, nahm ich einen anderen Heimweg. Offenbar hatte ich den toten Punkt überwunden, ich war nämlich überhaupt nicht mehr müde. Ich fuhr auf den Parkplatz eines Supermarkts und hielt hinter dem Haus, wo der Müllcontainer stand. Der Supermarkt war geschlossen, und der Parkplatz war leer. Ich stieg aus, schmiß die schlammbespritzte Decke in den Container und fuhr weg. Dann nahm ich den Belt Parkway in Richtung City, tuckerte auf der rechten Spur dahin.

Ich war überall schlammbeschmiert, und den Wagen hatte ich auch verdreckt.

Morgen würde ich meine Jeans und Turnschuhe säubern und auch den Dreck aus dem Auto entfernen, obwohl das wahrscheinlich überflüssig war. Selbst wenn man Debbie noch vor dem Frühling fand, würde mich niemand verdächtigen.

Auf der Rückfahrt nach Manhattan schwand meine neugewonnene Energie wieder. Ich mußte mich konzentrieren, um wach zu bleiben, ich schlug mir ins Gesicht und wakkelte mit den Zehen. Zum Glück war direkt vor meinem Haus eine Parklücke, wo ich den Wagen bis Freitag morgen um elf stehenlassen durfte.

Ich humpelte die Stufen zu meinem Apartment hoch, riß die Telefonschnur aus der Wand und löschte alle Lampen. Dann fiel ich auf das aufgeklappte Bett und schlief schon in dem Moment ein, als mein Kopf das Kissen berührte.

14

Als ich aufwachte, war es kurz vor Mittag. Ich stöpselte das Telefon wieder ein, um Alan Schwartz anzurufen. Gerade wollte ich seine Nummer wählen, da klingelte das Telefon.

»Könnte ich bitte Tommy Russo sprechen?«

»Am Apparat.«

»Tommy... Alan Schwartz.«

»Wenn das nicht ein Zeichen oder so was ist«, sagte ich. »Ich wollte gerade den Hörer abnehmen und Sie anrufen.«

»Ich habe es schon früher bei Ihnen versucht, aber es ging niemand ran«, sagte Alan. »Ich habe einige sehr gute Neuigkeiten, wirklich exzellente Neuigkeiten. Bill Tucker will am Samstag das Gebot für ein Pferd abgeben. Es ist das kürzlich von mir im Restaurant erwähnte... Sunshine Brandy. Hoffentlich können Sie auf die Bahn kommen.«

»Soll das ein Witz sein?« sagte ich. »Wenn ich nicht komme, bin ich tot.«

»Phantastisch«, sagte Alan. »Steve schafft es vermutlich als einziger nicht, aber er wird versuchen, sich aus einer Bar-Mizwa zu stehlen, an der er teilnehmen muß. Wir treffen uns im Klubhaus, bei dem Fahrstuhl im ersten Stock, vor Beginn des ersten Rennens. Außerdem möchte ich mich für neulich bei Ihnen entschuldigen. Ich steckte im Büro bis über beide Ohren in einem großen Projekt und war sehr im Streß. Aber ich hätte trotzdem nicht so mit Ihnen reden sollen. Hoffentlich tragen Sie es mir nicht nach.«

»Es war nur ein Mißverständnis«, sagte ich. »Mir tut es auch leid.«

»Prima«, sagte Alan. »Jedenfalls freue ich mich, Sie am Samstag zu treffen, Tommy. Das dürfte eine tolle Sache werden.«

Plötzlich war ich in Hochstimmung. Ich duschte, fischte dann eine Jeans aus der Schmutzwäsche und zog ein Kapuzenshirt an. Ich rasierte mich, aber nur an Hals und Wangenknochen. Ich mochte meinen Bart und hatte vor, ihn wachsen zu lassen.

Gerade wollte ich gehen, als mir meine verdreckten Kleidungsstücke aus der letzten Nacht einfielen. Da ich keine Lust hatte, später Wäsche zu waschen, steckte ich die schlammverschmutzten Turnschuhe, Jeans und Socken in eine Plastiktüte und nahm sie mit.

Ich fuhr mit der U-Bahn-Linie 6 zur Thirty-third Street und ging ein paar Blocks weiter. Die dreckigen Klamotten steckte ich in einen Mülleimer Ecke Thirty-fourth und Seventh. Wohl wissend, daß ich am Samstag nicht wie ein Penner auf die Rennbahn gehen konnte – schließlich war es mein erster Tag als Pferdebesitzer, und ich wollte mich passend kleiden –, suchte ich bei Macy's die Abteilung Herrenoberbekleidung auf und kaufte für zweihundert Dollar einen weißen Anzug und ein schickes schwarzes Seidenhemd, anschließend erstand ich in der Schuhabteilung hundert Dollar teure glänzende schwarze Schuhe. Jetzt war das Geld aus dem Super-Bowl-Diebstahl fast aufgebraucht – ich hatte noch dreißig Dollar in der Tasche und weitere sechzig zu Hause –, doch Sorgen machte ich mir keine. Ich wußte, daß eine Menge Geld nur auf mich wartete.

Auf dem Heimweg hielt ich vor einem Juwelierladen und ließ mein goldenes Hantelkettchen reparieren, dann aß ich bei Smith & Wollensky an der Third Avenue einen Burger mit Pommes zu Mittag. In meinem Apartment hängte ich die neuen Kleidungsstücke auf, lümmelte mich den restlichen Nachmittag auf dem Sofa herum und sah mir Soap-Operas an.

Gegen halb sechs ging ich arbeiten. Es war Donnerstag abend und ziemlich viel los. Da Gil hinter der Theke war, dachte ich mir, daß Gary immer noch nicht zur Arbeit erschien. Weil Leute an der Theke standen und ihre Bestellungen schrien, ging ich Gil zur Hand. Nachdem ich ein paar Bestellungen entgegengenommen und ein paar Dollar in das Trinkgeldglas geworfen hatte, konnten wir endlich ein wenig durchatmen.

»Vielen Dank«, sagte Gil. »Ich dachte schon, ich drehe hier durch.«

Wir hörten uns eine seiner blöden Reggae-CDs an.

»Was dagegen, wenn ich ein bißchen Blondie auflege?« sagte ich.

»Mach ruhig«, sagte er.

Ich schob *Parallel Lines* in den CD-Spieler, dann sagte ich zu Gil: »Gary kommt also heute nicht?«

»Hast du das Schild vorne in der Bar nicht gesehen?«

»Welches Schild?«

»Frank sucht einen neuen Barkeeper für abends und

nachts. Anscheinend ist Gary endgültig weg vom Fenster.«

»Echt?« sagte ich. »Das ist wirklich schlimm.«

»Das finde ich nicht«, sagte Gil. »Wenn der Typ so mies drauf ist, daß er seinen eigenen Vater beklaut, dann soll er doch sehen, wo er bleibt.«

»Klar, stimmt schon«, sagte ich. »Ich meine, es ist wirklich schlimm für Frank. Verfahrene Kiste, wie immer man's auch sieht.«

Gil und ich nahmen noch ein paar Getränkebestellungen entgegen, dann ließ der Andrang nach. Ich wollte gerade eine Pause machen, mir eventuell in der Küche einen Happen zu essen holen, als zwei Polizisten die Bar betraten. Es waren nicht dieselben Cops wie neulich. Der eine war ein schmaler Weißer, etwa so groß wie ich. Der andere war ein stämmiger kleiner Schwarzer. Ich hatte keine Zeit zu überlegen, was los war. Der schwarze Cop kam direkt zu mir an den Tresen und fragte: »Ist Frank O'Reilley da?«

»Ich weiß es nicht«, sagte ich. »Warum? Worum geht's überhaupt?«

»Um eine private Angelegenheit. Wir müssen sofort mit Mr. O'Reilley sprechen.«

Gil kam rüber. »Frank ist hinten, in seinem Büro. Gehen Sie einfach nach hinten durch, es ist die erste Tür rechts.«

»Was glaubst du, was da los ist?« fragte mich Gil.

»Wahrscheinlich hat es noch was mit dem Diebstahl zu tun«, sagte ich. »Vielleicht haben sie den Täter gefaßt.«

Gil ging eine Bestellung entgegennehmen, und ich zapfte mir ein großes Sam Adams. Ich kippte mir die Hälfte hinter die Binde, wurde aber davon nicht lockerer. Krampfhaft überlegte ich mir alle möglichen Gründe, weshalb die Polizei hier sein könnte, nur an einen Grund mochte ich nicht denken. Hoffentlich hatte es etwas mit dem Diebstahl zu tun, aber falls es um Debbie ging, war es vielleicht nicht so schlimm, wie ich befürchtete. Vielleicht hatte Frank sie eben erst als vermißt gemeldet. Das wäre verständlich, schließlich hatte sie nicht neben ihm im Bett gelegen, als er heute morgen aufwachte.

Allmählich fühlte ich mich wieder besser. Man konnte sie unmöglich so schnell finden... nicht an der Stelle, wo ich sie abgelegt hatte.

Die Cops kamen wieder nach vorn und verließen die Bar, ohne mich eines Blickes zu würdigen. Sie wirkten ernst, als hätten sie gerade jemandem erzählt, seine Frau sei in irgendeinem halbgefrorenen Sumpf in Brooklyn tot aufgefunden worden. Dann kam Frank nach vorn, er weinte, als wäre er auf einer Beerdigung, und da wußte ich, daß ich recht hatte.

Er hatte seinen Mantel über eine Schulter gehängt und ging in Richtung Tür. Ich schnitt ihm den Weg ab.

»Was ist denn los?« fragte ich. »Was ist passiert?«

Er sah mich an. Sein Gesicht war verzerrt, Tränen strömten ihm über die Wangen.

»Sie ist tot!« schrie er. »Scheiße, sie ist tot!«

Debbie Harry sang gerade *Heart of Glass*, und in der Bar war es so laut, daß uns nur die in der Nähe Stehenden beachteten.

»Wer?« sagte ich.

»Debbie«, sagte er unter Tränen. »Ich muß hier raus.«

»Was soll das heißen, ›tot‹?« fragte ich. »Was geht hier ab?«

»Ich muß los«, sagte Frank und weinte noch heftiger. »Die Cops nehmen mich mit, ich soll die Leiche identifizieren.«

»Wo?«

»Brooklyn.«

»Was?«

»Laß mich raus hier.«

»Das ist doch verrückt«, sagte ich. »Es muß sich um einen Irrtum handeln.«

»Es ist kein Irrtum!«

»Woher weißt du das?«

»Sie ist letzte Nacht nicht nach Hause gekommen. Sie... verdammt, laß mich endlich raus.«

Frank ging. Durchs Fenster sah ich, wie er zu den beiden Polizisten in den Streifenwagen stieg und wegfuhr.

Ich wußte, daß ich keinen Fehler gemacht hatte. Frank war jetzt dermaßen durch den Wind, daß er keinen klaren Gedanken fassen konnte. Doch auch später, wenn er sich ein wenig beruhigt hatte, würde er mich nicht verdächtigen. Er würde glauben, irgendein Typ, den sie über eine dieser Bekanntschaftsanzeigen kennengelernt hatte, hätte sie umgebracht. Und falls er mich doch im Verdacht hätte, würde ihm einfallen, wie ich mich verhalten hatte, als er gegangen war, um den Leichnam zu identifizieren. Ihm würde einfallen, daß ich genauso überrascht gewesen war wie er und all das gesagt hatte, was Unschuldige normalerweise so sagen.

Zurück am Tresen erzählte ich Gil, was los war. Zuerst

wollte er mir nicht glauben; ich mußte es zwei-, dreimal wiederholen. Dann sagte er unter Tränen: »O Mann, ich fasse es nicht. Der arme Kerl. Mein Gott.«

»Das ist wirklich beschissen«, sagte ich traurig und schüttelte den Kopf.

Gil wollte wissen, ob wir meiner Meinung nach heute abend die Bar schließen sollten.

»Wohl eher nicht«, sagte ich. »Frank hat das nicht von mir verlangt, und außerdem ist es vielleicht gar nicht Debbies Leichnam, den sie da draußen gefunden haben. Vielleicht kommt sie jeden Moment hier reinspaziert.«

Ich ging in die Küche. Rodrigo unterhielt sich gerade auf spanisch mit dem mexikanischen Tellerwäscher. Als sie mich sahen, verstummten sie.

»Verzeihung, darf ich mal kurz allein mit Rodrigo sprechen?« sagte ich zu dem Tellerwäscher.

Der Bursche sah mich verständnislos an, als könne er kein Englisch. Er ging erst, nachdem Rodrigo übersetzt hatte.

»Was willst du mit mir?« sagte Rodrigo.

»*Von* mir«, korrigierte ich ihn.

Rodrigo machte Anstalten zu gehen.

»Bleibst du mal einen Augenblick hier?« sagte ich. »Ich will das geklärt haben.«

Rodrigo blieb stehen und wartete, daß ich fortfuhr.

»Wir arbeiten doch beide hier, nicht wahr?« sagte ich. »Warum sollten wir also rumlaufen und so tun, als haßten wir einander? Ich weiß nicht, wie's bei dir ist, aber mich nervt das total. So, wie ich das sehe, haben wir beide Fehler gemacht, warum sprechen wir uns also nicht aus und vergessen das Ganze? Keine Ahnung, wie du das siehst, aber ich hege keinen Groll gegen dich... ich bin dir nicht böse. Na, was sagst du dazu, Rodrigo? Sind wir *amigos*?«

Einen Moment lang stand Rodrigo einfach nur da und sagte kein Wort. Dann sagte er etwas auf spanisch und verließ die Küche.

Ich machte mir Sorgen um Rodrigo. Ich glaubte zwar nicht, daß er mich verpfeifen und das Risiko eingehen würde, abgeschoben zu werden, aber ich mußte ihn auf alle Fälle im Auge behalten.

Ich briet mir zwei dicke Hamburger, dann ging ich wieder nach vorn. Weil allmählich wieder mehr los war, stellte ich mich an den Tresen, um Gil zu helfen. Der hatte die Neuigkeit offenbar Kathy erzählt. Sie war nicht gut drauf, weinte, und ich sagte ihr, sie solle sich keine Sorgen machen... alles werde wieder gut.

Ich wußte, daß irgendwann an diesem Abend die Polizei in die Bar kommen würde, wahrscheinlich nachdem Frank Debbie identifiziert hatte, aber ich machte mich deswegen nicht verrückt. Es war Pech, daß sie die Leiche so schnell gefunden hatten – zugegeben, zuerst hatte es mir eine Heidenangst eingejagt –, aber jetzt wußte ich, daß es nicht weiter wichtig war. Die Polizei wußte immer noch nicht, wer sie getötet hatte, weil es keine Beweise gab. Um ganz sicherzugehen, würde ich später in der Nacht den restlichen Dreck aus meinem Wagen entfernen und dann einfach so weitermachen wie bisher, dann würde schon alles gut werden.

Ich war nicht einmal besorgt, als der Übertragungswagen von Eyewitness News vor der Bar hielt und eine

Reporterin, die ich aus dem Fernsehen kannte, die Kneipe betrat, gefolgt von einem Typ mit Kamera. Alle sahen zu, als die Frau zu mir an die Theke kam.

»Ich bin Marcia Cole von Eyewitness News. Arbeiten Sie hier?«

»Ja«, sagte ich.

»Kannten Sie Deborah O'Reilley?«

»Natürlich!«

»Möchten Sie sich vor unseren Kameras äußern?«

»In Ordnung«, sagte ich. »Warum nicht.«

Gil drehte die Musik leiser und bat alle Anwesenden, still zu sein. Der Kameramann richtete einen hellen Scheinwerfer auf mich und sagte: »Läuft.« Dann hielt mir Marcia ein großes Mikro vors Gesicht und fragte: »Kannten Sie Deborah O'Reilley gut?«

»Nicht sehr gut«, sagte ich. »Aber wir haben uns jedesmal unterhalten, wenn sie in die Bar kam.«

»Waren Sie überrascht, als Sie hörten, daß ihr so etwas zugestoßen ist?«

»Sehr sogar. Ich kann's einfach nicht glauben... es will mir nicht in den Kopf. Sie wirkte immer so fröhlich, als hätte sie auf der ganzen Welt keinen Feind. Das ist ein echter Schock. Ein schlimmer Schock, mehr kann ich dazu nicht sagen.«

»Glauben Sie, daß dieser Mord etwas mit dem kürzlichen Diebstahl des Super-Bowl-Wetteinsatzes aus dem Safe dieser Bar zu tun hat?«

»Keine Ahnung«, sagte ich. »Ich kann es mir nicht vorstellen.«

»Glauben Sie, daß Deborah O'Reilleys Stiefsohn Gary

O'Reilley etwas mit dem Mord oder dem Diebstahl zu tun hat?«

»Ich weiß es nicht«, sagte ich. »Hoffentlich nicht.«

»Danke«, sagte Marcia, und der Kameramann hörte auf zu drehen. Dann fragte Marcia, ob Gil auch etwas für die Kameras sagen wolle.

Gil gab eine kurze Stellungnahme ab, dann sprach Marcia mit anderen Leuten in der Bar. Wenige Minuten später trafen die anderen Nachrichtenteams ein. Als erster Sender kam Channel Four, gefolgt von Channel Five, Channel Eleven und New York 1, dann tauchten die Radio- und Zeitungsreporter auf. Die Situation wurde so chaotisch, daß Gil mich fragte, ob ich nicht auch der Meinung sei, wir sollten die Bar schließen. Ich antwortete, das sei vermutlich eine gute Idee.

Ich machte die Musik aus und verkündete laut, alle müßten ihre Drinks stehenlassen und gehen. Es wurde viel geschimpft und gejammert, doch nach ein paar Minuten waren alle außer den Journalisten weg. Weil die neuen Reporter wollten, daß ich etwas für die Kameras sprach, wiederholte ich ziemlich genau das, was ich schon den Leuten von Eyewitness News gesagt hatte. Mir gefiel, daß die vielen Kameras und Scheinwerfer auf mich gerichtet waren. Ich fühlte mich wieder als Schauspieler. Ich trat in einem Kinofilm oder einer Fernsehsendung auf und wußte, daß das erst der Anfang war. Als berühmter Pferdebesitzer würde ich andauernd Pressekonferenzen abhalten.

Plötzlich, als ich gerade ein Interview beendete und an den Kameras und Mikros vorbeischaute, während mir das helle Licht in die Augen schien, entdeckte ich Cheryl Lewis, die blonde Polizistin, die neulich in der Bar gewesen war. Sie wurde von einem anderen Cop und demselben Detective begleitet, der mich befragt hatte. Ich sah sie so lange an, bis sie mich bemerkte, und wir lächelten beide.

»Hallo«, sagte ich, als sie zum Tresen kam. »Lange nicht gesehen.«

»Ich wünschte, ich wäre unter angenehmeren Umständen hier.«

»Echt grauenhaft, nicht wahr?« sagte ich. »Ich kann's immer noch nicht glauben. Weiß man schon, was mit ihr passiert ist?«

»Ersticken gilt als wahrscheinliche Todesursache, aber es werden noch weitere Tests durchgeführt.«

»Großer Gott«, sagte ich kopfschüttelnd.

»Kannten Sie sie sehr gut?«

»Nicht besonders«, sagte ich. »Nur hier aus der Bar. – Arbeiten Sie auch an diesem Fall?«

»Nein, darum kümmern sich Ermittler vom Morddezernat. Wir sind nur aus Routinegründen hier. Da der Diebstahl erst vor wenigen Tagen stattfand, wollen wir prüfen, ob er mit diesem Fall zu tun hat.«

»Der Diebstahl… daran hab ich gar nicht mehr gedacht«, sagte ich. »Glauben Sie denn, der Diebstahl hat damit zu tun, daß die Frau meines Chefs…?«

»Man kann nie wissen«, sagte sie. »Jedenfalls können wir den Detectives vom Morddezernat eventuell mit nützlichen Hinweisen behilflich sein.«

»Hat Ihnen schon mal jemand gesagt, daß Sie wunderschöne Augen haben?«

Sie wirkte irritiert.

»Ich bin verlobt«, sagte sie.

Ein Blick auf ihre linke Hand verriet mir, daß sie einen dicken Klunker trug – hatte den Typ bestimmt zehn Riesen gekostet. Er war so groß und glänzend, daß ich mich fragte, wie ich ihn neulich hatte übersehen können.

»Und?« sagte ich. »Ich mache Ihnen nur ein Kompliment. Wollen Sie mich deswegen verhaften?«

Sie lächelte. »Tut mir leid«, sagte sie dann. »Ich mache heute Überstunden, und es war ein sehr langer Arbeitstag.«

»Kein Problem«, sagte ich. »Also, was machen Sie so, wenn Sie keine Verbrecher fangen?«

»Wie bitte?«

»Gehen Sie gern ins Kino, tanzen, italienisch essen ...?«

»Warum tun Sie das?«

»Was denn?«

»Haben Sie mich nicht verstanden? Ich bin verlobt.«

»Das heißt doch nicht, daß wir nicht irgendwann mal ausgehen können, oder? Ich will Sie keineswegs zu etwas überreden, was Sie nicht wollen, aber ich würde Sie an meinem nächsten freien Abend liebend gern zum Essen einladen.«

»Tut mir leid«, sagte sie.

»Das macht nichts«, sagte ich. »Vielleicht ein andermal.«

Wenige Minuten später trafen ein paar andere Detectives ein und baten alle Journalisten, die Bar zu verlassen. Einer der Detectives kam mir bekannt vor, aber ich konnte ihn nicht einordnen. Er war ein stämmiger Bursche – ungefähr meine Größe, aber dicker – mit kurzen blonden Haaren. Als er merkte, daß ich ihn ansah, kam er zum Tresen.

»Darf ich Ihnen ein paar Fragen stellen?« Dem Dialekt nach war er aus Brooklyn.

»Na klar«, sagte ich.

Er nahm einen kleinen Notizblock heraus.

»Ich bin Detective Scott. Ich arbeite im Morddezernat, Brooklyn-South. Und Sie sind...?«

Als ich den Namen Scott hörte, machte es bei mir klick.

»Mikey?« sagte ich.

Der Detective sah von seinem Notizblock auf. »Kenne ich Sie?«

»Ich bin's – Tommy. Tommy Russo. Weißt du noch... zweites Schuljahr, Footballmannschaft auf der Canarsie High-School. Ich hab linker Tackle gespielt, du warst Center.«

Der Detective starrte mich immer noch an. Einen Augenblick lang dachte ich, ich hätte mich getäuscht, doch dann lächelte er und sagte: »Ach du dickes Ei, der verdammte Tommy Russo. Wie geht's dir denn, altes Haus?«

Wir gaben uns die Hand.

»Unfaßbar, daß du mich nicht erkannt hast«, sagte ich. »Hab ich mich denn so verändert?«

»Tja, könnte sein, daß du ein paar Pfündchen zugelegt hast.«

»Das mußt du gerade sagen«, sagte ich.

Wir lachten beide.

»Was hast du denn die letzten fünfzehn Jahre so getrieben?«

»Ich arbeite hier«, sagte ich.

»Das sehe ich. Was bist du, Barkeeper?«

»Rausschmeißer«, sagte ich.

»Harter Bursche.«

»Na, du weißt ja, wie's ist. Und du? Wie lange bist du schon Cop?«

»Ich bin seit elf Jahren bei der Polizei, seit drei als Detective.«

»Ich wußte ja immer, daß du's mal weit bringen würdest.«

»Ich würde liebend gern noch ein wenig plaudern, aber wir sollten das hier zuerst hinter uns bringen«, sagte Mike. »Es ist reine Routine, aber ich muß dir einfach einige Fragen stellen.«

»Nur zu«, sagte ich.

Er stellte mir ein paar Fragen – wie lange ich schon in der Bar arbeitete, ob ich Debbie O'Reilley kannte, und andere Fragen, die ich auch, ohne nachzudenken, hätte beantworten können. Dann sagte er: »Und kannst du mir sagen, wo du dich gestern nacht aufgehalten hast?«

Offenbar bemerkte er den Blick, den ich ihm zuwarf, denn er ergänzte: »Reine Routine. Wir wollen nur ein paar Eindrücke von dem sammeln, was letzte Nacht los war, um uns anschließend einen Gesamteindruck zu verschaffen.«

»Ich habe am Tresen gearbeitet«, sagte ich.

»Wann bist du hier eingetroffen?«

»Gegen sechs.«

»Und wann bist du wieder gegangen?«

»Früh … gegen halb zwölf. Ich war total groggy. Bin gestern nachmittag um drei aus Vegas zurückgekommen.«

»Was hast du in Vegas gemacht?«

»Einen Haufen Geld verloren, ein bißchen was gewonnen. Das Übliche.«

Mike lächelte, machte sich dabei Notizen.

»Ich möchte dich noch etwas anderes fragen«, sagte Mike. »Glaubst du, Gary O'Reilley würde seine Stiefmutter umbringen?«

»Das haben mich vorhin schon die Journalisten gefragt. Meine Güte, ich weiß nicht. Ich weiß zwar, daß der Knabe ein echter Hitzkopf war, aber hoffentlich ist er nicht so weit gegangen.«

»Was meinst du mit ›Hitzkopf‹?«

»Ich will wirklich nicht über den Typ herziehen, sagen wir einfach, er hatte seine Probleme damit, wie Debbie mit Frank umsprang.«

»Beispielsweise …«

»Einmal hat er mir gesagt, wie sehr er sie haßte. Ich weiß zwar nicht, ob du das schon gehört hast, aber Debbie war eine echte Schlampe. Dauernd kam sie mit irgendwelchen Kerlen hier angetanzt, hat vor Frank das Maul aufgerissen, und Gary unternahm zwar nichts, war aber stinksauer, das ließ sich nicht übersehen. Nachher sagte er zu mir, daß er sie umbringen könnte, daß er sie loswerden wolle, solche Sachen eben.«

»Er sagte, er wollte sie umbringen?«

»Tja, das hat er wohl gesagt. Was nicht bedeutet, daß es ihm Ernst war. Klar, 'ne Menge Leute sagen solche Sachen, wenn sie wütend sind. Aber gesagt hat er's… mehrmals.«

»Wie oft?«

»O Gott, weiß auch nicht. Zwei-, dreimal. Vielleicht auch öfter.«

»Ist er dir gegenüber mal konkreter geworden? Hat er

zum Beispiel erwähnt, er habe irgendeine Waffe oder so was?«

»Nein, nichts dergleichen. Wie gesagt, es war nur Gerede.«

»Hast du Gary O'Reilley gestern gesehen?«

»Nee, ich hab ihn seit Montag abend nicht mehr gesehen, als er hier rausgestürmt ist.«

»Warum hat er das getan?«

»Er hatte sich mit Frank gestritten. Frank wollte mich zum Geschäftsführer der Kneipe machen, bevor er nach Arizona zieht, und deswegen war Gary ziemlich stinkig.«

»Von Detective Edwards weiß ich, daß du in der Nacht, als der Safe ausgeräumt wurde, Gary vor der Bar gesehen hast.«

»Das stimmt«, sagte ich.

»Was ist mit Frank O'Reilley?«

»Was soll mit ihm sein?«

»Glaubst du, er hätte seine Frau töten können?«

»Frank? Auf keinen Fall.«

»Wie kannst du dir so sicher sein?«

»Erstens, Debbies Mörder war ein Tier, und Frank könnte keiner Fliege was zuleide tun. Zweitens, der Typ liebte seine Frau.«

»Du hast ausgesagt, Debbie O'Reilley hätte ihren Mann ständig lächerlich gemacht. Vielleicht hat ihm das so zugesetzt, daß er ausgerastet ist.«

»Möglich wäre es vielleicht«, gab ich zu. »Wie man so sagt: Wer steckt schon in den Leuten drin. Aber ich wäre echt überrascht.«

Mike beendete seine Notizen.

»Tja, das wär's fürs erste. Gib mir am besten deine Telefonnummer und Adresse, ich kann mir nämlich vorstellen, daß wir noch mehr Informationen von dir brauchen.«

Ich gab ihm, was er wollte, und fragte dann: »Habt ihr schon irgendwelche heißen Spuren?«

»Zur Zeit haben wir deinen Chef auf dem Revier in Brooklyn, und Kollegen von mir befragen ihn. Sehr wahrscheinlich wurde die Frau von einem ihrer Liebhaber erledigt. Da hat sich mal der Falsche auf eine ihrer Anzeigen gemeldet und sie alle gemacht... so was kommt andauernd vor.«

»Gestörte Wichser.«

»Da hast du recht.«

Mike ging quer durch die Bar, um mit dem anderen Detective zu reden. Die beiden Uniformierten, die früher gekommen waren – einschließlich Cheryl –, waren weg. Offenbar hatten sie sich verkrümelt, während ich mich mit Mike unterhielt.

Die nächsten ein, zwei Stunden waren ziemlich öde. Mike und die anderen Detectives saßen an einem Tisch und redeten, während Gil am Tresen hockte und ein Buch las. Kathy blieb noch eine Weile, dann ging sie heim. Rodrigo und das restliche Küchenpersonal machten sich auch aus dem Staub. Ich wäre am liebsten verschwunden, wußte aber, daß das nicht gut ausgesehen hätte. Am besten blieb ich... damit es so aussah, als hätte ich nichts zu verbergen. Laut Mike würde man Frank wieder in die Bar bringen, nachdem man auf dem Revier in Brooklyn mit ihm fertig war, und auch aus diesem Grund wollte ich bleiben. Frank war schon vorher in ziemlich schlechter Verfassung gewesen, und ich wollte dasein, wenn er zurückkam, vielleicht konnte ich ihm ja irgendwie beistehen.

Ich brachte den Detectives eine Runde Cokes, dann schaltete ich den Fernseher ein und schaute mir auf dem Sportsender ESPN Eishockey-Highlights an. Dann sah ich mir auf TNT ein Basketballspiel an – die Suns gegen die Sixers –, obwohl ich Profi-Basketball nicht ausstehen konnte und mir egal war, wer gewann.

Frank betrat die Bar gegen elf Uhr. Er hatte rote, geschwollene Augen, und sein schütteres graues Haar war wirr. Eine Zeitlang setzte er sich zu den Detectives und beantwortete noch mehr Fragen. Er weinte zwar nicht mehr, sah aber fix und fertig aus. Nach etwa einer halben Stunde standen die Detectives auf, um zu gehen. Mike kam zur Theke und gab mir die Hand. Er sagte, vielleicht werde er sich bald bei mir melden, falls nicht, würden wir uns hoffentlich irgendwann mal wieder über den Weg laufen. Dann beugte er sich über den Tresen und flüsterte mir ins Ohr: »Sorg dafür, daß dein Chef heute gut nach Hause kommt, Kumpel.«

Als die Detectives weg waren, nahm ich gegenüber von Frank an seinem Tisch Platz.

»Soll ich dich in ein Taxi setzen?«

»Es geht schon«, sagte er. »Ich könnte aber einen kräftigen Drink vertragen.«

Ich machte Frank einen Gin-Tonic, nahm dazu die doppelte Menge Gin. Ich sagte Gil, es wäre wohl am besten, wenn er verschwand. Gil ging nach hinten und holte seine Jacke. Beim Gehen schüttelte er Franks Hand und sagte:

»Und vergiß nicht, daß ich für dich da bin, wenn du mich brauchst.«

Dann ging Gil, und jetzt waren nur noch Frank und ich in der Kneipe. Ich saß vis à vis von ihm und sah zu, wie er seinen Drink schlürfte. Es war ruhig, und ich hielt den Mund, wollte Frank den Vortritt lassen. Er behandelte mich immer wie seinen Sohn, und als sein Sohn hatte ich dazusitzen und zu schweigen.

Schließlich sagte Frank, als befänden wir uns gerade in einer angeregten Unterhaltung: »Sie sagten, eventuell bräuchte ich einen Anwalt.«

»Einen Anwalt?« wiederholte ich. »Warum?«

»Was glaubst du denn? Weißt du, was sie drüben in Brooklyn mit mir gemacht haben? Mich ins Kreuzverhör genommen wie einen elenden Verbrecher. Als sie mir die Leiche zeigten – sie war's tatsächlich –, bin ich fast ohnmächtig geworden. Dann brachten sie mich in ein Zimmer, und ich dachte, sie würden mich jetzt wohl betreuen, mich wegen meines Traumas behandeln. Aber weißt du, was diese Scheißkerle statt dessen gemacht haben? Ausgequetscht haben sie mich, gefragt, wo ich letzte Nacht war, wann ich Debbie zum letzten Mal lebend gesehen hätte. Wahrscheinlich hätte ich die Klappe halten und einen Anwalt verlangen sollen, aber ich war im Schockzustand. Diese Typen glauben echt, ich hätte meine Frau umgebracht.«

»Ich würde mir deswegen keine grauen Haare wachsen lassen«, sagte ich. »Das waren bestimmt reine Routinefragen. Als du weg warst, haben die Cops mich, Gil, Kathy und sogar die Jungs aus der Küche vernommen. Ich würde das nicht persönlich nehmen…«

»Sie wollen mein Blut.«

»Heißt das, sie wollen dir an den Kragen, oder wollen sie wirklich dein Blut haben?«

»Beides. Der Gerichtsmediziner oder Leichenbeschauer – oder wie man diese Leute nennt – hat irgendwelche verwertbaren Spuren auf Debbies Leiche gefunden, und jetzt wollen sie die DNA vergleichen.«

»Im Ernst?« sagte ich, bemüht, ruhig zu bleiben.

»Diese Scheiß-Detectives halten mich für irgendeinen Gestörten, der seine Frau umbringt und dann in Brooklyn ablädt. Ich hab den Cops gesagt, daß ich mich sogar am hellichten Tag in Brooklyn verlaufen würde. Warum sollte ich meine Frau dahin schaffen, wenn ich sie wirklich ermorden wollte? Total verrückt ist das alles… verrückt.«

»Du solltest wirklich nach Hause fahren und dich ausruhen«, sagte ich. »Soll ich dich jetzt in ein Taxi setzen?«

»Gleich«, sagte Frank. »Laß mich erst austrinken.« Er nahm noch einen Schluck, dann sagte er: »Weißt du, was mir echt den Rest gibt? Fred Arschloch Harrison, dieser Detektiv, den ich auf Debbie angesetzt habe. Wenn er seine Arbeit gemacht hätte, wenn er Debbie letzte Nacht gefolgt wäre, wie vereinbart…«

»He, so darfst du das nicht sehen«, sagte ich. »Guck mal, manche Dinge passieren nun mal, und dann sind sie vorbei, und du mußt sie einfach vergessen.«

»Ich weiß, was du meinst«, sagte Frank, »aber trotzdem. Ich wünschte nur, ich hätte irgendwas tun können. Ich habe zwar alles versucht, aber sie wollte einfach nicht auf mich hören. Es ist nicht meine Schuld. Ich wollte nicht, daß so etwas passiert.«

Frank hielt sich die Hände vors Gesicht und fing an zu weinen.

Nach ein paar Minuten riß er sich endlich zusammen. Er kippte den Rest seines Drinks runter und sagte dann: »Ich muß machen, daß ich hier rauskomme. Tust du mir einen Gefallen? Mach du heute mal den Laden dicht, ja?«

»Na klar, Kumpel. Soll ich dir jetzt ein Taxi holen?«

»Nein, ist schon in Ordnung. He, Tommy, bevor ich gehe, möchte ich dich was fragen, und ich will keine Ausflüchte hören. Kein Rumgerede, klar? Ich will die Wahrheit wissen. Schau mir einfach in die Augen und sag's... raus damit.«

O Gott, nicht schon wieder. Genau wie kürzlich nachts, als ich ihm versichern mußte, daß ich den Safe nicht geplündert hatte, wollte er nun von mir hören, daß ich seine Frau nicht umgebracht hatte. Gerade wollte ich wieder wütend werden, so wie jeder andere, wenn man ihn fälschlicherweise einer Tat beschuldigt, als mir Frank zuvorkam: »Glaubst du, ich war's, Tommy? Glaubst du, ich hab sie ermordet?«

Ich stand einen Moment da, dann nahm ich ihn fest in die Arme und klopfte ihm ein paarmal auf den Rücken.

»Natürlich glaub ich das nicht«, sagte ich. »Ich fasse es nicht, daß du mich so was fragst.«

»Danke, Tommy. Das ist mir sehr wichtig.«

Ich begleitete ihn nach draußen auf den Gehsteig und sah zu, wie er in ein Taxi stieg.

Zurück in der Bar kippte ich ein großes Sam Adams und überlegte, was das wohl für verwertbare Spuren sein mochten. Ich hatte in jener Nacht zwar begonnen, mit Debbie zu vögeln, den Beischlaf aber nicht beendet, meinen Samen konnten sie also nicht haben. Da ich nicht auf Debbie geblutet hatte, konnten sie auch mein Blut nicht haben. Die Spuren stammten also entweder von jemand anderem, oder es gab gar keine Spuren, und die Polizei hatte einen Fehler gemacht. Ich nahm nicht an, daß ich mir Sorgen machen mußte.

Ich zapfte mir noch ein Bier, dann stellte ich Stühle und Hocker hoch. Als ich den Schankraum soweit aufgeräumt hatte, ging ich nach hinten in die Küche und vergewisserte mich, daß alles ausgeschaltet und weggestellt war. Dann zog ich meinen Mantel an, ging auf die Toilette und steckte mir etwa ein Dutzend angefeuchtete Papierhandtücher in die Manteltasche. Ich machte alle Lampen aus, die Alarmanlage an, ging ins Freie, zog die Gitter runter und schloß ab.

Es war nicht so kalt wie in den letzten Nächten. Auf den Gehsteigen lag kein Schnee mehr, und es war windstill. Ich fühlte mich so gut, daß ich die beiden obersten Knöpfe meines Mantels aufmachte, um den angenehmen kühlen Luftzug auf meinem Oberkörper zu spüren.

Ich bog in meine Straße ein, ging aber nicht zu meinem Apartment, sondern zum Auto. Ich schaute mich um, ob auch niemand zusah, dann machte ich die Fahrertür auf. Mit den Papierhandtüchern rieb ich den trockenen Schlamm von Sitz, Boden, Armaturenbrett und Lenkrad. Er ging viel leichter ab, als ich gedacht hatte, und nach wenigen Minuten war alles weg. Ich beugte mich noch über den Sitz, wollte mich aber gerade aufrichten, als ich hinter mir jemanden hörte. Mir rutschte das Herz in die Hose, während ich mich fragte, ob da vielleicht ein Polizist stand. Ich richtete mich auf, drehte mich um und atmete tief aus. Es war nur ein zufällig vorbeikommender Obdachloser, der irgendwas vor sich hin nuschelte.

Ich ging in mein Apartment und zog mich nackt aus. Dann machte ich das Licht aus und stieg ins Bett. Ich drehte mich auf die Seite und überlegte, welche Klamotten ich an meinem ersten Tag als Pferdebesitzer anziehen würde.

15

In den Morgennachrichten des Fernsehens zeigten sie Bilder aus dem Marine Park, Brooklyn. Sanitäter brachten Debbies mit einem weißen Laken bedeckte Leiche auf einer Trage weg. Dann kam eine Einstellung aus dem O'Reilley's, und der Reporter berichtete, Debbie O'Reilley sei die Frau des Besitzers dieser Kneipe, wo am vorigen Samstag die Super-Bowl-Wettkasse gestohlen worden sei. Der Reporter fuhr fort, die Polizei suche Frank O'Reilleys Sohn Gary O'Reilley, der im Verdacht stehe, den Safe ausgeraubt zu haben. »Laut einer Polizeisprecherin«, fuhr der Reporter fort, »gilt Gary O'Reilley nicht unbedingt als Tatverdächtiger in dem neuen Fall, die Polizei würde ihn nur gern vernehmen.« Dann kam ein mir unbekannter Detective ins Bild und sagte: »Momentan können wir keine Möglichkeit ausschließen. Zur Zeit würden wir alle gern Gary O'Reilley finden und erfahren, ob er uns irgendwie helfen kann. Doch da er gegenwärtig nicht auffindbar ist und da in seiner Familie ein Mord stattgefunden hat, könnte durchaus auch er persönlich in Gefahr sein.« Dann war ich zu sehen. Ich stand hinter der Theke, sagte, ich sei schokkiert und hätte nie gedacht, daß so etwas passieren könnte. Doch eigentlich war egal, was ich sagte, weil ich die einzelnen Wörter gar nicht hörte. Ich war wie betäubt, starrte mein Abbild an und dachte, wie natürlich ich im Fernsehen aussah. Mein Bart wuchs voll und dicht, ich wirkte entspannt und selbstsicher. Manche Menschen sahen im Fernsehen aus, als seien sie dort fehl am Platz, aber ich nicht. Ich sah wie ein echter Filmstar aus.

Der Bericht war zu Ende. Ich stand auf und betrachtete mich im Badezimmerspiegel. Ich fand, daß ich toll aussah, und ich war mir sicher, daß mich die Polizei nie erwischen würde.

Ich fuhr meinen Wagen um die Ecke, wo man um diese Tageszeit parken durfte, und ging anschließend in einen Supermarkt. Zwar hatte ich nur noch etwa fünfzig Dollar, wollte aber zur Abwechslung mal etwas Richtiges essen. Ich kaufte Käse... Schweizer, Cheddar und ein Päckchen mit diesen kleinen, einzeln in Folie verpackten Dreiecken. Außerdem kaufte ich zwei verschiedene Dips und Schachteln mit Kräckern. Mit Hot dogs, Pizza und schmierigen Imbißschuppen hatte ich abgeschlossen: Von jetzt an sollte bei mir alles stilvoll ablaufen.

Als ich nach Hause kam, klingelte das Telefon.

»Tommy, Costas am Apparat.«

Mein verfluchter Vermieter.

»Was gibt's?« sagte ich, immer noch schwer atmend, weil ich eben erst die Treppen raufgekommen war.

»Das sollten Sie mir eigentlich verraten«, sagte er. »Wieso rufen Sie mich nicht zurück? Seit einer Woche versuche ich täglich, Sie zu erreichen.«

»Ich war in letzter Zeit sehr beschäftigt.«

»Beschäftigt? Was ist mit meinem Haus? Die Mieter beschweren sich bei mir... das Haus sei ein Schweinestall, es werde nicht geputzt. Alle haben Mäuse und Schaben. In den Fluren stapelt sich der Müll. Also komme ich gestern vorbei, um mir selbst ein Bild zu machen. Ich traue meinen Augen nicht! Sie glauben doch nicht, ich lasse Sie diese niedrige Miete zahlen, damit Sie nichts tun, oder?«

»Ich habe aber geputzt«, widersprach ich.

»Geputzt? Was Sie putzen nennen, ist Mist. Glauben Sie etwa, ich bezahle Sie für nichts?! Glauben Sie vielleicht, ich verteile hier Sozialhilfe?! Glauben Sie...«

Ich legte auf. Sekunden später klingelte das Telefon erneut.

»Was ist los?« sagte ich, bereit, das Kabel aus der Wand zu ziehen.

»Tag, ich hätte gern Tommy Russo gesprochen.« Es war eine Männerstimme.

»Wer ist da?«

»Detective Scott... Ich bin's, Tommy, Mike.«

»Hey, Mikey, ich dachte, es wäre... ist ja egal. Wie geht's?«

»Ganz gut. Ich wollte fragen, ob du heute ein wenig Zeit hättest, um uns noch ein paar Fragen zu beantworten?«

»Was gibt's denn?«

»Nicht viel«, sagte er. »Nur ein paar neue Entwicklungen. Es dürfte nicht sehr lange dauern und wäre uns eine wirklich große Hilfe.«

»Worum dreht es sich?«

»Reine Routine... wir sprechen mit allen aus der Bar.«

»Ich bin ziemlich beschäftigt«, sagte ich. »Um fünf muß ich arbeiten.«

»Es dauert bestimmt nicht lange – höchstens eine Stunde. Du findest uns im 19. Revier an der Sixty-seventh Street zwischen Third und Lexington. Ich wäre dir dankbar, wenn du gegen zwei Uhr hier sein könntest.«

»Na schön, ich komme vorbei.«

»Danke, Kumpel.«

Um Punkt zwei traf ich im Revier ein. Mike kam nach vorn und nahm mich in Empfang. Er sah genauso aus wie in der Nacht davor, hatte offenbar weder Hemd noch Krawatte gewechselt. Wir gaben uns die Hand, dann begleitete er mich in einen Raum nach hinten. Auf jeder Seite des langen Tisches saßen drei Männer; ich erkannte nur den Detective, der in Sachen Diebstahl ermittelte. Mike setzte sich neben sie und bat mich, auf dem einzigen freien Stuhl gegenüber Platz zu nehmen. Nach Routine sah das nicht aus.

Einer der anderen sagte: »Ich bin Detective Himoto, Mr. Russo. Danke, daß Sie heute hierhergekommen sind.«

Himoto war Amerikaner japanischer Abstammung, sprach aber akzentfrei Englisch.

»Gern geschehen«, sagte ich.

»Das ist Detective Howard«, sagte Himoto, und der Schwarze neben ihm nickte, »und Detective Edwards haben Sie ja wohl schon kennengelernt. Wir wollten nur einige Dinge mit Ihnen durchgehen, Mr. Russo.«

»Ich werde nach Kräften behilflich sein«, sagte ich.

»Zuallererst«, sagte Himoto, »werfen Sie bitte einen Blick auf das hier.«

Er schob mir über den Schreibtisch ein Blatt Papier zu. Ich nahm es in die Hand und las durch, was darauf stand.

Mama, Mama atmet nicht mehr
Mama, Mama, für dich wird's echt schwer
Mama, Mama, lauf besser weg
Denn du mußt leiden, es bleibt nicht beim Schreck

»Ja«, sagte ich und schob das Blatt über die Tischplatte zurück. »Und?«

»Das ist der Text eines Songs, den wir gestern abend in Gary O'Reilleys Wohnung gefunden haben.«

»Tja, hört sich nicht an, als wär er der nächste Michael Jackson, stimmt's?« sagte ich lächelnd.

Alle Detectives lächelten ebenfalls, außer Himoto.

»Auch die Texte etlicher seiner anderen Songs kreisen um Mord und Totschlag«, sagte Himoto. »Hat Gary je mit Ihnen über seine Mordphantasien gesprochen, besonders über solche, die sich mit seiner Stiefmutter beschäftigen?«

»Nein, wie ich Mike – ich meine Detective Scott – gestern abend bereits sagte, kann ich mir nicht vorstellen, daß der Mann jemanden umbringt.«

»Tut mir leid, wenn ich Sie langweile, Mr. Russo, aber wir müssen bei unseren Ermittlungen so gründlich wie möglich vorgehen. So funktioniert polizeiliche Ermittlungsarbeit nun mal. In diesem Stadium wissen wir noch nicht, was wichtig und was unwichtig ist, daher müssen wir davon ausgehen, daß alles wichtig ist, und dann weitermachen. Ich wäre also für Ihre Kooperation und Geduld dankbar.«

Mir gefiel gar nicht, wie Himoto vor den anderen Detectives von oben herab mit mir sprach.

»Kein Problem«, sagte ich. »Wie gesagt, ich möchte Ihnen, so gut ich kann, behilflich sein.«

»Hat Gary O'Reilley versucht, Kontakt zu Ihnen aufzunehmen?« fragte Himoto.

»Soll das 'n Witz sein? Er redet kaum mit mir.«

»Warum nicht?«

»Wie das halt manchmal so ist. Uns verbindet nicht viel, schätze ich.«

»Kennen Sie Freunde von ihm, bei denen er untergekommen sein könnte?«

Ich schüttelte den Kopf.

»Waren nie Freunde von ihm in der Bar?«

»Schon, gelegentlich, aber von denen kannte ich keine. Das heißt, wenn Sie mir Fotos zeigen, könnte ich den einen oder anderen identifizieren. Augenblick mal, mir fällt gerade ein, daß sich manchmal einer aus seiner Band mit ihm in der Bar verabredet hat. Er hatte einen Pferdeschwanz, ich weiß aber nicht, wie er heißt.«

»Mit den Mitgliedern seiner Band haben wir gesprochen«, sagte Himoto. »Ich hatte gehofft, daß Sie jemand anderen kennen. Vielleicht jemanden, der in Brooklyn wohnt.«

»Leider nicht«, sagte ich.

»Was ist mit Gary O'Reilleys Beziehung zu seiner Stiefmutter?«

»Was soll damit sein?«

»Würden Sie sagen, die beiden standen einander nahe?«

»Nein, eigentlich nicht. Also, Debbie hat dermaßen gesoffen, daß jeder seine Schwierigkeiten hatte, ihr nahezustehen.«

»Standen sie einander möglicherweise näher, als es schien?« fragte Himoto.

»Wie meinen Sie das?«

»Ein Zeuge glaubt sich erinnern zu können, daß er Gary und Debbie einmal Hand in Hand gesehen hat. Halten Sie es für möglich, daß sie... Finden Sie das komisch, Mr. Russo?«

»Verzeihung«, sagte ich, als mir klar wurde, daß ich offenbar gelächelt hatte. »Allein von der Vorstellung, Gary und Debbie hätten was miteinander gehabt, wird einem ganz anders. Außerdem ist es unmöglich.«

»Weshalb sollte das unmöglich sein? Soviel wir wissen, hatte Debbie häufig wechselnde Geschlechtspartner.«

»Das stimmt«, sagte ich. »Aber sagen wir einfach, Frauen sind wohl nicht unbedingt Garys Typ.«

»Wußten Sie, daß Gary O'Reilley eine feste Freundin hat?«

»Nein, wußte ich nicht.«

»Es stimmt aber. Ich möchte Ihnen noch eine Frage stellen, Mr. Russo. Haben Sie etwas gegen Homosexuelle?«

»Wie kommen Sie darauf?«

»Weil Sie zu dem Thema offenbar eine sarkastisch-aggressive Einstellung haben. Zufällig ist mein Sohn schwul, daher würde ich es begrüßen, wenn Sie für den Rest unseres Gesprächs Ihre privaten Ansichten beiseite lassen. Wäre Ihnen das möglich?«

»Kein Problem«, sagte ich und überlegte, wieso mich Himoto auf dem Kieker hatte.

Himoto atmete tief durch und sagte dann: »Von Detective Scott weiß ich, daß Sie Gary Montag abend in der Bar gesehen haben. Wissen Sie noch, um welche Zeit er ging?«

»Puh, mal überlegen«, sagte ich. »Das muß kurz nach achtzehn Uhr gewesen sein.«

»Und was haben Sie danach gemacht?«

»Ich blieb bis Geschäftsschluß, dann hab ich mich aufs Ohr gelegt. Dienstag morgen bin ich nach Vegas geflogen.«

»War die Reise schon länger geplant?«

»Nein, eigentlich nicht«, sagte ich. »Aber ich hatte ein paar freie Tage, also bin ich spontan verreist.«

Himoto sah die anderen Detectives an, stand dann auf und sagte: »Ich glaube, damit haben wir Ihre Zeit für heute genug in Anspruch genommen, Mr. Russo. Danke für Ihr Kommen.«

»Eins sollen Sie noch wissen«, sagte ich.

Himoto drehte sich wieder zu mir um. Auch die anderen Detectives sahen mich an.

»Gary O'Reilley kann mich ums Verrecken nicht ausstehen«, sagte ich. »Er glaubt, daß mich sein Vater lieber hat als ihn, was vermutlich stimmt, und er ist stinksauer, weil Frank die Leitung der Bar mir übergeben will, sobald er nach Arizona zieht. Wenn Sie Gary finden, wird er allen möglichen Mist über mich erzählen. Ich möchte, daß Sie das wissen.«

»Noch mal vielen Dank für Ihre Zeit, Mr. Russo«, sagte Himoto und ging.

Die anderen Detectives gingen ebenfalls, nur Mike nicht.

»Was ist denn dieser Himoto für einer?« fragte ich.

»Laß dir wegen ihm keine grauen Haare wachsen«, sagte Mike. »Du hast nur einen wunden Punkt bei ihm getroffen, das ist alles. Sein Junge ist eine Paradeschwuchtel, Aids-Aktivist, das volle Programm.«

»Die glauben also wirklich, daß es Gary war?« sagte ich,

»Kann sein«, sagte Mike. »Es gibt ein paar DNA-Proben,

die sie ins Labor schicken… vielleicht finden sie ja was Passendes.«

»Was für Proben?« fragte ich.

»An der Leiche wurden ein paar Schamhaare gefunden«, sagte Mike. »Wahrscheinlich hat noch jemand, kurz bevor sie starb, mit ihr gevögelt.«

Mike brachte mich zum Ausgang der Wache und teilte mir unterwegs das Neueste über den Fall mit. Er sagte, die Cops wüßten immer noch nicht viel darüber, wo sich Debbie vor ihrem Tod aufgehalten hatte. Zuletzt sei sie Mittwoch nachmittag gegen halb fünf in einem chinesischen Restaurant an der Second Avenue gesehen worden, man habe aber keine Ahnung, wo sie danach hingegangen oder wie ihre Leiche nach Brooklyn gelangt sei. An der Tür dankte mir Mike noch mal dafür, daß ich gekommen war, und sagte, er bezweifle, daß er noch einmal mit mir sprechen müsse. Wir gaben uns zum Abschied die Hand.

16

Auf der Arbeit hielt allmählich wieder die Normalität Einzug. Cops oder Journalisten waren keine mehr da, nur die üblichen Stammgäste, die sich noch rasch volllaufen ließen, ehe sie nach Hause zu ihren Frauen gingen. Kathy hatte frei, aber Gil saß auf einem Hocker, schrieb in sein Notizbüchlein, und sogar Frank war da, er saß allein an einem Tisch und nippte an einem Bier. Ich war einigermaßen überrascht, Frank in der Bar zu sehen, nachdem er gestern abend so erledigt gewesen war, andererseits war es aber auch verständlich. Vielleicht hatte er endlich eingesehen, daß Debbie nur ein schlimmer Klotz am Bein gewesen war und daß er ohne sie viel mehr vom Leben hatte.

»He«, sagte ich und setzte mich zu ihm.

»He, Tommy«, sagte er und sah hoch. Anscheinend freute er sich, daß ich da war.

»Du siehst viel besser aus als letzte Nacht«, sagte ich.

»Ich sehe beschissen aus, wie du genau weißt«, sagte er. »Eigentlich wollte ich nicht herkommen, wußte aber nicht, was ich sonst tun sollte. Ich hab die ganze Nacht mit Debbies Verwandten telefoniert. Jetzt muß ich eine Beerdigung vorbereiten.«

»He, wenn du willst, kann ich mich darum kümmern«, sagte ich.

»Nett von dir, Tommy, aber das geht schon. Meine Schwester kommt aus Maryland rauf und hilft. Es ist nur so schwer, verstehst du?«

»Du mußt einfach durchhalten, stark sein«, sagte ich. »Ich war vorhin auf dem Polizeirevier.«

»Ja, Gil und Gary waren auch da.«

»Gary? Ich dachte, sie…«

»Das ist die gute Nachricht. Laut Polizei ist Gary kein Tatverdächtiger mehr.«

»Warum nicht?«

»Er hat für Mittwoch ein Alibi. Er war im Haus eines Freundes in Astoria.«

»Das ist wirklich eine gute Nachricht«, sagte ich. »Ich hänge mal eben meinen Mantel auf.«

Es wurde der lahmste Freitagabend, den ich im O'Reilley's je erlebt hatte. Um acht waren nur zwei Gäste in der Kneipe, und als sie gingen, war der Laden leer.

Ich stand gerade hinten am Tresen und spielte eine Queen-CD, als Rodrigo reinkam. Er warf mir einen finsteren bösen Blick zu, dann setzte er sich zu Frank an den Tisch. Da gerade *We Will Rock You* lief, verstand ich nicht, was Rodrigo sagte, aber das Ganze gefiel mir überhaupt nicht. Frank guckte ein paarmal zu mir rüber, und ich wußte, daß Rodrigo ihm von dem Diebstahl erzählte. Ich begriff nicht, warum er ihm das jetzt sagte, nachdem er es so lange für sich behalten hatte.

Rodrigo saß noch eine Weile bei Frank am Tisch – nur Rodrigo redete, Frank hockte bloß da, blickte gelegentlich zu mir rüber und hörte zu. Dann stand Rodrigo auf und ging, ohne mich noch mal anzusehen, in Richtung Küche.

Ich wollte ihm nach, herausfinden, was los war, als Frank aufstand und sich auf einen Hocker an den Tresen setzte.

»Laß mich raten«, sagte ich, bevor Frank etwas sagen konnte. »Rodrigo wollte mir eins auswischen.«

»Dir eins auswischen?« fragte Frank.

»Wir hatten hier neulich abends einen kleinen Zwischenfall, als du nicht da warst«, sagte ich lächelnd. »Seine Frau kam in die Bar, aber ich wußte nicht, daß es seine Frau war... ich hielt sie einfach für eine gutaussehende junge Mexikanerin. Und du weißt ja, wie ich bin, wenn ich ein hübsches Gesicht sehe. Ich hab sie angequatscht, alles ganz gesittet, doch Rodrigo sah uns und flippte aus. Du weißt doch, Mexikaner und ihr *machismo*.« Ich lachte. »Jedenfalls rastete er aus, hat mich beleidigt, worauf ich etwas über seine Mutter sagte. Jetzt will er sich wohl an mir rächen, indem er dir irgendwelchen Mist über mich erzählt. Hab ich recht?«

»Er sagte, du hättest den Safe ausgeraubt.«

»Ich wußte es. Man sollte meinen, der Typ würde sich originellere Methoden einfallen lassen, als Gerüchte über mich in die Welt zu setzen, wenn er sich an mir rächen will. Wo sind wir hier eigentlich, auf der High-School?«

Frank sah mich unverwandt an.

»Was ist?« sagte ich. »Erzähl mir bloß nicht, du glaubst diese gequirlte Scheiße?«

»Du bist Montag abend nach Vegas geflogen?«

»Ja«, sagte ich. Vermutlich hatten ihm die Cops etwas gesteckt, also hatte es keinen Zweck zu leugnen. »Na und?«

»Ich wollte schon früher was dazu sagen, aber jetzt ergibt das alles Sinn. Woher hast du verdammt noch mal das Geld, um nach Las Vegas zu fliegen?!«

Frank schrie. Ich hatte ihn noch nie jemanden anschreien hören, beschloß aber, es nicht persönlich zu nehmen. Bestimmt war er nur stinkig, weil in letzter Zeit soviel Mist passiert war, und seinen Frust ließ er jetzt an mir aus.

»Ich hab auf der Rennbahn gewonnen«, sagte ich ruhig.

»Hast du mir nicht erzählt, du würdest nicht mehr wetten?«

»Was willst du jetzt hören?« sagte ich. »Das ist halt ein echtes Problem von mir. Und wenn du die Wahrheit wissen willst: Ich hab bei den Anonymen Spielern angefangen.«

»Rodrigo will dich gesehen haben, wie du damals nachts einen großen Müllsack getragen hast, als du nach Hause gingst.«

»Rodrigo lügt.«

»Ich habe in den letzten vierundzwanzig Stunden zuviel durchgemacht, um mir noch mehr Mist bieten zu lassen«, sagte er. »Ehrlich gesagt ist mir der Diebstahl inzwischen ziemlich egal, ich will nur noch die Wahrheit wissen, ein für allemal...«

»Ich hab dir die Wahrheit gesagt. Nun mach mal 'n Punkt, ich kenn doch nicht mal die Kombination des Safes!«

»Vielleicht hast du mich oder Gary mal beim Öffnen beobachtet.«

»Das ist doch irre. Hör nicht auf Rodrigo. Wenn Rodrigo mich beim Diebstahl beobachtet hat, warum hat er's dir dann nicht sofort erzählt?«

Frank atmete tief durch. »Er sagte, er hätte es mir sofort berichtet, befürchtete aber, Ärger mit der Polizei zu kriegen, weil er keine Arbeitserlaubnis hat.«

»Und warum erzählt er's dir jetzt?«

»Heute nachmittag hat er seine Green Card bekommen.«

»Ich bitte dich«, sagte ich. »Der Typ lügt... wahrscheinlich hat er das Geld selbst geklaut, und jetzt will er die Schuld anderen in die Schuhe schieben.«

Während ich redete, kam Gary in die Kneipe gestürmt. Er schien total durchgedreht. Er hatte wirre Haare und sah übermüdet aus, als hätte er seit unserer letzten Begegnung nicht geschlafen. Mit den Armen schlenkernd kam er um den Tresen herum und direkt auf mich zu.

»Er war's«, sagte Gary zu Frank. »Ich hab's dir gleich gesagt, aber du wolltest mir nicht glauben. Erst hat er dich beklaut, dann hat er Debbie umgebracht.«

»Hey, paß auf, was du sagst«, sagte ich.

Gil trat näher und stellte sich hinter Gary.

»Warum beruhigst du dich nicht?« sagte Gil.

»Halt dich verdammt noch mal raus«, sagte Gary. »Das geht nur mich und diesen Mörder hier was an.«

»Hey«, sagte ich zu Frank, »wenn du deinem Jungen nicht sagst, daß er die Klappe halten soll...«

»Andauernd hat sie mit ihm herumgeschäkert«, sagte Gary zu Frank. »Wenn du's nicht weißt, mußt du blind gewesen sein, denn alle anderen haben's gewußt.«

»Hör zu«, sagte ich, »wenn du nicht sofort dein Maul...«

Gary boxte mich unerwartet unter das linke Auge, so daß ich rückwärts in die Schnapsflaschen stolperte. Glas zersplitterte auf dem Boden. Frank und Gil schrien, und die Gruppe Queen sang *We Are The Champions*. Mir war aber nichts weiter passiert. Ich war weder gestürzt noch benommen. Mein Auge tat weh und würde anschwellen, wenn ich kein Eis drauftat. Doch das Eis mußte warten.

»Das war für Debbie«, sagte Gary, »und für meinen Vater.«

Frank brüllte uns an, und Gil versuchte, Gary zurückzuhalten. Doch der riß sich los und probierte wieder, mir einen Schwinger zu verpassen, doch diesmal war ich bereit. Ich trat einen Schritt zurück, und der Schlag ging weit daneben. Ich sah die Lücke, schob Gary von mir weg und verpaßte ihm einen Aufwärtshaken gegen den Kiefer. Zuerst knallte sein Kopf nach hinten, gefolgt vom restlichen Körper. Während er fiel, erwischte ich ihn wieder – voll auf den Mund. So fest hatte ich wohl noch nie jemanden getroffen. Ich hatte meine ganze Kraft in den Schlag gelegt, und er konnte nicht ausweichen. Er kippte voll nach hinten auf den Arsch, als hätte ihm jemand einen Teppich unter den Füßen weggezogen.

»Das reicht«, sagte Frank und packte mich von hinten. »Mach, daß du hier wegkommst, und zwar sofort!«

Gary wand sich auf dem Boden und versuchte aufzustehen. Aus seinem Mund tropfte Blut. Dann spuckte er ein paar Zähne auf den Boden.

»Guck dir das an«, nuschelte er. »Das ist deine Schuld.« Er heulte.

»Gil, heb die Zähne auf und leg sie auf Eis«, sagte Frank. »Vielleicht kann sie ein Zahnarzt wieder einsetzen.«

Gil nahm ein Glas und legte einen blutigen Zahn nach dem anderen hinein.

Frank sah mich an.

»Ich konnte nicht anders«, sagte ich. »Du hast doch gesehen, wie er mich ohne Warnung angegriffen hat.«

»Du sollst hier verschwinden! Sofort!«

»Frank, also wirklich, ich …«

»Raus!«

Gil half Gary auf. Gary sah aus, als würde er jeden Augenblick in Ohnmacht fallen.

»Bring ihn nach hinten ins Klo und mach ihn sauber«, sagte Frank. »Dann fahren wir ihn zum Zahnarzt.«

Frank nahm das Glas mit den Zähnen und tat Eis drauf. Als Gary und Gil nach hinten verschwunden waren, machte ich Anstalten zu gehen. Ich drehte mich noch einmal zu Frank um.

»Bevor ich gehe, sollst du wissen, daß ich nicht lüge«, sagte ich. »Ich weiß nicht, wer den Safe ausgeräumt oder deine Frau umgebracht hat, aber ich war's verdammt noch mal nicht. Und das weißt du auch.«

Frank schwieg.

Ich wartete ein Weilchen, dann fuhr ich fort: »Und keine Sorge wegen der Beißerchen. Ein alter Kumpel von mir hat mal eins auf die Zähne gekriegt. Der Zahnarzt hat ihm ein paar Jackettkronen verpaßt, und der Typ sah nachher aus wie ein Filmstar.«

»Du gehst am besten nach Hause, Tommy.«

»Na gut«, sagte ich. »Ganz wie du willst. Du bist ja schließlich der Chef, stimmt's?«

Ich ging nach hinten, meinen Ledermantel holen. Als ich zurückkam, saß Frank auf einem Barhocker, seinen Kopf in den Händen. Mir war nicht klar, ob er weinte, er bewegte aber den Kopf, als weinte er. Er tat mir ehrlich leid.

»Eines Tages möchte ich immer noch diese Bar leiten«, sagte ich. »Ich weiß, daß ich das hervorragend kann, und wenn du willst, mach ich es für dich. Aber wenn du willst, daß ich nie wieder herkomme, ist das auch in Ordnung. Du sollst nur wissen, daß du für mich trotzdem wie ein Vater bist.«

Ich wandte mich ab, um zu gehen.

»Tommy.«

Ich drehte mich um. Auf einmal sah Frank aus, als wäre er um zehn Jahre gealtert.

»Bis morgen«, sagte er.

Ich lächelte, klappte dann meinen Mantelkragen hoch und verließ die Bar.

17

Um sieben Uhr früh stand ich vor dem Spiegel an meiner Kleiderschranktür. Ich hatte meinen weißen Anzug an, dazu mein schwarzes Hemd, glänzende schwarze Schuhe, eine schwarze Krawatte und meine Glückskette mit der goldenen Hantel. Die Haare hatte ich angeklatscht und den Bart gestutzt. Ich hätte makellos ausgesehen, wäre mein blaues Auge nicht gewesen. Es war über Nacht geschwollen, weil ich kein Eis draufgetan hatte.

Die Rennbahn öffnete erst um elf, aber ich wollte frühzeitig aufbrechen. Sunshine Brandy lief im zweiten Rennen, und ich hatte Angst, es zu verpassen, falls mein Wagen liegenblieb oder so was Ähnliches dazwischenkam. Aber wenn ich sechs Stunden vor Rennbeginn losfuhr, war ich garantiert rechtzeitig da.

Beim Gehen warf ich einen Blick auf die Küchenanrichte. Als ich gestern aus der Bar nach Hause gekommen war, hatte ich bemerkt, daß noch mehr Käse verschwunden war und etwas mehr Kot herumlag. Jetzt waren nur noch zwei Käsebröckchen übrig, und die gesamte Anrichte war von Mäusescheiße übersät. Ich nahm den restlichen Käse aus dem Kühlschrank, verteilte ihn auf der Anrichte, damit die Mäuse sich daran gütlich tun konnten, und machte mich auf die Socken.

Der Wagen sprang sofort an und schaffte es bis zum FDR Drive, ohne vorher abzusaufen. Wenn ich reich war, würde ich mir als erstes einen neuen Wagen kaufen... wahrscheinlich einen leuchtendroten Ferrari. Oder ich würde mir mehrere Autos zulegen, zum Wechseln.

Weil kaum Verkehr war, schaffte ich es in etwa einer Stunde bis zur Rennbahn. Ich überlegte, ob ich zum Zeitvertreib einen Diner aufsuchen und ein Häppchen essen sollte, hatte aber keinen Appetit. Zum Essen war ich zu aufgeregt, außerdem hatte ich mir das Versprechen abgenommen, kein Junkfood mehr in mich reinzustopfen. Von jetzt ab würde ich nur noch in teuren Restaurants essen, aber vermutlich gab es in Ozone Park, Queens, in der Nähe der Rennbahn nicht sehr viele akzeptable Restaurants... schon gar keine, die um acht Uhr morgens geöffnet hatten.

Man sollte meinen, daß die Zeit im Schneckentempo verging, wenn man in einem abgestellten Auto saß und nichts tat, doch als ich das nächstemal auf die Uhr sah, war es elf.

Ich fuhr auf den Parkplatz, zahlte einen Dollar extra für bewachtes Parken, und dann saß ich einfach nur eine Weile da und ließ alles auf mich wirken. Ich erkannte, daß es mit mir seit zwei Wochen rapide bergauf ging. Unlängst in der Jai-Alai-Halle war ich ein Möchtegernschauspieler ohne Perspektive gewesen, doch jetzt gelang alles wie am Schnürchen. Kein Zweifel... daß Pete Logan zu mir ins Auto gestiegen war, etwas Besseres hätte mir nicht passieren können.

Gemessenen Schrittes, damit ich den Anzug nicht durchschwitzte, begab ich mich zum Eingang des Klubhauses. Der Alte an der Kasse sah nicht mal auf, als er meine drei

Dollar nahm. War ich ein berühmter Pferdebesitzer, würde das ganz anders sein, das wußte ich. Vermutlich bekäme ich einen Ausweis, ginge durch einen Spezialeingang, und der Typ an der Tür begrüßte mich mit: »Guten Morgen, Mr. Russo«, und wenn er Glück hatte, würde ich ihn ansehen und seinen Gruß erwidern.

Als ich die Bahn betrat, hatte ich das Gefühl, in ein neues Leben zu treten. Draußen blieb der alte Tommy Russo, und ich war nicht traurig, ihn loszuwerden.

Ich ging auf die Toilette, um zu pinkeln und zu überprüfen, ob ich noch gut aussah. Ein paar Haare waren aus der Reihe getanzt, aber mit etwas Wasser und meinem kleinen schwarzen Kamm strich ich sie glatt und ging dann wieder ins Klubhaus. Ich beschloß, mal eben raus auf die Tribünen zu gehen und mir die Besitzerlogen anzuschauen, wo ich eines Tages selbst sitzen würde. Doch auf dem Weg nach draußen fragte mich ein großer, hagerer schwarzer Platzanweiser: »Haben Sie einen Ausweis?«

»Nein. Das heißt: noch nicht«, sagte ich.

»Dann dürfen Sie hier nicht raus.«

»Das geht schon. Ich wollte mich nur kurz umsehen.«

»Tut mir leid. Ohne Ausweis dürfen Sie da nicht raus.«

»Aber ich wollte mich nur umsehen, mehr nicht.«

Ich wollte an ihm vorbei, aber er verstellte mir den Weg.

»Das sind die Besitzerlogen«, sagte er. »Die sind nur für Befugte.«

»Ich bin bald befugt. Ich kaufe heute ein Pferd.«

»Tut mir leid«, sagte er, »wenn Sie kein Befugter sind, dürfen Sie da nicht rein.«

»Ich wollte mich nur umsehen«, sagte ich. »Warum machen Sie so einen Aufstand?«

Als ich an ihm vorbeiging, packte er mich hinten an der Schulter.

»Hey«, sagte ich. »Was soll das?«

Oder vielleicht schrie ich auch, es kam nämlich ein Wachmann angelaufen.

»Was geht hier vor?« fragte er. Er war ein kleiner alter Mann irischer Abstammung mit grauen Haaren und eckigen Schultern.

»Fragen Sie den Typ hier«, sagte ich. »Er hat mich gepackt.«

»Ich habe ihm nur mitgeteilt, er könne da ohne Ausweis nicht raus, und er wollte an mir vorbeigehen«, sagte der Platzanweiser.

»Vergessen Sie's«, sagte ich. »Der Typ ist verrückt.«

»Immer hübsch ruhig bleiben«, sagte der Wachmann. »Ich will hier keinen Ärger.«

»Meinen Sie ihn oder mich?« sagte ich.

»Sie«, antwortete er.

Ich ging kopfschüttelnd weg.

Ich entdeckte Pete, der auf einer Bank an der Mauer saß und die *Racing Form* las. Zuerst dachte ich, das könne er unmöglich sein, und zwar nicht, weil er anders ausgesehen hätte, sondern weil er *genauso* aussah wie immer. Er hatte Turnschuhe an, eine alte Jeans, ein Kapuzenhemd und dieselbe beigefarbene Winterjacke, die er damals in der Jai-Alai-Halle getragen hatte. Er war nicht mal so gut gekleidet wie bei dem Treffen im chinesischen Restaurant. Vielleicht hatte ich den Tag verwechselt, vielleicht sollten wir ja morgen oder sonstwann ein Gebot für das Pferd abgeben. Mir fiel kein anderer Grund ein, weshalb Pete keinen Anzug trug.

Als ich zu ihm ging, betrachtete er mich, als sei er überrascht. Wahrscheinlich sah ich ihn genauso an.

»Mein lieber Schwan«, sagte er, »du hast dich aber rausgeputzt. Gibt's einen besonderen Anlaß?«

Vielleicht hatte ich mich wirklich im Datum geirrt.

»Was soll das heißen?« sagte ich. »Ich hab einen Anruf von Alan bekommen. Wir machen doch heute ein Gebot für das Pferd, oder?«

»Wenn es antritt«, sagte Pete. »Aber ich hab mir unten gerade die Tafel angesehen, und da steht es noch drauf. Nein, ich meinte, hast du nach den Rennen noch was vor? Gehst du auf 'ne Hochzeit oder so?«

»Nein«, sagte ich.

»Was soll dieses Outfit?«

»Dasselbe wollte ich dich fragen«, sagte ich.

»Wie meinst du das? So ziehe ich mich immer an, wenn ich auf die Rennbahn gehe.«

»Genau das meine ich«, sagte ich.

Wir starrten einander kurz an.

»Jetzt versteh ich«, sagte Pete. »Das sollte ein Witz sein.«

»Sehe ich aus, als wollte ich einen Witz machen?« sagte ich. »Ich begreif das nicht... warum hast du dich heute so angezogen?«

»Weil mir danach war«, sagte er.

»Tja, aber du bist jetzt Pferdebesitzer und solltest dich wie einer kleiden. Willst du so aussehen, wenn du unten hinter dem Ziel stehst und fotografiert wirst? Also wirklich...«

»Fühlst du dich wohl?« fragte Pete.

»Und du?«

»Setz dich am besten mal hin und entspann dich.«

Ich wandte mich ab, um zu gehen. Dann blieb ich stehen, weil mir klar wurde, daß mir das nichts bringen würde. Pete gehörte zur Besitzergemeinschaft, und ich mußte mit ihm auskommen, ganz gleich, wie er aussah.

Ich drehte Pete etwa zwanzig Sekunden lang, vielleicht auch länger, den Rücken zu, dann drehte ich mich wieder um.

»Vergiß es«, sagte ich. »Es ist unwichtig.«

»Einen Moment lang hast du mir richtig angst gemacht«, sagte Pete. »Ich dachte echt, jetzt drehst du durch. Na komm, warum setzt du dich nicht?«

Ich nahm auf der Bank neben Pete Platz. Mir fiel auf, daß er heute Eau de Cologne benutzt hatte, wahrscheinlich um seinen Körpergeruch zu überdecken, aber er hatte so viel genommen, daß er so schlecht wie immer roch, vielleicht sogar schlimmer.

»Ich glaube, jetzt begreife ich«, sagte Pete. »Du dachtest, ich wollte mich über dich lustig machen. Da täuschst du dich aber. Du siehst toll aus in dem Anzug und mit der Sonnenbrille... wie ein Filmstar. Ich finde es auch gut, daß du dich heute schick gemacht hast. Das zeigt, wie ernst du das hier nimmst. Genau das schwebte mir vor, als ich dich in die Sache mit reingenommen habe: Ich wollte nicht nur mit Idioten zu tun haben, die das Ganze als Steuersparmodell betrachten. Ich wollte mit Leuten zusammensein, die Pferde kaufen, um zu gewinnen. Also, vergeben und vergessen, okay?«

Ich sah ihn an. Pete hielt mir die Hand hin und wartete, daß ich sie nahm und schüttelte.

»Vergeben und vergessen«, sagte ich. Dann schüttelte ich seine verschwitzte Hand, haßte ihn aber trotzdem.

»Paß auf, wenn das Pferd uns gehört, wenn wir zu seinem ersten Rennen herkommen, ziehe ich auch einen Anzug an, Ehrenwort. Wie hört sich das an?«

»Mir egal«, sagte ich.

Ich schaute weg, weil ich hoffte, daß Pete die Nase wieder in seine *Racing Form* stecken und mich vergessen würde.

»Übrigens, was ich dich fragen wollte, woher hast du die Schuhe?«

»Macy's«, antwortete ich.

»Macy's?« sagte er. »Ich hätte sie dir für ein Viertel des Preises verkauft. Na ja, was soll's. Beim nächstenmal.«

Pete bemühte sich, noch ein wenig Konversation zu machen. Ich paßte nicht mehr auf, was er aber nicht mitbekam. Er redete immer weiter auf mich ein, und es war ihm gleichgültig, ob ich zuhörte oder nicht. Ich wußte wirklich nicht, warum mich Pete so auf die Palme brachte. Klar, er stank, und klar, er kleidete sich wie ein Penner, aber es steckte mehr dahinter. Plötzlich ging mir ein Licht auf: Er war ein Prolo. Ich hatte diese Unterschichtstypen satt.

Ein paar Minuten später kamen Alan, Steve und Rob gemeinsam die Rolltreppe hoch. Vermutlich hätte ich damit rechnen können, aber dem war nicht so. Im chinesischen Restaurant hatten sie alle Anzüge getragen, darum dachte ich, sie würden heute wenigstens genauso gut gekleidet sein, wenn nicht sogar besser. Steve und Rob waren ähnlich nachlässig gekleidet wie Pete – in Jeans, Turnschuhen und

Sweatshirts. Nur Alan sah halbwegs anständig aus, aber auch nicht so elegant wie bei unserem Essen. Er hatte ein schwarzes Hemd in seine Chinos gesteckt und Halbschuhe an den Füßen, trug aber weder Krawatte noch Jackett.

Sobald das Pferd Geld machte, würde ich meinen Teil der Gewinne nehmen und mir eigene Pferde kaufen. Dann hieß es *sayonara* für diese Verlierer.

Wir gaben uns alle die Hand. Alan sagte: »Laßt uns Pete beglückwünschen, daß er heute Eau de Cologne benutzt hat.«

Alle außer mir lachten.

Steve sagte zu mir: »Was ist los, heiratest du heute?«

»Nein«, sagte ich.

»Weshalb dann die Eisverkäufermontur?« fragte er lächelnd.

Wieder lachten alle.

»Das sind keine Eismannklamotten«, sagte ich. »Der Scheißanzug hat fünfhundert Dollar gekostet.«

»Das war doch nur eine Frotzelei«, sagte Steve. »Toll siehst du aus. Ich fahre nachher zur Bar-Mizwa meines Neffen, und wie laufe ich rum?« Er wartete kurz und fuhr dann fort: »Na, war bloß ein Witz, ich hab einen Anzug im Wagen. Den wollte ich mir auf der Toilette der Synagoge anziehen.«

Unglaublich. Sein Anzug lag im Wagen, und der Mann hatte ihn nicht angezogen? Die Bar-Mizwa von irgendeinem Lümmel war ihm wichtiger als sein erster Tag als Pferdebesitzer? Hatte der Typ sie noch alle?

Ich war so entsetzt, daß mir die Worte fehlten. Ich stand nur da und guckte.

Alle standen noch eine Weile herum und plauderten. Ich schwieg, bis Steve sich an mich wandte. »Du bist kein Jude, Tommy, stimmt's?«

»Nein«, sagte ich.

»Das dachte ich mir«, sagte er, »mit einem Namen wie Tommy Russo. Was bist du denn? Katholisch?«

Ich nickte.

»Ich auch«, sagte er. »Hast du Weihnachten schon irgendwas vor?«

»Weihnachten? Wann ist Weihnachten?«

»In zwei Tagen«, sagte er.

»Na klar, hatte ich vergessen«, sagte ich. »Wahrscheinlich häng ich bloß ein bißchen in der City rum.«

»Warum auch nicht. Also, ich fahr mit meiner Frau rauf nach Massachusetts, ihre Schwester besuchen. Ich finde das tödlich langweilig ... nicht das Weihnachtsfest, aber daß ich da oben in der tiefsten Provinz sein muß. In der Nähe von Amherst, New Hampshire ist nicht weit. Es gibt da eine Hunderennbahn, darum werd ich wohl am Tag nach Weihnachten ... Mann, was ist denn mit dir passiert?«

Ich hatte die Sonnenbrille abgenommen, um den Sand aus meinen Augenwinkeln zu pulen. Jetzt sahen auch die anderen zu mir rüber.

»Ich mußte gestern abend in der Bar eine Schlägerei beenden«, sagte ich.

»Ein hübsches Veilchen hast du da«, sagte Pete.

»Du solltest mal den anderen Typ sehen«, sagte ich.

Das sollte kein Scherz sein, aber alle lachten.

Ich setzte die Sonnenbrille wieder auf. Alan, Pete und Steve unterhielten sich wieder, und Rob sagte zu mir: »Das wollte ich dich schon früher fragen: Wie heißt die Bar in der Upper East Side, wo du arbeitest?«

»Blake's Tavern«, log ich. Blake's Tavern war eine Bar an der First Avenue, ungefähr zwanzig Blocks von O'Reilley's entfernt.

»Aha«, sagte Rob. »Ich hab nur gefragt, weil ich den Bericht in den Nachrichten gehört habe... daß die Frau eines Kneipiers ermordet worden ist. Ihm gehört eine Bar namens O'Reilley's.«

»Davon hab ich auch gehört«, sagte ich.

»Eine ziemlich irre Geschichte«, sagte Rob. »Es hieß, in derselben Bar seien ein paar Tage davor die Gelder für eine Super-Bowl-Wette geklaut worden. Der Dieb hat sich mit vierzehn Riesen davongemacht.«

»Ein Glück, daß ich mich nicht an der Wette beteiligt habe.«

»Das kannst du laut sagen.«

Ich unterbrach Alan, der gerade mit Pete sprach. »Müssen wir nicht nach oben ins Büro gehen und unser Gebot in den Kasten stecken?«

»Das übernimmt Bill Tucker«, sagte Alan.

»Aber sollten wir nicht trotzdem hingehen?« bohrte ich nach. »Vielleicht vergißt er ja, den Zettel reinzustecken.«

»Das wird er schon nicht«, sagte Alan und widmete sich wieder den anderen.

Ich ging auf die Toilette. Als ich zurückkam, stand ein großer hagerer Mann mit lockigen grauen Haaren bei den anderen. Das war vermutlich Bill Tucker.

Ich trat näher, und da sagte Alan: »Und da ist der fünfte unserer kleinen Besitzergemeinschaft – Tommy Russo.«

»Freut mich sehr«, sagte ich und schüttelte ihm die Hand.

»Ganz meinerseits«, sagte er. Er hatte einen starken Südstaatenakzent und trug, wie ich zu meiner Freude bemerkte, einen grauen Anzug.

»Für mich sind Sie einer der besten Trainer in der Branche«, sagte ich. »Bestimmt sagen Ihnen das viele Leute, aber ich meine es wirklich ernst.«

Mir wurde bewußt, daß ich ihm immer noch die Hand schüttelte, vielleicht fester, als angebracht war. Ich ließ los.

»Freut mich, Sie kennenzulernen«, sagte Tucker und dehnte die Finger. »Es ist schön, daß dem Rennsport ein wenig frisches Blut zugeführt wird.«

In fünf Minuten würde das erste Rennen beginnen. Da Rob, Steve und Pete gingen, um zu wetten, blieben nur noch Alan, Bill Tucker und ich zurück. Mir gefiel gar nicht, wie Alan das Gespräch dominierte und Tucker mit Zeug vollaberte, das den gewiß nicht interessierte. Also unterbrach ich Alan und sagte: »Verraten Sie mir eins, Bill... Sie haben doch nichts dagegen, wenn ich Sie Bill nenne, oder?«

»Bill ist in Ordnung.«

»Verraten Sie mir eins, Bill. Haben Sie schon mal Pferde in Hollywood Park laufen lassen?«

»Klar. Gelegentlich beschicke ich die kalifornischen Bahnen.«

»Wie ist es da so? Hinter den Kulissen, meine ich. Bestimmt gehen Sie auf viele Partys.«

»Manchmal«, sagte Bill. »Aber die meiste Zeit stecke ich bis zu den Knöcheln im Schlamm.«

»Klar, aber Sie besuchen doch mit Sicherheit viele Hollywoodpartys.«

»Gelegentlich … würde ich sagen.«

»Echt? Könnte ich Sie vielleicht mal begleiten?« sagte ich.

»Keine Ahnung«, sagte er. »Warum eigentlich nicht.«

Die anderen kamen vom Wettschalter zurück, und Bill unterhielt sich mit ihnen. Ich wäre lieber mit Bill allein gewesen, um den Mann besser kennenzulernen.

Auf einmal sagte Bill: »Kommt, Leute, ich nehme euch mit in meine Loge, da sehen wir uns das Rennen an.«

Wir kamen an demselben Platzanweiser vorbei, der mir vorhin so zugesetzt hatte. Als ich an ihm vorbeiging, lächelte ich ihn breit an und merkte, wie dumm er sich vorkam.

Es war ein schöner Tag, sonnig und wärmer als die Tage davor, vermutlich um die fünf Grad Celsius. Wahrscheinlich hätte ein Mantel nicht geschadet, aber ich wollte auf der Rennbahn keinen anziehen. Es war unwichtig – ich war so aufgeregt, daß mir nicht mal aufgefallen wäre, wenn ein Blizzard getobt hätte.

Ich nahm neben Bill Platz, und die anderen setzten sich auf seine andere Seite.

»Du glaubst also, dein Pferd hat eine Chance?« fragte mich meine Freundin, die Schauspielerin.

»Eine so gute Chance wie jedes andere Pferd auch, Schatz«, sagte ich und paffte meine hundert Dollar teure Zigarre.

»Aber du glaubst, er gewinnt das Rennen?«

»Ich weiß nicht, ob er gewinnt, aber er wird ein beherztes Rennen liefern. Das steht fest.«

»Was hast du nach den Rennen vor?«

»Keine Ahnung. Vielleicht schauen wir mal auf der großen Party in Clints Haus vorbei.«

»Ich will nicht zu Clints Party, ich will zu Jacks Party.«

»Na schön, dann gehen wir eben auf Jacks Party.«

Pete kam durch den Gang, ging an mir vorbei.

»Wettest du bei dem Rennen nicht?« fragte er.

»Nee«, sagte ich.

»Warum nicht? Sie steht fünf zu eins – keine schlechte Quote.«

»Ich wette nicht mehr«, sagte ich.

Pete sah mich an, als wäre ich plötzlich Chinese geworden.

»Na klar«, sagte er. »Der war gut.«

»Ich mein's ernst«, sagte ich. »Ich hab's drangegeben, Totalentzug.«

»Kluger Mann«, sagte Bill. »Niemand wird davon satt, daß er bei diesem Sport wettet.«

»Tja, auch gut, dann werd ich halt nicht satt davon«, sagte Pete, »aber dieses Pferd laß ich mir nicht entgehen.«

Steve und Rob erhoben sich und folgten Pete.

»Ich werd nicht tatenlos zusehen, wie dieses Pferd gewinnt, ohne daß ich Geld drauf gesetzt habe«, sagte Steve.

»Ich bin dabei«, sagte Rob.

»Ich muß mal auf den Pott«, sagte Alan. »Und auf dem Rückweg könnte ich eventuell eine kleine Wette plazieren.«

Im Vorbeigehen blinzelte er Bill zu.

»Eins möchte ich Sie noch fragen«, sagte ich zu Bill, als wir allein waren. »Wenn wir das Pferd kriegen, wann lassen wir es wieder laufen? Sie werden sie doch nächste Woche wieder in einem Rennen unterbringen?«

»Da bin ich mir nicht so sicher«, sagte Bill.

»Was heißt das?« sagte ich.

»Na ja, nächste Woche könnte etwas früh sein«, sagte er. »Erst müssen wir sehen, wie sie dieses Rennen durchsteht, dann sollten wir sie vielleicht ein paarmal auf die Bahn bringen, daß sie ein wenig Routine kriegt ...«

»Aber warum schaffen Sie das nicht bis nächste Woche? Ich hab schon Trainer erlebt, die Pferde zwei Tage nach dem Kauf rennen ließen.«

»Ja, aber dann braucht das Pferd ein halbes Jahr Erholungszeit, weil sie es überfordert haben. Nein, wir werden das bei Sunshine Brandy ein wenig ruhiger angehen lassen ... zumal sie eine junge Stute ist. Mit den Mädels muß man etwas sanfter umspringen als mit den Jungs. Andererseits gefällt mir, was ich bisher bei diesem Pferd gesehen habe, es gefällt mir sogar sehr. Sie hat einen schönen, leichten Gang, einen guten Stammbaum, das Alter stimmt auch. Junge Stute, vorsichtig an Rennen herangeführt worden. Als Zweijährige ist sie nicht gelaufen, und wenn sie nächstes Jahr vier wird, hat sie meiner Ansicht nach einen echten Vorteil. Jawoll, dieses Pferd hat die Chance, sich bei Altersgewichtsrennen gegen die lokale Konkurrenz durchzusetzen.«

»Und dann lassen wir sie bei ein paar richtig großen Rennen starten, nicht wahr?«

»Nun, wir wollen doch wohl nichts überstürzen, oder?« sagte er. »Ich finde, wir können uns glücklich schätzen, wenn wir einige gute Altersgewichtsrennen absolvieren.«

»Wieso sollten wir darüber froh sein?«

»Weil das bedeuten würde, daß das Pferd gut läuft. Auf mehr können wir doch wohl nicht hoffen?«

»Nein. Wir können darauf hoffen, daß sie ein Breeders-Cup-Rennen gewinnt.«

»Nun, das ist wirklich ein sehr ehrgeiziges Ziel.«

»Warum?«

Bill sah mich komisch an, als sei er wegen irgendwas verwirrt.

»Sie zahlen nur etwas über dreißigtausend Dollar für das Pferd«, sagte er dann. »Ein Siegerpferd kostet viel mehr.«

»John Henry hat etwa zwanzigtausend Dollar gekostet, und wie viele Millionen hat er gewonnen?«

»John Henry war eine seltene Ausnahme. Auf jeden John Henry kommen tausend Pferde, die gar nichts gewinnen.«

»Vielleicht wird dieses Pferd ja ein neuer John Henry.«

»Leider«, sagte er, »glaube ich daran nicht.«

»Aber ich«, sagte ich. »Sie werden schon sehen.«

Pete kam vom Wettschalter zurück und unterhielt sich mit Bill. Dessen negative Einstellung machte mich wütend. Mir war jetzt klar, warum er auf der Trainerrangliste immer ganz unten stand.

Die Pferde betraten die Bahn zum zweiten Rennen. Ich stand auf und betrachtete Sunshine Brandy, das Pferd Nummer drei. In einem hatte Bill recht: Die Stute war in einem hervorragenden Zustand. Sie hatte stämmige muskulöse Beine, schönes glänzendes Fell, einen eleganten Gang, und die Ohren standen auf. Ich wünschte, ich hätte ein Fernglas mitgebracht, um besser sehen zu können. Offenbar konnte Pete Gedanken lesen, denn er fragte: »Willst du's mal hiermit versuchen, Tommy?«, und hielt mir sein Fernglas hin.

»Muß nicht sein«, sagte ich.

Pete war ein Verlierer, und ich hatte Angst, das könnte

auf mich abfärben, wenn ich etwas anfaßte, was ihm gehörte.

Alan, Steve und Rob kamen vom Wetten wieder und nahmen auf ihren Sitzen Platz. Ich stand immer noch und sah zu, wie die Pferde in einer Reihe an der Haupttribüne vorbeikamen, jedes neben einem Pony. Sunshine Brandy sah so viel edler aus als die anderen Pferde, als gehöre sie nicht auf dieselbe Rennbahn. Mit John Velasquez hatte sie auch einen guten Jockey.

Ich warf einen Blick auf den Totalisator – nur noch sechs Minuten bis zum Start.

Ich setzte mich, konnte den Blick aber nicht von Sunshine Brandy wenden. Das Rennen war zwölfhundert Meter lang, also stand die Startmaschine auf der Gegengeraden, der anderen Seite der Bahn. Velasquez trabte jetzt mit ihr zum Start, alles hübsch locker, er machte sie mit der Umgebung vertraut. Sogar aus der Entfernung stach sie aus dem übrigen Feld hervor wie ein Champion.

Die Pferde gingen in die Startmaschine. Ich schaute auf den Totalisator – nur noch eine knappe Minute bis zum Start. Um besser sehen zu können, stellte ich mich auf meinen Sitz. Dann verkündete der Ansager: »Der Start ist erfolgt!«, und Sunshine Brandy in den Rennfarben Rosa und Rot raste los wie aus der Pistole geschossen. Es schien, als zerrte sie Velasquez mit, als mache sie die ganze Arbeit. Sie lag mit drei Längen vorn, aber es waren leichte drei Längen Vorsprung. Velasquez hätte problemlos die Führung auf fünf oder zehn Längen vor dem Feld ausdehnen können, ohne daß das Pferd geschwitzt hätte.

Alan, Pete und die anderen schrien sich heiser, doch ich

stand nur da und guckte. Als sie um die Kurve bogen, gab ihr Velasquez ein wenig die Zügel, und plötzlich lag Sunshine Brandy fünf Längen vor dem Feld. Sie schien sogar noch lockerer zu laufen als zuvor. Es sah aus, als wäre es für sie ein Training, während die Jockeys der anderen ihre Pferde peitschten und sie antrieben. Auf der Geraden hielt Sunshine Brandy diesen Riesenvorsprung, und Velasquez hatte immer noch nicht zur Peitsche gegriffen. Er saß aufrecht da und hielt sich fest. Sie hatte noch etwa fünf Längen Vorsprung, doch in meinen Augen sah sie aus wie Secretariat 1973 im Belmont-Rennen – allein auf der Bahn, ein Champion. Plötzlich, knapp fünfzig Meter vor dem Ziel, stürzte sie. Es passierte in Sekundenbruchteilen. Vielleicht hatte sie einen Fehltritt getan, denn sie war abrupt stehengeblieben, so daß Velasquez über ihren Kopf stürzte, auf dem Hintern landete, und dann hoben die Hinterläufe des Pferdes vom Boden ab, und es kippte um, verfehlte Velasquez nur knapp.

Auf einmal verstummten alle Zuschauer. Die anderen Pferde liefen vorbei, doch keiner interessierte sich mehr für das Rennen. Alle schauten auf Sunshine Brandy, die versuchte, auf drei Beinen zu stehen. Jetzt wurde deutlich, daß sie sich eins ihrer Vorderbeine gebrochen hatte – der Knochen ragte aus der Haut heraus, alles war voller Blut.

Zum erstenmal seit Beginn des Rennens sah ich die anderen an. Sie starrten fassungslos auf die Bahn hinab.

»Es tut mir wahnsinnig leid, Leute«, sagte Bill Tucker. »Mehr fällt mir dazu nicht ein.«

»Sie müssen sich nicht entschuldigen«, sagte Alan. »Sie können ja nichts dazu.«

»Trotzdem tut es mir leid«, sagte Bill. »Und wie.«

»Weshalb sollten Sie sich entschuldigen?« sagte ich zu Bill. »Sie konnten doch nicht wissen, daß sich das Pferd ein Bein brechen würde.«

»Ich weiß, trotzdem fühle ich mich verantwortlich.«

Ich klopfte Bill auf den Rücken.

»Vergessen Sie's«, sagte ich. »Es war Glück im Unglück, daß das Pferd das Rennen nicht beendet hat. Jetzt können wir wenigstens unser Geld nehmen und für ein anderes Pferd ein Gebot abgeben.«

Bill sah mich an, genau wie die anderen. Ich fragte mich, was eigentlich los war.

»Leider funktioniert es so nicht«, sagte Alan.

»Was soll das heißen?« sagte ich. »Es ist unser Geld. Damit können wir tun und lassen, was wir wollen.«

»Es ist nicht mehr unser Geld«, sagte Pete. »Sobald jemand seinen Zettel in den Gebotskasten steckt, um ein Pferd zu erwerben, und das Rennen beginnt, gehört das Pferd laut den Regeln dem neuen Besitzer.«

Ich glotzte Pete einen Moment lang an und lachte dann laut auf.

»Ein echter Brüller«, sagte ich. »Einen Augenblick lang hätte ich's euch fast geglaubt.«

»Es stimmt«, sagte Pete.

»Jetzt mal ehrlich, ihr wollt mich wohl veralbern«, sagte ich. Niemand lachte. »Was ist denn mit der Versicherung, die wir gekauft haben? So etwas wird doch garantiert von der Versicherung abgedeckt.«

»Die Police wird erst nach dem Rennen gültig«, sagte Alan. »Leider gehört Sunshine Brandy jetzt uns.«

Ich sah zu Bill Tucker rüber, an dessen Miene ich merkte, daß es ihnen Ernst war. Dann sah ich wieder auf die Bahn runter. Ein Krankenwagen hatte neben dem Pferd angehalten, und die Helfer stellten einen Sichtschutz auf, damit das Publikum nicht sehen konnten, wie sie dem Pferd die Todesspritze gaben. In wenigen Minuten gehörte uns ein dreißigtausend Dollar teurer Brocken Pferdefleisch.

Plötzlich rastete ich aus. Ich weiß noch, daß ich wie ein Irrer schreiend und fluchend durch die Haupttribüne rannte. Irgendwie schaffte ich es zu meinem Auto. Dann weiß ich wieder, daß ich die Anlage verließ, so schnell der Wagen konnte davonraste, rote Ampeln überfuhr und um Ecken schleuderte. In einer Seitenstraße hielt ich an und atmete tief durch, wollte mich unter Kontrolle kriegen.

Das Pferd war tot. Ich konnte es immer noch nicht fassen. Eben noch hatte es wie das beste Pferd der Welt ausgesehen, plötzlich lag es auf dem Boden, und man machte Anstalten, ihm die Nadel zu verpassen.

Ich mußte mich abreagieren. Am Rockaway Boulevard fuhr ich auf den Parkplatz einer Bowlingbahn. Ich bowlte etwa eine Stunde lang, ließ Dampf ab, schleuderte die Kugel einfach die Bahn runter, ließ sie vor den Kegeln zwei-, dreimal aufprallen. Nachher fühlte ich mich besser, war wieder mehr ich selbst. Das Bowling hatte elf Dollar gekostet, jetzt blieben mir nur noch drei Dollar und ein paar Cents. Ich mußte unbedingt schnell an etwas Geld kommen. Ich wußte, daß ich Frank überreden konnte, mir noch einen Lohnvorschuß zu geben, und dann mußte ich mir überlegen, wie ich an zwanzig Tausender kam oder wieviel ich brauchte, um ein neues Rennpferd zu kaufen.

Es war kurz nach vier. Während ich über die Queensboro Bridge fuhr, freute ich mich auf die Arbeit am Abend, daß ich mein Leben wieder auf Vordermann bringen konnte.

Hinter der Brücke fuhr ich auf die First Avenue und weiter nach Norden. Ich fand eine gute Parklücke nahe der East Sixty-second Street und ging weiter, auf mein Apartment zu. Als ich um die Ecke zur Sixty-fourth Street bog, bemerkte ich vor meinem Haus zwei Streifenwagen. Ich machte kehrt und eilte zu meinem Wagen zurück.

Keine Ahnung, wie die Cops auf meine Spur gekommen waren, und mir fehlte die Zeit, darüber nachzudenken. Ich mußte weg, vielleicht die Stadt verlassen, doch da fiel mir ein, daß ich nur noch drei Dollar und ein paar Münzen hatte.

Ich hielt mich von der First Avenue fern, ging durch die Sixty-second Street bis zur Second Avenue und weiter uptown. In Höhe der Seventy-first ging ich zwei lange Blocks rüber zur York Avenue. Die Sonne war untergegangen, und draußen war es fast dunkel. Ich betrat den Flur von Janenes Mietshaus und klingelte. Sie reagierte nicht. Voller Angst, daß sie nicht da war, klingelte ich noch mal, ließ den Finger auf dem Knopf. Dann fragte Janenes Stimme: »Wer ist da?«

»Tommy«, sagte ich erleichtert.

»Wer?«

»Tommy. Du erinnerst dich doch noch an mich?«

Zuerst antwortete sie nicht. Gerade wollte ich erneut klingeln, als sie sagte: »Was willst du?«

»Ich habe eine Überraschung für dich.«

»Was?« sagte sie, als hätte sie mich nicht verstanden.

»Eine Überraschung«, wiederholte ich.

»Was für eine Überraschung?«

»Wenn ich's dir verrate, ist es doch keine Überraschung mehr, stimmt's?«

Sie antwortete nicht. Ich klingelte noch mal.

»Was willst du?« sagte sie.

»Ich hab deinen Schmuck«, sagte ich.

Wieder ließ sie sich mit der Antwort einige Sekunden Zeit. »Ich dachte, den hättest du in ein Pfandhaus gebracht.«

»Stimmt, aber der Pfandleiher hat ihn zurückgekauft, und ich hab ihm den Schmuck gerade wieder abgekauft. Mach schon, laß mich rauf, damit ich ihn dir geben kann.«

»Ich hole ihn heute abend in der Bar ab.«

»Aber ich hab ihn jetzt bei mir.«

»Warum bringst du ihn nicht mit in die Bar?«

»Ich wollte mich auch bei dir entschuldigen. Ich mache jetzt bei den Anonymen Spielern mit, und da muß man im sechsten Schritt die Leute um Verzeihung bitten, denen man ein Unrecht getan hat. Es wäre mir eine große Hilfe, wenn ich mich bei dir entschuldigen dürfte, von Angesicht zu Angesicht. Bitte, ich komme nur ein Minütchen hoch und gehe gleich wieder.«

Der Summer ertönte.

Ich nahm den Fahrstuhl zum fünften Stock. Ich klingelte einmal an ihrer Wohnung, und sie machte auf, in Jeans und einem weißen Sweatshirt.

»Hey, wie geht's?« sagte ich.

Ich wollte sie küssen, doch sie wich zurück.

»Ich hab keine Läuse«, sagte ich lächelnd.

»Wo ist mein Schmuck?« fragte sie.

»Willst du mich nicht erst hineinbitten?«

»Hast du meinen Schmuck oder nicht?«

»Klar, ich hab ihn.«

Ich ging an ihr vorbei in die Wohnung.

»Ich hatte gehofft, du könntest mir etwas Geld leihen«, sagte ich.

»Was?!«

»Bloß ein paar hundert Piepen. Ich zahl's dir morgen oder übermorgen zurück, versprochen.«

»Hast du den Schmuck, oder hast du ihn nicht?«

»Leih mir zuerst etwas Geld.«

»Ich leihe dir kein Geld.«

»Warum nicht? Beim letztenmal hab ich's doch auch zurückgezahlt, stimmt's?«

»Verschwinde aus meiner Wohnung... sofort.«

Auf einem Stuhl in der Ecke entdeckte ich ihre Brieftasche.

»Tut mir leid, aber es muß sein.«

»Was machst du da? Gib sie her...«

Ich versuchte, sie mir mit ausgestrecktem Arm vom Leib zu halten, aber sie ließ nicht locker. Schließlich gab ich ihr einen Stoß, und sie fiel auf die Couch. In einem Fach ihrer Brieftasche fand ich etwa zwanzig Dollar in Scheinen.

»Hast du noch mehr?« fragte ich.

Janene weinte. Ich wollte gerade ihre Wohnung nach mehr Geld durchsuchen, als mir was Besseres einfiel. Ich nahm ihre Scheckkarte aus der Brieftasche und steckte sie ein. Dann legte ich ihre Brieftasche wieder auf den Stuhl.

»Hättest du mir das Geld geliehen, wäre das alles viel unkomplizierter gewesen«, sagte ich, »aber ich zahl's dir auf jeden Fall zurück.«

Ich verließ die Wohnung. Auf dem Treppenabsatz wurde mir schwindlig, und ich sah mich schon die Treppe hinunterstürzen. Statt dessen nahm ich den Aufzug. Unten ging ich die paar Schritte zur Chase-Filiale Ecke First Avenue und Seventy-second Street. Janenes Geheimnummer wußte ich noch auswendig. Ich schob ihre Karte in den Automaten und tippte die Nummer ein. Aus dem Schlitz kam ein Zettel mit dem Aufdruck: TRANSAKTION ABGELEHNT.

Verdammt… offenbar hatte sie schon die Bank angerufen und ihr Konto sperren lassen.

Als ich zur Tür ging, sah ich einen Streifenwagen die First Avenue hinaufrasen. Ich schlich wieder in die Bank zurück, wo ich blieb, bis die Luft rein war.

Ich brauchte sofort Geld, und da gab es für mich nur eine Quelle.

Ich ging zur Second Avenue, runter bis zur Sixty-fifth Street, dann zurück bis zum O'Reilley's an der First. Zum Glück waren keine Cops da. Frank stand am Tresen, ein paar alte Säcke saßen auf Barhockern und sahen fern.

Kaum sah Frank mich eintreten, brüllte er: »Hau bloß ab hier! Und zwar sofort, du Schwein!«

»Warum? Was ist denn los?«

»Du widerlicher Mistkerl! Du verdammter Widerling!«

»Hä?« meinte ich.

»Ich will dein Gesicht nicht mehr sehen. Hau endlich ab hier!«

»Hör zu, ich hab keine Ahnung, was los ist«, sagte ich, »aber bestimmt gibt es –«

»Wie lange hast du sie schon gefickt?«

»Wen?«

»Das weißt du genau – Debbie. Meine Frau!«

»O Mann, wie kannst du mich so was fragen!« sagte ich.

»Kein dummes Gequatsche mehr!« Franks Gesicht war rot angelaufen, und er sah irre aus. Die beiden Gäste standen auf und gingen.

»Nein«, sagte ich. »Ich hab Debbie nicht gefickt. Großer Gott, für wen hältst du mich eigentlich?«

»Verdammter Lügner! Mein Portier hat dich letzte Woche dort gesehen.«

»Ich war an einem Tag da... und habe dich gesucht.«

»Hör zu, du abartiges Stück Scheiße, ich weiß, daß du da warst, also lüg mich nicht an! Du hast sie umgebracht, gib's zu!«

»Ganz ruhig«, sagte ich. »Ich weiß, daß du wütend bist vor lauter Trauer oder was immer, aber laß das bitte nicht an mir aus.«

Frank kam hinter dem Tresen hervor.

»Ein Taxifahrer hat ausgesagt, daß er sie am Tag ihres Verschwindens vor deinem Apartment abgesetzt hat. Und in derselben Nacht hat dich in Brooklyn ein Polizist angehalten.«

»Es ist nicht so, wie es aussieht«, sagte ich.

Frank ging auf mich los, schlug mit den Fäusten gegen meine Brust.

»Na, na, sachte«, sagte ich. »Reg dich ab.«

Frank schlug auf mich ein, bis er zu erschöpft war und um Atem rang.

»Hör zu, du mußt mir glauben«, sagte ich. »Ich weiß, im Moment sieht es schlimm aus, aber du weißt doch auch, daß ich ein guter Mensch bin. Dir ist klar, daß ich niemanden umbringen würde. Du wirst schon sehen... irgendwann fassen sie den richtigen Mörder, und dann wirst du mir verzeihen. Aber keine Sorge, ich bin nicht nachtragend. Ich weiß, was du durchmachst.«

»Weshalb bist du eigentlich hier?« sagte Frank. »Brauchst du Geld? Wenn du's nicht stehlen kannst, leihst du's eben von deinem blöden Boss, stimmt's?« Frank nahm sein Portemonnaie aus der Hosentasche und bewarf mich mit Scheinen. »Hier, willst du Geld? Du willst mein Scheißgeld? Nimm es! Kannst du alles haben!«

Ich fing an, Geldscheine aufzuheben, da hörte ich laute Sirenen. Als ich mich umschaute, sah ich zwei Streifenwagen, die vor der Bar hielten. Ich wollte gerade abhauen – vielleicht kam ich ja durch das Küchenfenster ins Freie –, als ich mich noch kurz nach Frank umsah. Er warf zwar immer noch Geld nach mir, sackte dabei aber nach hinten auf einen Barhocker.

»Na komm, Kumpel«, sagte ich und versuchte, ihm aufzuhelfen. »Du mußt durchhalten. Gib jetzt nicht auf!«

Ich sah mich um, und da standen drei Polizisten mit gezogenen Pistolen in der Tür.

»Beeilung«, rief ich. »Kennt sich einer von Ihnen mit Herzmassage aus?«

»Die Hände so hoch, daß ich sie sehen kann!« rief einer der Cops.

»Der Mann hier stirbt!«

»Hände hoch!«

»Herrgott noch mal, sehen Sie ihn sich doch an!«

»Sofort, Arschloch!«

»Sie müssen mir helfen!«

»Die Hände in die Höhe, verdammt!«

Ich schaute zu Frank rüber, der mir ins Gesicht sah. Ein Cop trat hinter mich, zog mir die Hände hinter den Rükken und fesselte sie. Frank hing halb über dem Hocker, halb lag er auf der Theke.

»Warum hilft ihm denn keiner, verdammt? Ich bin unwichtig. Helft ihm!«

Ein Cop ging zu Frank.

»Sie müssen durchhalten, Mann«, sagte er. »Nur nicht schlappmachen.«

Frank sah mich aus halbgeschlossenen Augen an.

»Gehen wir«, sagte einer der Polizisten hinter mir.

»Du darfst nicht sterben«, sagte ich zu Frank. »Egal, was du tust, stirb ja nicht. Du mußt es doch bis Arizona schaffen, Kumpel. Da draußen wird's dir gefallen.«

»Kommen Sie«, sagte ein Bulle zu mir, und der andere sagte: »Los geht's.«

Ich versuchte, mich umzudrehen, Frank noch einmal anzusehen, aber es ging nicht.

»Bis morgen!« schrie ich, während mich die Cops zur Tür hinausschoben.

Jason Starr im Diogenes Verlag

Top Job

Roman. Aus dem Amerikanischen von Bernhard Robben

Bill Moss ist knapp über dreißig, wohnt in New York und hat eigentlich das Zeug zu einem echten Aufsteiger, er hat sich nämlich sowohl im Studium als auch in seinem ersten Job erfolgreich geschlagen. Doch die Lage auf dem Arbeitsmarkt treibt ihre spätkapitalistischen Blüten, Bill sollte froh sein, nach zweijähriger Arbeitslosigkeit endlich einen schlechtbezahlten Job als Telefonverkäufer zu ergattern. Ist er aber nicht, sondern doppelt unter Druck: Sein Abteilungsleiter schikaniert ihn nach allen Regeln der Kunst, und seine Freundin will heiraten. Daß Bill nicht genug verdient, um eine Familie zu gründen, führt zu einer handfesten Beziehungskrise. Die Lage scheint sich zu bessern, als Bill völlig unerwartet zum Abteilungsleiter befördert wird – doch dann kommt alles nur noch schlimmer.

»Ein Psychothriller mit völlig neuem Sujet: Jason Starr zerrt vor allem dadurch an den Nerven, daß er mit der neuen kollektiven Angst vor wirtschaftlichem Abstieg und Arbeitslosigkeit spielt. Der Thriller fühlt den Puls einer Gesellschaft, in der man ohne erfolgreichen Job sich selbst nicht mehr spannend finden kann. Das Beklemmende an *Top Job* ist der gnadenlose Realismus.« *Bettina Koch/Spiegel Online, Hamburg*

Die letzte Wette

Roman. Deutsch von Bernhard Robben

Der heiße Wunsch, einmal ganz viel Geld zu gewinnen, treibt Joey immer wieder auf die Rennbahn. Pferdewetten sind sein Lebensinhalt, den er allerdings vor seiner Frau zu verheimlichen sucht. Wenn er nur erst seine Wettschulden los wäre, so denkt er, könnte er etwas Geld auf die Seite legen, als Anzahlung an ein Haus in einer anständigen Gegend. Dann hätte seine Frau Maureen endlich eine passende Umgebung für das Kind, das sie sich schon seit Jahren wünscht und das ihr Joey verweigert, weil er glaubt, es nicht ernähren zu können. Doch mit ein bißchen Glück hätten sie genug Geld, dann könnte Maureen endlich ihrer besten Freundin Leslie mit dem topverdienenden Gatten David und dem Wunderkind Jessica das Wasser reichen.

Aber Joey hat kein Glück in letzter Zeit: Er verliert seinen Job, weil er zu oft auf der Rennbahn statt bei der Arbeit ist, seine Wettschulden wachsen in den Himmel, die Gläubiger werden mehr und die Geldeintreiber entschieden unfreundlicher. Als kleine Zahlungserinnerung wird Joey brutal zusammengeschlagen. Da reift in ihm ein höllischer Plan.

»Jason Starr ist ein phantasievoller Autor und schreibt so rabenschwarz wie im Hollywood der vierziger Jahre, als ein gescheiter Krimi noch ein richtiger Lesegenuß war.«

Martina I. Kischke/Frankfurter Rundschau

Patricia Highsmith im Diogenes Verlag

»Die Highsmithschen Helden, gewöhnt an die pflaumenweiche Perfidie und hämisch-sanfte Tücke des Mittelstandsbürgertums, trainiert aufs harmlose Lügen und Verstellen, begehen Morde so, als wollten sie mal wieder Ordnung in ihre unordentlich gewordene Wohnung bringen. Da gibt es keine moralischen Skrupel, die bremsend eingreifen, da herrscht nur die Logik des Faktischen. Meist sind es Paare, enttäuschte Liebhaber, Beziehungen, die in der Sprachlosigkeit gestrandet sind, sich nur noch mittels Mißverständnissen einigermaßen arrangieren, ehe das scheinbar funktionierende Getriebe einen irreparablen Defekt bekommt. Diese ganz normalen Konstellationen sind es, übertragbar auf alle Gesellschaften, die die Autoren und Filmer im deutschsprachigen Kulturraum so faszinieren. Denn Patricia Highsmith findet für ihre seelischen Offenbarungseide immer die schauerlichsten, alptraumhaftesten Rahmen, die ihren ›Beziehungskisten‹ den rechten Furor geben.
Die Highsmith-Thriller sind groteske, aber präzise Befunde unserer modernen bürgerlichen Gesellschaft, die an Seelenasthma leidet.«
Wolfram Knorr/Die Weltwoche, Zürich

Der talentierte Mr. Ripley
Roman. Aus dem Amerikanischen von Barbara Bortfeldt

Ripley Under Ground
Roman. Deutsch von Anne Uhde

Ripley's Game
oder Der amerikanische Freund
Roman. Deutsch von Anne Uhde

Der Junge, der Ripley folgte
Roman. Deutsch von Anne Uhde

Ripley Under Water
Roman. Deutsch von Otto Bayer

Venedig kann sehr kalt sein
Roman. Deutsch von Anne Uhde

Das Zittern des Fälschers
Roman. Deutsch von Anne Uhde

Lösegeld für einen Hund
Roman. Deutsch von Anne Uhde

Der Stümper
Roman. Deutsch von Barbara Bortfeldt

Zwei Fremde im Zug
Roman. Deutsch von Anne Uhde

Der Geschichtenerzähler
Roman. Deutsch von Anne Uhde

Der süße Wahn
Roman. Deutsch von Christian Spiel

Die zwei Gesichter des Januars
Roman. Deutsch von Anne Uhde

Kleine Geschichten für Weiberfeinde
Eine weibliche Typenlehre in siebzehn Beispielen. Deutsch von Walter E. Richartz. Zeichnungen von Roland Topor

Kleine Mordgeschichten für Tierfreunde
Deutsch von Anne Uhde

Der Schrei der Eule
Roman. Deutsch von Gisela Stege

Tiefe Wasser
Roman. Deutsch von Eva Gärtner und Anne Uhde

Die gläserne Zelle
Roman. Deutsch von Gisela Stege und Anne Uhde

Ediths Tagebuch
Roman. Deutsch von Anne Uhde

Der Schneckenforscher
Elf Geschichten. Deutsch von Anne Uhde. Mit einem Vorwort von Graham Greene

Leise, leise im Wind
Zwölf Geschichten. Deutsch von Anne Uhde

Ein Spiel für die Lebenden
Roman. Deutsch von Anne Uhde

Keiner von uns
Elf Geschichten. Deutsch von Anne Uhde

Leute, die an die Tür klopfen
Roman. Deutsch von Anne Uhde

Nixen auf dem Golfplatz
Erzählungen. Deutsch von Anne Uhde

Suspense
oder Wie man einen Thriller schreibt. Deutsch von Anne Uhde

Elsie's Lebenslust
Roman. Deutsch von Otto Bayer

Geschichten von natürlichen und unnatürlichen Katastrophen
Deutsch von Otto Bayer

Meistererzählungen
Deutsch von Anne Uhde, Walter E. Richartz und Wulf Teichmann

Carol
Roman einer ungewöhnlichen Liebe. Deutsch von Kyra Stromberg

›Small g‹ – eine Sommeridylle
Roman. Deutsch von Christiane Buchner

Drei Katzengeschichten
Deutsch von Anne Uhde

Zeichnungen

Patricia Highsmith – Leben und Werk
Mit Bibliographie, Filmographie und zahlreichen Fotos. Herausgegeben von Franz Cavigelli, Fritz Senn und Anna von Planta

Außerdem erschienen:

Anthony Minghella
Der talentierte Mr. Ripley
Drehbuch mit zahlreichen Filmfotos sowie einem Vorwort. Nach dem Roman von Patricia Highsmith. Aus dem Englischen von Christa E. Seibicke und Sebastian Wohlfeil

Raymond Chandler im Diogenes Verlag

»Mit Philip Marlowe schuf Chandler eine Gestalt, die noch heute weltweit als der Prototyp des Privatdetektivs gilt. Humphrey Bogart in der Rolle des Philip Marlowe hat diesen Typus auch optisch bis heute unverdrängbar festgeschrieben.«
Kindlers Literatur Lexikon

»Ich halte es für möglich, daß der Ruhm des Autors Raymond Chandler den des Autors Ernest Hemingway überdauert.« *Helmut Heißenbüttel*

Gefahr ist mein Geschäft
und andere Detektivstories. Aus dem Amerikanischen von Hans Wollschläger

Der große Schlaf
Roman. Deutsch von Gunar Ortlepp

Die kleine Schwester
Roman. Deutsch von Walter E. Richartz

Der lange Abschied
Roman. Deutsch von Hans Wollschläger

Das hohe Fenster
Roman. Deutsch von Urs Widmer

Die simple Kunst des Mordes
Briefe, Essays, Notizen, eine Geschichte und ein Romanfragment. Herausgegeben von Dorothy Gardiner und Kathrine Sorley Walker. Deutsch von Hans Wollschläger

Die Tote im See
Roman. Deutsch von Hellmuth Karasek

Lebwohl, mein Liebling
Roman. Deutsch von Wulf Teichmann

Playback
Roman. Deutsch von Wulf Teichmann

Mord im Regen
Frühe Stories. Deutsch von Hans Wollschläger. Vorwort von Philip Durham

Erpresser schießen nicht
und andere Detektivstories. Deutsch von Hans Wollschläger. Mit einem Vorwort des Verfassers

Der König in Gelb
und andere Detektivstories. Deutsch von Hans Wollschläger

Englischer Sommer
Drei Geschichten und Parodien, Aufsätze, Skizzen und Notizen aus dem Nachlaß. Mit Zeichnungen von Edward Gorey, einer Erinnerung von John Houseman und einem Vorwort von Patricia Highsmith. Deutsch von Wulf Teichmann, Hans Wollschläger u.a.

Meistererzählungen
Deutsch von Hans Wollschläger

Frank MacShane
Raymond Chandler
Eine Biographie. Deutsch von Christa Hotz, Alfred Probst und Wulf Teichmann. Zweite, ergänzte Auflage 1988

Eric Ambler im Diogenes Verlag

Seit 1996 erscheint eine Neuedition der Werke Eric Amblers in neuen oder revidierten Übersetzungen.

Der Levantiner
Roman. Aus dem Englischen von Tom Knoth

Die Maske des Dimitrios
Roman. Deutsch von Matthias Fienbork

Eine Art von Zorn
Roman. Deutsch von Malte Krutzsch

Topkapi
Roman. Deutsch von Elsbeth Herlin und Nikolaus Stingl

Der Fall Deltschev
Roman. Deutsch von Mary Brand und Walter Hertenstein

Die Angst reist mit
Roman. Deutsch von Matthias Fienbork

Schmutzige Geschichte
Roman. Deutsch von Günter Eichel

Der dunkle Grenzbezirk
Roman. Deutsch von Walter Hertenstein und Ute Haffmans

Bitte keine Rosen mehr
Roman. Deutsch von Tom Knoth

Anlaß zur Unruhe
Roman. Deutsch von Dirk van Gunsteren

Besuch bei Nacht
Roman. Deutsch von Wulf Teichmann

Waffenschmuggel
Roman. Deutsch von Tom Knoth

Ungewöhnliche Gefahr
Roman. Deutsch von Matthias Fienbork

Mit der Zeit
Roman. Deutsch von Matthias Fienbork

Das Intercom-Komplott
Roman. Deutsch von Dirk van Gunsteren

Doktor Frigo
Roman. Deutsch von Matthias Fienbork

Schirmers Erbschaft
Roman. Deutsch von Nikolaus Stingl

Nachruf auf einen Spion
Roman. Deutsch von Matthias Fienbork

Außerdem lieferbar:

Ambler by Ambler
Eric Amblers Autobiographie
Deutsch von Matthias Fienbork

Die Begabung zu töten
Deutsch von Matthias Fienbork

Wer hat Blagden Cole umgebracht?
Lebens- und Kriminalgeschichten
Deutsch von Matthias Fienbork

Über Eric Ambler
Zeugnisse von Alfred Hitchcock bis Helmut Heißenbüttel. Herausgegeben von Gerd Haffmans unter Mitarbeit von Franz Cavigelli. Mit Chronik und Bibliographie. Erweiterte Neuausgabe